Zu diesem Buch

William Kotzwinkle, geboren 1943, der auch Kriminalromane und Jugendbücher schreibt, erhielt mehrere literarische Auszeichnungen und gehörte in Amerika schon lange zu den Bestseller-Autoren, bevor sein rührend häßliches Sternenwesen E. T. bekannter wurde als der Präsident der USA. Ein Kritiker schrieb: «Es wäre kein Wunder, wenn ein Kotzwinkle-Kult entstehen würde – stärker als bei Bukowski und Tolkien ...» Kotzwinkle ist mit der Schriftstellerin Elizabeth Gundy verheiratet und lebt abwechselnd in den USA und Kanada.

Als rororo-Taschenbücher liegen ferner vor sein ebenso verrückter wie witziger Beatnik-Roman «Fan Man» (Nr. 4592), die üppigen «Nachtgeschichten» (Nr. 4897), in denen er den Eros der alten Griechen mit dem Sex der Neuen Welt kollagenartig kontrastiert, der historische Roman «Fata Morgana» (Nr. 4986) sowie die kapriziösen Geschichten «Elefant rammt Eisenbahn» (Nr. 5160).

William Kotzwinkle

DR. RATTE

Aus dem Amerikanischen
von Benjamin Schwarz

rororo
Rowohlt

Veröffentlicht im Rowohlt Taschenbuch Verlag GmbH,
Reinbek bei Hamburg, Februar 1986
Titel der Originalausgabe: «Dr. Rat»

Erstmals erschienen bei Alfred A. Knopf Inc., New York

Umschlagbild: James Grashow
Umschlagtypographie: Manfred Waller
Gesamtherstellung: Clausen & Bosse, Leck
Printed in Germany
680-ISBN 3 499 15685 7

In der Kolonie bin ich als Dr. Ratte bekannt. Und da ich diesem Labor schon so lange angehöre und ein so gründliches Studium absolviert habe, ist es nur recht und billig, daß ich ein anderes Unterscheidungsmerkmal besitze als bloß eine Tätowierung im Ohr, ein Zeichen, das auch alle anderen Ratten haben. Einige haben Tätowierungen und keilförmige Einschnitte im Ohr. Manche haben sogar drei oder vier Kerben im Ohr, aber das heißt nicht, daß sie so gelehrt sind wie ich. Das heißt nur, daß man ihnen die Leber entfernt hat (eine Kerbe), Leber und Hypophyse entfernt hat (zwei Kerben), Leber, Hypophyse und Epiphyse entfernt hat (drei Kerben) und so weiter. Und wenn sie einem das Herz entfernt haben, sind keine weiteren Kerben mehr nötig, haha!

Dann legen sie bloß noch deine Knochen ein, legen sie deine Knochen ein.

Aber so langsam finde ich den Geruch von Formalin angenehm – eine 5%-Lösung reicht aus, alle weichen Teile eines Rattenkörpers abzulösen. Ja, der Geruch ist meiner Nase angenehm, weil ich weiß, die Knochen sind nicht meine.

Von meinem Podium hier im Labyrinth aus kann ich den

ganzen Vorgang überblicken – eine tote Ratte wird soeben in Formalin getaucht. Bald fallen alle weichen Teile ihres Körpers von ihr ab. Dann genügt eine einfache Lösung aus Natriumkarbonat, Chlorkalk und Wasser, um alle noch hängengebliebenen Muskel- oder Fettreste zu entfernen. Die Kosten sind nicht hoch. Für die betreffende Ratte sind die Kosten natürlich tödlich, aber was kümmert sie das, sie ist frei!

Tod heißt Freiheit, so lautet meine Devise. Ich tue für meine Mitratten, was ich kann: ich gebe ihnen meinen besten Rat. Denn wenn alles gesagt und getan ist, heißt die End-Lösung (5% Formalin) Tod, und Tod heißt Freiheit.

Mein eigener Fall ist nicht ungewöhnlich. Ich wurde in den Labyrinthen zum Wahnsinn getrieben. Die Anfangssymptome, Zittern, Sich-im-Kreis-drehen, Beißen, haben sich jetzt alle gelegt, geblieben ist mir nur die merkwürdig verrückte Angewohnheit, Lieder und Gedichte zu schreiben. Das ist in einer wissenschaftlichen Umgebung natürlich ein bißchen unangebracht, und so setze ich alles daran, diese Neigung zu unterdrücken und meine ganze Aufmerksamkeit der Abfassung gelehrter, auf Tatsachen beruhender Aufsätze zu widmen. Ich schmeichle mir mit der Vorstellung, sie seien das Allerneueste auf dem Gebiet des Tierverhaltens.

Naja, warum sollten sie das auch nicht sein? Ich bin mit allen Tierverhaltensprogrammen vertraut. Gerade findet hier im Labor eine interessante Demonstration statt: man hat eben eine junge Ratte auf ein kleines Metallgestell gesetzt. Die Hinterpfoten hat man ihr mit Reißzwecken durchbohrt, damit sie hübsch dort bleiben, wo sie sind; die Vorderpfoten hat man angehoben, auf das Metallgestell gelegt und dort festgebunden, damit sie aufrecht stehenbleibt. Ihre Augen schießen hin und her. Ich kann das Rasen ihres Herzens fühlen, und ich rufe ihr zu, um ihr moralische Hilfestellung zu geben.

»Keine Bange, liebe Mitratte, es dauert nicht lange.«

»Was machen die denn mit mir?«

»Nichts, was sie nicht früher oder später mit uns allen machen, lieber Bruder. Denke an die Devise: Tod heißt Freiheit.«

»Ich will nicht sterben!«

Der Hochgelehrte Professor, der die vielen verschiedenen Experimente in unserem Labor leitet, ist jetzt an das Gestell herangetreten. Sorgfältig, teilnahmslos nimmt er die Lumbalpunktion vor und zieht der Ratte die Rückenmarksflüssigkeit ab. Jetzt möchte die Ratte sterben, das kann ich Ihnen sagen.

Tod heißt Freiheit, Bruder!

Und nun legt seine Knochen ein, legt seine Knochen ein.

Die Rückenmarksflüssigkeit wird von einem unserer wissenschaftlichen Assistenten untersucht, dann schüttet er sie in den Ausguß. Er wird immer besser in diesem Experiment. Es gehört zu meiner Arbeit, die vielversprechenden jungen Wissenschaftler zu beobachten und in meinem Mitteilungsblatt vorzustellen. Zu Anfang waren die Hände dieses Burschen nervös und zittrig. Er sah ein bißchen wie eine junge Ratte aus, die gleich kastriert werden soll – die mehr als 30 Gramm wiegen, werden gleich nach der Geburt selektiert. Aber nach der Schulung an zweiundfünfzig Ratten ist der Junge wirklich Spitze. Mit erfülltem Lächeln wäscht er sein Reagenzglas aus.

Und hier drüben, in dieser geeisten Thermosflasche, sehen Sie mehrere junge Ratten, die auf minus zwei Grad Celsius abgekühlt werden.

»Dr. Ratte, wir f-f-f-frieren!«

»Ganz recht, meine Freunde, und bald werdet ihr k-k-k-kastriert sein wie ich. Aber ihr werdet überhaupt nichts spüren. Eure Eier werden taub sein und ganz leicht abgehen.«

»Bitte, Dr. Ratte, h-h-h-helfen Sie uns!«

»Meine lieben Freunde, nur keine Angst. Wenn eure K-K-K-Klöten ab sind, kommt euer B-B-B-Bild ins Mitteilungsblatt, und das geht um die ganze Welt.«

Auf diese Weise verbreite ich im ganzen Labor gute Laune und helfe meinen Mitratten zu begreifen, welche wichtige Rolle sie im Weltgeschehen spielen.

Ich würde jetzt gern »Drei blinde Ratten« singen. Das gehört zum musikalischen Versuchsprogramm, mit dem man bestimmte Ratten berieselt, um sie gefügiger und freundlicher zu stimmen. Mehrere von ihnen beginnen denn auch tatsächlich, sich gegenseitig zu beschnüffeln, eine vollführt sogar ein leicht-phantastisches Tänzchen mit dem Schwanz, genau im Takt.

Im Nachbarkäfig haben wir tatsächlich drei blinde Ratten. Eigentlich haben wir hier dreiundzwanzig blinde Ratten, sie gehören zu einem großartigen neuen Experiment, das von einem sehr ehrgeizigen Studenten begonnen wurde, den ich im Mitteilungsblatt dieses Monats vorstellen werde. Er ist ein sensibler Junge, und eben diese hochgradige Sensibilität war es, die ihn hat ersinnen lassen, was jetzt hier im Labor der letzte Schrei ist: die sagenhafte Entfernung der Eier aus dem Körper einer weiblichen Ratte und ihre Verpflanzung auf verschiedene Körperteile einer männlichen Ratte – auf den Schwanz, auf das Ohr, auf den Bauch. Und die letzten dreiundzwanzig Tage hat er sie ihnen auf die Augen verpflanzt! Es ist also an der Zeit, daß wir diesem hoffnungsvollen, jungen Wissenschaftler ein Lied singen. Ich schreite zur Mitte des Labyrinths und klettere auf die Belohnungsleiter, auf der mich alle deutlich sehen können.

»Brüder und Schwestern Ratte, Mitglieder des Chors, ich möchte, daß wir im Rahmen unseres Forschungsprogramms gemeinsam ›Drei blinde Ratten‹ singen. Singt:

Drei blinde Ratten
Augen leere Ritzen
Seht wie sie flitzen
Seht wie sie flitzen
Wir alle rennen der Unilaufbahn hinterher
Und schneiden euch die Eier ab mit Messern wie bisher
Habt ihr je ein Geschenk gesehn das nobler wär
Für drei blinde Ratten!«

Die Stimmen der Ratten im Hämorrhagie-Käfig sind wirklich gut ausgebildet. Sie werden in wenigen Augenblicken beobachten können, wie eine von ihnen eingelegt wird. Wenn man sie zu lange in der End-Lösung läßt, zersetzen sich die kleineren Knochen. Aber wenn man sie rechtzeitig herausnimmt, kann man sie scheuern und bürsten, bis sie blitzblank sind, und der Hochgelehrte Professor sieht das gern. Jedesmal schöne saubere Knochen. Das gibt ihm das Gefühl, daß wirklich ganze Arbeit geleistet wurde.

Wo war ich stehengeblieben? Ach ja, bei dem jungen Mann, der mit den Rattenaugen experimentiert. Er wird zweifellos eine der ungewöhnlichsten wissenschaftlichen Arbeiten dieses Jahres liefern. Sie ist von derselben Bedeutung wie die Resektion des Magens und die Verbindung der Speiseröhre mit dem Duodenum.

Hörte ich nicht eben einen Schrei? Oh du, oh du, oh du, oh Duodenum, und die Enthauptung als Schlußprozedur. Ich möchte, daß jeder von euch sicher ist, daß er ruhig stirbt, ganz ohne Furcht und Krampf, damit die jungen Wissenschaftler dort in der Lage sind, euch schnell und sauber zu erledigen. Denkt daran, Röntgenaufnahmen können von der Ratte auch nach ihrem Opfertod gemacht werden, indem man ihr den Kopf mit einer scharfen Säge oder einem Rasiermesser abschneidet, und danach teilen wir deinen Leichnam mit einem Hackmesser in vier Teile.

Ist das nicht ein Schrei?

Höre ich nicht einen Schrei?

Ja, es ist einer, dort am Ende der Käfigreihe. Wollen wir uns nicht dorthin verfügen und uns ein paar Notizen machen?

»Hilfe, Hilfe!«

Bitte, junger Freund, es gibt doch keinen Grund, sich über deinen kleinen Beitrag für die Wissenschaft so aufzuregen. Friß ein bißchen Preßkeks, bevor du stirbst. Iß tüchtig und denk dran: Tod heißt Freiheit!«

»Was machen die mit mir, Dr. Ratte?«

»Laß mich mal eben in meinen Notizen nachsehen ... ja, da haben wir's. Du bist die zehnte Ratte in dieser Woche, der man mit einem pneumatischen Rohr das Hirn heraussaugt.«

»Hilfe, Hilfe!«

Ich tröste meine Mitratten, wo ich kann. Das erfordert

natürlich psychologisches Verständnis. Und da ich wahnsinnig bin, habe ich die notwendige Qualifikation in Psychologie.

Wir alle rochen es. Jeder Hund im Umkreis hatte es plötzlich in der Nase. Ich war draußen und machte gerade meinen Morgenlauf. Mein Herrchen hatte mich das immer machen lassen, ungefähr eine Stunde durfte ich in der Gegend herumlaufen, aber immer in Pfiffweite. Immer wenn ich diesen Pfiff hörte, lief ich zurück zu einem köstlichen Knochen. Aber an diesem Morgen war alles anders.

Es gibt viele Gerüche auf der Welt, gute und schlechte, aber es gibt nur einen Geruch wie diesen, nur einen Geruch, der absolut nicht zu ignorieren ist, so lieblich und wohltuend ist er.

Es ist kein Geruch aus dem Rinnstein oder nach Futter oder nach einer läufigen Hündin; er kommt nicht von Pflanzen oder aus dem Wasser oder der fetten schwarzen Erde. Ich trottete gerade das Gäßchen hinunter, als ich ihn in der Luft bemerkte. Woher kam er? Ich hob die Nase, drehte mich langsam im Kreis und suchte, aus welcher Richtung er kam.

Ich folgte ihm. Ihm nicht zu folgen, wäre unmöglich gewesen. Ich ließ alles sausen und rannte los. Herrliche Knochen, nahrhafte Frühstücke, liebevolles Streicheln – nichts ließ sich mit diesem Duft vergleichen, so vertraut und doch so flüchtig. Verliert ihn nicht, verliert ihn nicht, keiner von euch. Riecht ihn jetzt – da, um die Ecke, da, die Straße runter, bleibt ihm auf der Spur, setzt ihm nach, riecht ihn heraus aus allen anderen Gerüchen. Durch Feuer und Wasser müßt ihr gehen, um diesem Geruch auf der Fährte zu bleiben.

Durch die Stadt – aus Gassen und die Straßen entlang, zurück in die Gassen, sich windend, sich wendend. Es gibt gewisse Gerüche, die diesem ähneln, aber nur vage, und ihnen fehlt die überwältigende Autorität, die nun zu uns spricht. Der Geruch brennender Kerzen, der Geruch eines Flusses im Morgengrauen – das sind schwache Vergleiche, aber sie suggerieren dennoch einen Geruch, dessen Wesen aus den schmerzlichsten Verheißungen besteht, die im zarten Brennen der Kerze und in den ziehenden Nebeln des Flusses nur angedeutet werden. Es scheint mir nun, daß ich, schon in meinen Hündchenjahren, einen Hauch dieses Geruchs aufschnappte, dessen Anhauch geheime Kammern in meinem Herzen öffnete. Aber ehe ich mich in diese Kammern stürzen konnte, war der Geruch verschwunden, und ich fand mich neben einem Abfalleimer wieder oder in einem Haufen nasser Blätter und nannte mich einen Träumer.

Träume ich nun wieder?

Überall um mich herum, in wachsender Zahl – Hunde, Hunde, Hunde! Wir sind am Rande der Stadt und rennen durch die letzten verfallenen Straßen, wo sich arme und hungrige Hunde aus kleinen Teerpappebuden uns anschließen. Sie sind dürre, wieselige Kreaturen, aber ihre Stimmung ist so hochgespannt wie die des feinsten Zuchthundes unter uns, von denen es ebenfalls viele hier gibt.

Ja, hier gibt es funkelnde Halsbänder und klingelnde Hundemarken aller Art. Hunde der Gesellschaft wie Promenademischungen werden von diesem mächtigen Köder angezogen. Gemeinsam, wir alle gemeinsam – oh, es ist herrlich, so dahinzutrotten, mit wedelnden Schwänzen, in die Luft gestreckten Nasen, und der Geruch überall um uns herum.

Allen voran laufen die Jagdhunde. Sie haben den Versammlungsort als erste erreicht, Jagdhunde aller Rassen, die auf dem leeren Grundstück am Stadtrand hin und her laufen. Die Nasen haben sie am Boden und kläffen eine Kreatur an, die schneller ist als jeder Fuchs oder Hase, ein Wesen, das nicht sichtbar ist dessen Geruch allein verrät, daß es da ist. Die Beagles jaulen und jagen im Kreis herum, die Hühnerhunde wittern in alle Richtungen, denn der Duft ist überall. Auf das leere Grundstück strömt dann der Rest der Hunde – Collies und Bullies, Terrier und Windhunde, kleine Pekinesen auf winzigen Pfötchen, Bernhardiner mit ungeheuren Pranken und Bastarde jeder Größe und Form.

Auf dem Hügel über dem Feld sehe ich streunende Katzen nervös hin und her schleichen und mich beobachten. Und von den Rändern des Feldes, durchs Gras spähend, kommen zahllose Ratten, Mäuse und Maulwürfe herbei. Alle sind sie dem Duft auf der Spur. Menschen können ihn nicht riechen, denn ihre Nasen sind aus der Übung. Aber wir Tiere sind mit ihm vertraut, auf dem leeren Grundstück, während wir uns zu einem Meer aus Hauern und Fellen sammeln.

Natürlich suchen wir unter uns nach Anführern, nach den Hunden, die vielleicht in der Lage wären, die Feinheiten des Duftes zu deuten und uns mehr darüber mitzuteilen. Und aus dem Wald über der Stadt kommen die wilden Hunde.

»Du falscher Hund!«

Wir haben mehrere solcher Hunde hier im Labor, Straßenköter, die unsere Jugend mit revolutionären Gedanken aufzuhetzen versuchen. Natürlich schneiden wir den Hunden die Stimmbänder durch, sobald sie ins Labor kommen, aber das reicht nicht, denn wie Sie sicher wissen, haben wir Tiere wortlose Verständigungsmöglichkeiten, die auf Empfindungsreizen beruhen, die subtiler sind als die Sprache.

Ich habe dem Hochgelehrten Professor immer und immer wieder vorgeschlagen, uns Ratten eine eigene, selbständige Abteilung zu geben, aber nein. Alle Tiere befinden sich hier in einem einzigen riesigen Raum, und das kann uns noch teuer zu stehen kommen. Bei unserer gegenwärtigen Hitzschlag-Untersuchung wird ein besonders aufsässiger Köter ausgewertet, den man aus irgendeiner Gasse geholt hat, und der ist randvoll mit übler Propaganda. Man hat ihn an eine Tretmühle in einem geheizten Glaskäfig gekettet. Hier rennt er, tagein tagaus, seinem Tod entgegen, der, was mich angeht, gar nicht früh genug kommen kann. Ich wünschte, er fiele jetzt in diesem Moment, von einem Hitzschlag getroffen, tot um, dann müßte ich mir nicht mehr sein Geschwätz anhören.

Er macht Tag und Nacht weiter und schickt uns seine aufrührerischen Bilder zu. Er ist stumm, aber geschickt benutzt er die Intuitionsfrequenzen für seine heimtückischen Botschaften. Ich bin sicher, Sie spüren sie in der Luft. Seine Bildsprache ist äußerst subtil und suggestiv. Und so liegt hier etwa eine Ratte und leistet für die Wissenschaft einen echten Beitrag, indem sie sich die Luftröhre durchschneiden läßt, und plötzlich ist sie vollkommen in revolutionäre Vorstellungen eingesponnen. Ihr ganzer Körper wird vom Gefühl der Freiheit durchflutet. Und solche Gefühle sind nicht zu dulden, wie Sie wissen.

»Guten Abend, Hochgelehrter Herr Professor!« Hier kommt er wieder, der Hochgelehrte Professor, aber natürlich reagiert er nicht auf meinen Gruß, denn seine intuitive Empfänglichkeit ist verkrustet. Das ist sehr schade, denn irgendwie muß ich ihm die Tatsache klarmachen, daß er gefährliche Aufrührer in seinem Labor hat.

Oh Gott, hier kommt seine reizende wissenschaftliche Assistentin, deren langes blondes Haar sich sanft um ihre Schultern kräuselt. Gegen eine Kopulation mit ihr hätte ich weiß Gott nichts einzuwenden. Ihre Ohren würden zucken, wenn ich ihr den Nacken streichelte, und nach der manuellen Stimulierung ihres Beckens würden Sie an ihrem Rücken eine plötzliche Krümmung bemerken, wenn sie sich meinem erfahrenen Kopulations-Reaktionstest überließe. Ihre äußeren Geschlechtsteile würden ihre charakteristische blaue, zu ihren Augen passende Färbung annehmen, und sie würde mehrere Male erregt ums Laufrad herumrennen, dann mich besorgt ansehen, weil sie wüßte, daß ich, ein starkes weißes Männchen, in zwanzig Minuten siebzig Kopulationsversuche mit ein, zwei Ejakulationen unternehmen würde, haha!

Ich hoffe sehr, daß ich das richtig dargestellt habe. Da ich bei meiner Geburt kastriert wurde, besitze ich über diese Dinge keine wirklichen Kenntnisse aus erster Hand. Natürlich halte ich hier im Labor Augen und Ohren offen und mache stets gründliche Feldbeobachtungen, sobald sich ein Weibchen nervös zu strecken und zu spreizen beginnt. Bei dieser Blondine neben dem Hochgelehrten Professor deuten alle Anzeichen darauf hin, daß sie eben in die Phase der höchsten sexuellen Empfänglichkeit eintritt. Sie macht mich ganz schwindlig, sie bringt mich dazu, daß ich beginne, um meine Drehscheibe herumzulaufen, immer im Kreise herum. Es ist eine Metallscheibe von 12 Zoll Durchmesser (weiteres entnehmen Sie meinem wissenschaftlichen Aufsatz »Ratten auf dem Rad«, *Psych.Zschr.*, 1963). Im Moment klappt's wirklich prima. Dem Zyklometer entnehme ich, daß ich bereits fünfzehn Umdrehungen hinter mir habe!

Das genügt, um mich eine Zeitlang in Form zu halten. Nun muß ich weiter meine Runden drehen. Da ich ein Hochgelehrter Irrer Doktor bin, habe ich vollkommen freien Zugang zum Labyrinthtisch, was mir Kontaktmöglichkeiten mit nahezu allen anderen Abteilungen des Labors verschafft.

»Dr. Ratte, mir ist so merkwürdig.«

»Aber natürlich. Bist du nicht die Ratte, die fortwährend mit völlig ungeeigneter Nahrung vollgestopft wird?«

»Ja, Dr. Ratte, aber das hat damit nichts zu tun.«

»Seit wieviel Wochen bist du schon auf diese Kost gesetzt?«

»Seit vier.«

Sie hat noch zwei Wochen vor sich, und dann wird der Tod eintreten, völlig nach Plan. »Ich würde mir keine Gedanken darüber machen, wie du dich fühlst, mein Sohn. Es ist wahrscheinlich nur die beginnende Verhornung des Cornea-Epithels. Du kannst nicht richtig sehen, das ist alles.«

»Dr. Ratte, es ist kein physisches Problem.«

»Sie hatten dich doch im Labyrinth, stimmt's? Leicht meschugge geworden, könnte ich mir denken. Mach dir nichts draus. Bist du erstmal total plemplem, besitzt du die Qualifikation für einen akademischen Titel in Psychologie.«

»Doktor, es ist auch kein psychisches Problem.«

»Kein physisches und kein psychisches? Mein Junge, was denn sonst noch?«

»Mein Geist.«

»Verkalkte Nieren und brüchige Knochen, das ist alles, was dir zu schaffen macht, vielleicht noch eine kleine Überreiztheit.«

»Nein, Doktor, ich spreche vom Allertiefsten in mir.«

»Du meinst, tiefer als ein Gummikatheter Nummer acht mit flacher Öffnung dringen kann?«

»Tiefer, viel tiefer.«

»Willst du etwa mir, einem Hochgelehrten Irren Doktor, erzählen, daß es etwas in der Ratte gibt, das der Mensch noch nicht kennt?«

»Mein Licht, Doktor, das Licht in mir ...«

»... durch das Rectum eingeführt ...«

»Ich habe eine Lichtquelle in mir gesehen. Doktor, wir entstammen dieser Quelle.«

»Wir entstammen dem Kopulationsakt, mein Lieber. Wie alt bist du denn?« Es ist bedauerlich, daß wir hier im Labor keine bessere Sexualaufklärung haben. Das kommt davon, wenn man Jungfrauen Glasstäbe in die Vagina einführt.

»Ich bin alterslos, Doktor, und zeitlos.«

Die arme überfütterte Ratte sieht mich mit einem solchen Leuchten in den Augen an, daß ich sicher bin, ihr sind kleine Mengen Natriumamytal injiziert worden. Da humpelt sie davon, um mit den anderen Ratten zu reden und ihre Lehre zu verbreiten. Ich habe keine Zeit für sowas. Tod heißt Freiheit, das ist die alles umfassende Lehre.

Die Wildhunde sind also unsere Anführer. Sie sagen, sie seien schon seit Jahren hinter dem Geruch her, und er hat sie hierher geführt, zu dieser großen Hundeversammlung. Nun ziehen wir gemeinsam los, und wir ziehen wirklich los, weg von dem leeren Grundstück am Rande der Stadt und hinein in den Wald, die Wildhunde vorneweg. Hier zeigen sie ihre klare Überlegenheit, wenn sie mit Pfoten, die rasch und sicher sind, durchs Gestrüpp gehen. Sie haben den Duft in der Nase, und wir auch. Überall sind Hunde, die durch Wald und Sträucher jappen.

Mehrere alte Hunde sind unter uns, mit dicken Bäuchen und schwachen Augen. Dennoch halten sie im allgemeinen Gerenne mit. Jene, die den Zug verlassen, tun das, weil der andere Duft – der Duft von zu Hause – sich als zu stark für sie erweist.

Ich rieche sie, diese alte Versuchung. Alle von uns, außer den Wildhunden, müssen sie riechen, denn sie ist sehr stark, eine Mischung aus Liebe, Sehnsucht und bequemen Mahlzeiten. Wir können sie im Wind riechen, wir können sie am Boden riechen, wir können sie überall um uns her riechen, und wir laufen davor weg, weil wir ihre Gefahr kennen. Trotzdem ist vielen das Herz schwer, und ich bin einer davon, denn Herrchen und Frauchen sind gut und freundlich, aufmerksam und lieb ...

Aber wir stürzen durch den Wald und schleudern die Vergangenheit hinter uns. Wir trinken aus kleinen Waldbächen, wir befreien uns von unseren Fesseln. Und die streunenden Hunde, die den Wald so gut kennen, rennen um uns herum und feuern uns mit ihren Rufen an.

»Kommt, ihr Hunde, weiter!« schreien sie, und es ist ein herrlicher, erregender Schrei. Die Wildhunde sind durchtränkt von dem geheimnisvollen Duft und von ihm gepackt – nicht wahnsinnig, aber verzückt, und ihre Verzückung ist anstekkend. Wir laufen weiter und lassen die Liebe hinter uns.

An ihre Stelle ist ein Zusammengehörigkeitsgefühl getreten, das ich ganz vergessen hatte: bei seinesgleichen zu sein, seinen eigenen Gesetzen zu folgen, den Laut einer einzigen Zunge zu hören, die im Winde spricht, während das Sonnenlicht durch die Blätter scheint und den Waldboden beleuchtet. Ich sehe eine lichte Halle aus Bäumen vor mir, endlos und schön. Hier draußen renne ich auf den Sonnenuntergang zu, und mein Herz gehört mir, und ich bin frei!

»Wohin rennen wir?« rufen einige von den unsicheren Hunden, deren altes Zuhause sie noch immer an langer Leine hält.

»Nur immer der Nase nach, Bruder!« schreit lachend ein Wildhund, und fort springt er mit einer phantastischen Schnellkraft in den Beinen. Er ist einer von den Berauschten, so inbrünstig in den Duft vertieft fliegt er dahin. Der Anblick seiner Rute, die am Ende der goldenen Halle verschwindet, läßt mich noch schneller rennen, um ihn einzuholen, um mit ihm zusammen ganz an der Spitze der Meute zu laufen. Ich strenge mich aufs äußerste an und genieße meinen Lauf. Wenn keine menschlichen Augen auf mich gerichtet sind, bin ich ungehemmt. Ich bin ich selbst, ein Hund, der rennt, kläffend und glücklich.

Wir laufen durch diese Halle aus Gold, bis sie rot wird, und noch immer laufen wir weiter auf die untergehende Sonne zu. Nun ist das Laufen am schönsten, alle Gestalten verschmelzen zu einer, alle Hunde sehen gleich aus, wir alle sind einer einzigen Stimmung. Wo habe ich das schon mal erlebt? Es scheint mir so vertraut – und doch ist es anders als alles, woran ich mich seit meinen Hündchenjahren erinnern kann. Aber irgendwo, irgendwann – in Träumen vielleicht – bin ich so mit meinen Brüdern in der Abenddämmerung gerannt.

So reine und zarte Gefühle bestürmen mich, daß ich mein Bellen nicht zurückhalten kann. Ich kläffe, ich jaule, rufe sie alle und sage: »Erinnert ihr euch, erinnert ihr euch?«

Und »Ja!« antworten sie. »Ja, wir erinnern uns!«

»Woran erinnert ihr euch?«

»An das hier, an das!« schreien sie, während wir rennen, den bewaldeten Hügel hinunter, in das rote Tal hinein, ein offener Himmel über unseren Köpfen.

Wir entscheiden uns für das Tal als unser Lager für die Nacht. Wasser ist in der Nähe, und die Sonne ist weg. Wir legen uns hin, und einer nach dem anderen kommen die Hunde vom Ende unseres Zuges in das Tal und legen sich zu uns.

Erschöpft, sprechen wir wenig, wollen nur eine Weile ruhig daliegen, während langsam die Sterne hervorkommen. Einige von uns baden in dem Wasser und einige jagen noch immer ausgelassen um die Meute herum, aber die meisten von uns liegen still, mit heraushängenden Zungen da. Die Anführer nehmen die Mitte ein und bilden eine abgehobene, machtvolle Einheit, die – das wissen wir – unseren Willen verkörpert. Und auch an den Rändern sitzen wachsam starke Wächter.

Während ich in der Stille daliege und dem kleinen Bach neben mir lausche, scheint der Geruch ein Teil von mir zu sein. Gleichzeitig weiß ich, daß er sich wie Nebel um uns alle ausbreitet. Aber daß mein Körper Teil seines Wesens ist, kann ich nicht leugnen.

»Wohin laufen wir?« fragen wieder einige der Hunde.

»Liegt doch still, Brüder«, sagen die Hunde in der Mitte.

»Was für ein Duft, was für ein Duft«, sagt ein alter Hund, der aus dem Dunkel gehumpelt kommt. Sein Haar ist lang und voller Kletten, und seine Augen triefen. Aber er scheint seinen schlechten Zustand nicht zu bemerken, so hingerissen ist er vom Wunder dieses Duftes. »Immer dieser Duft«, sagt er und legt sich zu den Wildhunden. Wir sehen, daß er seinen Körper mit allen seinen Alte-Hunde-Leiden vergessen hat. Er schläft als erster ein, und wir sehen, wie er in seinen Träumen zuckt und rennt, als wäre er wieder jung. Er winselt in der Nacht und knurrt, und als wir am Morgen aufwachen, ist er tot, und wir essen ihn.

»Dr. Ratte, Dr. Ratte ...«

Ein junges Weibchen ruft nach mir aus seinem Käfig. Sie braucht meinen besonderen Rat, denn sie ist furchtbar aufgeregt wegen des Verbands auf ihrem Bauch. »Ja, mein Schätzchen, ist dir der Verband zu stramm?«

»Sie haben mir den Bauch aufgeschnitten!«

»Ja, natürlich. Das haben sie getan, damit sie ein Plastikfenster einsetzen und beobachten können, wie sich deine kleinen Rattenembryos entwickeln.«

»Ich will das nicht! Ich nage ihn weg! Ich beiße den Verband durch!«

»Bitte, mein Schätzchen, sei nicht hysterisch.« Ich muß sagen, sie legt absolut kein wissenschaftliches Gebaren an den Tag. Wir brauchen dieses Fenster, damit wir durch es hindurch ein dünnes Haar einführen und die kleinen ungeborenen Ratten kitzeln können, die in ihrem Bauch wachsen. Das gehört zu dem neuen Programm, für das ich gerade ausführliche Aufzeichnungen mache. Man kann eine Menge davon lernen, wenn man einen Embryo mit einem Haar kitzelt, aber selbstverständlich sind nur die höheren Semester zu einem solchen Kitzeln qualifiziert. Wie können wir dann von diesem Rattenweibchen erwarten, daß es irgendwelches Verständnis für die Feinheiten des Bauchfenster-Programms hat? Trotzdem ist es meine Pflicht, sie aufgeschlossener für dieses wissenschaftliche Haar zu machen.

»Lassen Sie bitte nicht zu, daß sie mir wehtun, bitte ...«

Ich denke, ein Liedchen könnte sie vielleicht aufheitern:

»Oh schuppige Haut und Kopfschorf
und hämorrhagische Leiden,
schaut doch in unser Inneres
durch die Tür zu den Eingeweiden!«

Ich muß jetzt weiter zum nächsten Käfig, wo eine spezielle Magnesiumdiät zu fatalen Schüttelkrämpfen geführt hat:

»Oh Haarausfall und Nervenschock,
Diarrhö bis auf das Gerippe,
ein Kropf und Krämpfe und obendrein
die asiatische Grippe!«

»Dr. Ratte, ich kann nicht mehr essen!«

»Bist du nicht der Bursche, dessen Zähne man dazu abgerichtet hat, vollkommen kreisförmig zu wachsen und dabei den Gaumen zu durchbohren?«

»Ein Alptraum, Dr. Ratte. Mein Mund ist ein einziger Alptraum.«

»Wir sehen dir mit lebhaftem Interesse zu, mein Junge. Es besteht die Aussicht, daß deine Zähne wirklich genau nach oben wachsen und dein Gehirn durchstoßen. Komm, sing mit mir! Singe:

Oh unregelmäßiger Eisprung,
den Thymus zerstör'n – wir verstehn es,
und chronische Lymphödeme
und die Amputation deines Penis!«

Entschuldigen Sie, der Hochgelehrte Professor hat mich eben gepackt und bindet mir einen Faden um die oberen Schneidezähne. Ich darf nun an meinen Zähnen in der Luft hängen als Teil eines neuen Selbsterkenntnis-Therapieprogramms – was für einen Spaß das macht, hier hin und her zu baumeln.

»Bekämpfen Sie sie, Dr. Ratte! Beißen Sie sie!«

Eine radikale junge Ratte schreit das aus ihrem Käfig. So ist unsere Jugend von diesem gottverfluchten schwatzhaften Hund mit seinen Intuitionsbildern bereits verdorben worden. Da wartet eventuell eine Ratte auf ihre Enthauptung, und plötzlich erblickt sie ein intuitives Bilderspiel in ihrem Gehirn, das ihr dieser Höllenhund in der Tretmühle übermittelt hat. Der Ratte kommt es so vor, als nehme sie an dem Geschehen teil, als laufe sie mit den Wildhunden. Die hohe Intelligenz der Hunde macht sie zu sehr starken Sendern, und daß sie hier unter Streßbedingungen leben, erhöht die Kraft ihrer Ausstrahlung. Unser Labor summt von revolutionären Gefühlen. »Du verdammter Köter, wie kannst du es wagen, den Geist der Abweichung unter diese glücklichen Ratten zu säen!«

Der revolutionäre Dummkopf sieht mich mit roten, scheelen Augen an. Auch Sie haben seine raffinierte Sendung empfangen, nicht wahr, mit seinen schlauen Einflüsterungen, daß man sowas wie die Freiheit gewinnen könne, wenn man einem bestimmten Geruch folgt? Aber ich kenne die Wahrheit und rufe sie nun allen zu: »Der Geruch besteht aus 5% Formalin, Rattenbrüder, und die einzige Freiheit, die ihr jemals haben werdet, ist der Tod! Tod heißt Freiheit, das ist die Devise!«

»Ein Hurrah für Dr. Ratte!«

»Erzählen Sie's ihnen, Doc.«

»Vielen Dank, Freunde und Gleichgesinnte, ich danke euch für euer Vertrauen. Wie ihr wißt, ist die Ratte des Menschen bester Freund. Ihr habt die Anzeige in der Zeitschrift *Moderne Psychologie* gesehen: ›Die Ratte Ist Unser Freund.‹ Sollen wir zulassen, daß diese wunderbare Freundschaft zusammen mit der zerebrospinalen Flüssigkeit den Bach runtergeht? Eine Ratte muß ihr Letztes geben! Das ist der Zweck unseres Daseins, deshalb sind wir hier auf Erden!«

Ich bekomme bestimmt noch eine Halsentzündung von all dem. Aber ich kann nicht zulassen, daß fünfundsiebzig Jahre Laborversuche von ein paar revolutionären Stimmen zunichte gemacht werden. Doch dieser Hund hat eine starke Position, wie er hier in unserer Mitte rennt, mit heraushängender Zunge und schlackernden Beinen, während die Tretmühle ihn herumdreht, immer im Kreise. Ich habe dem Hochgelehrten Professor gesagt, er solle doch die Hitze im Hundekäfig erhöhen, dann wären wir bald mit ihm fertig. Aber der Hochgelehrte Prof hat taube Ohren für alles, was ich sage.

Inzwischen hat der Hund für seine revolutionäre Sache viele Anhänger gewonnen. Der ganze Hämorrhagie-Käfig ist zu ihm übergelaufen. Und ich habe diesen undankbaren Ratten das Singen beigebracht! Was für ein Verrat!

»Rattenbrüder, wie könnt ihr euch von diesem Dreckshund nur so leicht umstimmen lassen? Seht mal hier, zu eurer Linken. Seht euch diese geduldige Ratte auf dem Operationstisch an. Ihr wird gerade ein Loch in den Kopf gebohrt. Hört nur, wie sie schreit. Ein frischer Tumor wird ihr ins Hirngewebe eingepflanzt. In zwei, drei Wochen wird sie auf dem Bauch herumrutschen, weil der Tumor wächst und alle ihre Bewegungen blockiert. Das ist die Wirklichkeit, ihr dämlichen Ratten. Das ist die wissenschaftliche Realität, nicht dieses dumme Hundegefasel.«

»Ach, ziehen Sie doch Leine, Doc. Hier bei uns sind Sie doch passé!«

Diese Ratten müßte man ein paarmal durch die Labyrinthgänge A und D hetzen. Sie haben jeden Respekt vor meinem Amt verloren. Aber zu meiner Freude sehe ich, daß einer dieser rüpelhaften Rebellenanführer zum Herzpunktationstisch gebracht wird. Er wehrt sich, man sieht seine weißen, bösartigen Zähne.

»Mitratte, nun, da für dich der entscheidende wissenschaftliche Moment gekommen ist, möchtest du dich da nicht eines Besseren besinnen? Gib dein Letztes mit Freuden für die Wissenschaft hin. Geh den anderen jungen Ratten mit gutem Beispiel voran.«

Mehr Revolutionäre bauen sich schnell vor mir auf. »Kein Wort mehr, Ratte. Verhöhne ihn nicht in seiner Todesangst.«

»Verhöhnen? Wer verhöhnt denn? Ich bin hier, um auf den Jungen ein Loblied zu singen, um ihn mit glühenden Worten im Mitteilungsblatt zu feiern. Wenn ihr mich gefälligst durchlassen würdet...«

Die Rebellen versperren mir den Weg. Der Hochgelehrte Professor sucht den Brustkorb der Ratte nach dem Punkt des stärksten Herzklopfens ab. Da, jetzt hat er ihn, Daumen und Zeigefinger liegen auf der vierten, fünften und sechsten Rippe.

Nun kommt die Nadel, eine 26er, einen halben Zoll lang. Er packt den Kolben und stößt der Ratte die Nadel langsam ins Herz. Der Hochgelehrte Prof wird etwa 10 cc Blut abzapfen, und damit dürfte dieser Aufrührer erledigt sein.

Großer Gott! Das Blut spritzt aus dem Rattenherzen dem Hochgelehrten Prof direkt ins Auge! Der Hochgelehrte Professor sieht sich verwirrt um, während ihm das Blut von der Wange tropft. Das kann ich natürlich nicht in meinem Mitteilungsblatt bringen.

Überall um mich herum – kleine Pannen, kleine Probleme. Schuld daran sind die revolutionären Hunde, und ich fürchte, es wird sich ausbreiten wie eine Feuersbrunst.

Meine Vorderpfoten sind an die Tretmühle gefesselt, aber meine Beine sind frei und gezwungen zu rennen, nirgendwohin zu laufen in einem Glaskäfig. Meine Zunge hängt heraus, mein Körper ist müde. Die Menschen haben den Glaskäfig, in dem ich stecke, geheizt, so daß mir ist, als liefe ich unter der glühenden Sonne, weiter und weiter, nirgendwohin.

Ich bin schon die ganze Woche in dieser Tretmühle, und immer noch laufe ich, weiter und weiter, Speichel tropft mir klebrig aus dem Mund, vermischt mit bitterer Galle. Die Menschen stehen da und sehen mir zu, wie ich laufe. Ich bin hier gefangen, gefesselt und beheizt, ich ersticke vor Durst, mein Körper trieft von Schweiß, meine Eingeweide verkrampfen sich vor Schmerz. Heiß wie in der Wüste, und ich laufe weiter und weiter...

... laufe... laufe... laufe... laufe... laufe, während das Rad sich weiter dreht, weiter klickt. Hellglühende Spiralen umgeben mich von allen Seiten, backen mich, mein Käfig ein Ofen.

Laufen. Zunge draußen, trocken und rissig. Laufen. Beine brennen, meine Haut mit Blasen bedeckt, ich erbreche meine gallebitteren Gedärme.

Laufen... laufen... laufen... laufen... laufen. Lauft, Hunde, lauft. Lauft den Tag durch... lauft die Nacht durch... lauft durch die endlose Wüstenhitze... Hitze ohne Wasser... Rad ohne Ende... meine Augen stehn in Flammen, meine Zunge ist geschwollen, es brodelt in meiner Kehle.

Lauft, Hunde, lauft! Befreit euch! Lauft hinaus in die

Sonne. Wir treffen uns am Rande der Stadt. Seht uns dort unsere Kreise ziehen! Schließt euch uns an! Kommt, Hunde, kommt!

Oh, du widerlicher Köter! Scher dich zurück in die Gasse, aus der du gekommen bist, und hör auf, die anständigen Bürger in diesem Labor mit deinen perversen Lebensansichten zu beleidigen!«

Ich glaube, ich bin beim Hochgelehrten Professor endlich durchgedrungen. Er hat heute morgen die Hitze im Hundekäfig hochgedreht. Die Blasen auf der Haut des Hundes platzen und sein Mund schäumt. Er wird bald eingehen. Aber der Hochgelehrte Professor hat noch fünfundzwanzig Hunde, die darauf warten, auf der Tretmühle an die Reihe zu kommen. Und jeder von ihnen ist ein potentieller Revolutionär!

»Worüber habt ihr Hunde euch schon zu beklagen! Ihr bekommt jeden Morgen eure Schüssel Futter, stimmt's? Was könnte schöner sein?«

Sie starren ihren Anführer bloß an, sehen ihm zu, wie er dahintrottet, wie seine Beine auf und nieder ticken, während die Tretmühle sich unter ihm dreht. Können Sie die Wolke aus Figuren sehen, die aus ihm aufsteigt? Sein revolutionäres Programm wogt und schwebt überall in unserem Labor herum und dringt in jeden Käfig. Sehen Sie da – Hunde schweben in der Luft, sie haben die Intuitionsfrequenz voll unter Kontrolle. Sie haben die Sendezentrale besetzt. Ihre Sendung erreicht die Sinne und Herzen jedes Tiers, das so dumm ist, auf Empfang zu schalten. Die erhabene Intuition, durch die

die uralten Geheimnisse unserer Rasse überliefert werden, ist nun in der Hand einer revolutionären Köterbande.

»Ich flehe euch an, Mitratten und Mittiere überall auf der Welt – schaltet auf einen anderen Kanal! Wir zeigen heute einen Film über mechanische Beschädigungen von Hundezähnen. Er ist sehr informativ, ihr werdet sehen, wie man einen Hundezahn zersplittert und ein paar prächtige hypoplastische Defekte hervorruft. Sie führen dazu, daß alle anderen Zähne des Hundes ihr Wachstum verlangsamen, und ich sage, daß ist 'ne gute Sache! Hunde haben zu viele Zähne! Sie sind bösartig und gefährlich und ...«

Es ist so schwer, ihr Interesse zu finden. Das Programm des Hundes ist raffinierter und anregender. Es macht sich die Schwäche meiner Mitratten zunutze. Sie begreifen nicht, daß wir die Freunde des Menschen sind, daß wir hier sind, um der Menschheit selbstlos zu dienen, wo wir nur können. Denn nur im Menschen existiert der göttliche Funke. Wir andern alle leben im Dunkeln, ohne Seele.

»Ihr alle seid bloß Grundmodelle, Mitratten! Versteht ihr nicht, was das bedeutet? Ein Grundmodell hat keine Gefühle, hat keinen Geist. Der Mensch ist in der Lage, uns zu quälen und verhungern zu lassen und die Schwänze abzuschneiden, denn so ist das Gesetz! Habt ihr nicht Thomas von Aquin gelesen? Tiere haben keine Seele!«

Ich werde allmählich heiser bei dem Versuch, die Wahrheit hinüber in den Strahlenforschungskäfig zu bekommen. Alle Ratten darin haben verkrüppelte Pfoten und fehlende Zehen, und man sollte doch denken, sie sollten fähig sein, auf die Vernunft zu hören. Aber nein – sie sitzen da und starren ins Leere, hingerissen von der Sendung des Hundes.

»Fünf Prozent Formalin, das ist der Geruch! Glaubt mir, Mitratten, es liegt kein magischer Duft in der Luft. Seht mal da – der Hund auf der Tretmühle ist zusammengebrochen, seine Beine hängen leblos herunter. Er ist tot! Seht nur, wie seine Augen verdreht sind und sein Körper hingeplumpst daliegt. Er ist tot! Und der Tod ist die einzige Freiheit!«

Der Hochgelehrte Professor und seine wissenschaftlichen Assistenten haben den Hundekäfig geöffnet und nehmen den Hund heraus. Sein Körper ist dürr und entwässert, aber seine höllische Botschaft schweigt nicht!

»Verstopft euch die Ohren, Ratten. Hört nicht zu!«

Der Hochgelehrte Professor führt einen anderen Hund in die Glaskammer und fesselt seine Vorderpfoten an das Gestell. Nun wird der Strom wieder angestellt, und die Tretmühle dreht sich von neuem, und ein neuer Märtyrer wird geschaffen! Herr Professor, ich bitte Sie, schmeißen Sie diese Hunde hier raus!

Er hört mich nicht. Herr Professor, Sie spielen ihnen direkt in die Hände! Lassen Sie ihn nicht weiterrennen, wo alle anderen Tiere ihn sehen können. Denn schon steigt der Dunst der Revolution aus ihm empor. Sehen Sie das denn nicht!

Nein, der H. P. sieht nicht die mächtigen Bilder aus diesem verdammten Hund hervorquellen. Aber wir sehen sie! Wir sehen Hunde aller Arten, die ihr Zuhause verlassen, ihre Posten verlassen und weglaufen. Sie rennen überall in der Luft um uns herum, als das intuitive Bild heller wird. Der Hund hat Bäume und staubige Gassen und funkelnde Bäche hervorgezaubert. Eine schreckliche Macht ist in unserem Labor am Werk, die die Drahtkäfige und die Operationstische und die Laufräder auslöscht. Die ganze herrliche Ausstattung verschwindet hinter einer Waldlandschaft.

»Seht nicht hin, Mitratten, seht nicht hin! Konzentriert euch lieber auf die Schock-Erkennungs-Box. Seht euch eure Mitratten darin an, wie sie in die Luft springen, nachdem sie das elektrische Gitter berührt haben. Sie werden langsam in den Wahnsinn getrieben. Bald werden sie ihre Diplome erhalten, die sie zu Irren Doktoren ernennen. Ist das nicht die ganze Arbeit wert? Eine chronische Verhaltensstörung bekommen wir doch nicht gratis, bloß weil wir Ratten sind. Wir haben uns unsere Neurose zu verdienen. Kommt hier herüber und leistet den Ratten Gesellschaft, die mit ›Störenden Klingelreizen‹ gequält werden. Ihr wißt, wie empfindlich unsere Ohren sind: sie sind für die Menschen das perfekte Versuchsinstrument. Ich möchte euch bitten, jetzt gut aufzupassen – gut so, schaut nicht auf die abscheuliche Hundesendung – schaut euch an, wie raffiniert eure Mitratte eingesetzt wird. Das genügt jedem, sich merkwürdig zu fühlen, meint ihr nicht auch? Wenn man so vor und zurück pendelt und überall um einen herum Klingeln ertönen, fühlt man sich allmählich angespannt und geängstigt. Seht mal, seht mal, seht euch an, wie die Klingel sich ihr jetzt nähert, dann wieder entfernt, nun wieder nahe, bedrohlich, und wieder zurückweicht. Jetzt, jetzt! Da, die Ratte hat einen elektrischen Schlag abbekommen, sie rennt im Käfig herum und stößt gegen die Wände. Seht nur, wie sie auf die Seite rollt und ihre Beine in die Luft kickt. Ihr Körper zittert, den Kopf bewegt sie tickartig. Sie ist ein Kandidat für den Titel eines Irren Doktors! Herzlichen Glückwunsch, mein Junge! Ein bißchen später geben wir dir zu Ehren ein Preßkeks-Bankett!«

Tja, und das hier ist ein echter Fortschritt: Der Hochgelehrte Professor holt sein Feuerzeug heraus. Ich hatte nicht gedacht, daß wir dieses Experiment noch einmal machen würden, aber natürlich müssen wir diese Experimente wiederholen, um unsere Entdeckungen bestätigt zu bekommen.

Der wissenschaftliche Assistent hat einen schlappohrigen Cockerspaniel für das Experiment ausgewählt. Ein anderer Assistent fesselt dem Cocker die Pfoten. Hervorragende, äußerst glatte Arbeit. Ihr jungen Leute seid Dr. Rattes Stolz und Freude.

Der nette Hundiwundi wird schön festgeschnallt. So wird er nicht viel revolutionären Firlefanz verbreiten, das kann ich garantieren.

Der Hochgelehrte Professor schnippt an seinem Feuerzeug – er hat's zum Brennen gebracht –, nun stellt er es so ein, daß eine lange Stichflamme herausschießt.

Hundiwundi schaut auf die Flamme, jetzt schaut er auf den Professor. Oh, das wird dir gefallen, Hundi!

Der Hochgelehrte Professor führt die Flamme dem Hund genau ins Nasenloch ein, läßt sie genau da hineinschießen. Hervorragend, gut gezielt. Der Cocker ist gezwungen, *die Flamme einzuatmen*. Nun macht auch der Assistent sein Feuerzeug an, und beide Nasenlöcher werden mit Feuer gefüllt, während der Hund sein Maul zu einem tonlosen Heulen öffnet.

Zu meinem Bedauern muß ich sagen, daß dieses Experiment nicht an unserer großen Universität erfunden wurde. Man hat es sich bei Harvard ausgedacht. Nun ja, natürlich ist Harvard eine der besten Hochschulen, und ich bin gar nicht richtig neidisch. Hand in Hand mit Harvard setzen wir das große Experiment namens »Brennendes Problem« fort. Es ist wesentlich, es ist informativ, es ist gut für die Nation.

So ist es recht, Hundi, eine schöne, gründliche Nasevoll Feuer. Es gefällt dir doch sicher.

Das ist eines von den Experimenten, die nicht viel Scherereien machen. Der Hund ist zu erschreckt, um irgendwelche revolutionären Signale auszusenden. Ich wünschte, ich könnte dasselbe von unserem Schmerzschwellen-Experiment dort drüben in der Ecke sagen. Es läuft überhaupt nicht gut, weil es so schleichend langsam vorangeht. Alles, was sich hinzieht, gibt dem Hund die Möglichkeit, seine Gedanken zu sammeln und revolutionäre Signale hervorzubringen.

Wollen wir uns das Experiment mal näher ansehen? Einer unserer wissenschaftlichen Assistenten arbeitet schon seit einer Stunde daran. Er hat einen Peitschenstiel in der Hand. Sehen Sie jetzt genau hin: Der Assistent hebt den Stiel und schlägt damit dem Hund aufs Bein. Ein anderer Assistent zählt genau mit. Das war Schlag Nummer 573. Der Hund wird genau eintausend Schläge aufs Bein bekommen, das ist die Anzahl, die von der Columbia Universität als notwendig zur Schockauslösung festgestellt wurde. Wir sind den Hochgelehrten Profs von Columbia für diese Information zu tiefem Dank verpflichtet.

Wir heben die Köpfe und heulen, und die Wildhunde führen uns weiter. Wieder jagen wir durch den Wald, den Morgentau im Fell. Die Vielfalt der Gerüche ist herrlich und angenehm. Wie konnte ich das jemals aufgeben für ein Leben in Gefangenschaft, ein Leben in Knechtschaft? Ich verkaufte meine Seele für die Bequemlichkeit, für die Sicherheit, für eine Hundeleine. Aber andere haben nicht so einen Freiheitsdrang wie ich.

»Was wir hier tun, ist Dummheit. Unsere Herrchen rufen uns!«

»Befreit euch von euren Illusionen!« ruft ein Wildhund, der wie ein Blitz vorüberspringt und dann weit nach vorn läuft.

Wir verlassen den Wald, gelangen auf einen Feldweg und folgen ihm in der warmen Sommerluft. Er ist eine schmale, gewundene Piste, die durch Ackerland hindurch verläuft. Vor uns, in der Luft, schwebt der Geruch von Menschen. Wir drängen vorwärts, ohne jede Angst. Unsere Zahl ist groß jetzt, und wir laufen weiter über den Hügel und erblicken plötzlich unter uns den Mann. Er arbeitet mit einem Pferd, das einen Baumstamm die Straße entlangzieht.

Der Mann hört unser Geheul und dreht sich zu uns um. Als er die Sturzflut aus Zähnen und Schwänzen sieht, kehrt er um und rennt in den Wald. Das Arbeitspferd, das noch immer den Baumstamm hinter sich herzieht, versucht dem Mann zu folgen, aber der Stamm verfängt sich in einem Gewirr kleinerer Bäume, und das Pferd kann nicht weiter. Wir sehen seine zitternden Muskeln und seine angstvollen Augen.

»Komm mit!« rufen wir. »Riechst du nicht, was in der Luft liegt?«

Das Pferd müht sich, seinem Herrn zu folgen. Falls der wunderbare Duft es erreicht hat, läßt es sich nichts anmerken. Es fühlt sich gesichert in dem Geschirr, es hat sein wahres Wesen vergessen. Da wir merken, daß es verloren ist, rasen wir an ihm vorbei und weiter, die Straße entlang, den warmen Staub unter unseren Pfoten und den Duft in der Nase.

Reine Galle, Mitratten, nichts anderes ist dieses Gerede von Freiheit, reine grüne Galle. Das kommt von einer Infektion der Leber dieses Hundes, das ist alles.«

Die Dinge hier im Labor haben sich noch weiter verschlechtert. Meine Mitratten verlassen das Schiff der Wissenschaft in hellen Scharen. Sie schnappen und beißen nach den wissenschaftlichen Assistenten, und der Hochgelehrte Professor hat mit Massenimpfungen gegen parasitäre Würmer aus der Familie der Echinostomatidae begonnen. Aber es ist die Familie der Hunde, die uns auf den Magen geht, Herr Professor, nicht die Würmer. Ich hätte sehr viel lieber mikroskopisch kleine Würmer in meinen Därmen als diese verfluchten Hunde mit ihrem geifernden Freiheitsgerede in den Ohren. Bitte, Herr Professor, schaffen Sie sie hier raus!

Sie haben ihr Signal an das Signal der Universität Creighton gekoppelt. Sie erinnern sich sicherlich an das Creightoner Hungerexperiment. Man ließ eine Gruppe von Hunden fünfundsechzig Tage lang hungern. Das wichtige Ergebnis dieses Experiments trat nicht sofort zu Tage, ich bedaure, das sagen zu müssen, weil unsere Hochgelehrten Creightoner Kollegen es vorzogen, über ihre Arbeit Stillschweigen zu bewahren, damit ihnen niemand den Rang abliefe. Sie waren derart verschwiegen, daß eine andere Gruppe junger Creightoner Wissenschaftler das Experiment drei Jahre später ahnungslos ein *zweites* Mal unternahm.

Dieses zweite Hungerexperiment war es, von dem aus dem Creightoner Universitätsgelände ein eindeutiges Signal ausging. Jeder auf der Intuitionsfrequenz kann es sehen – eine Art schwacher, verblassender Fotografie von abgemagerten Hunden, deren Rippen hervortreten und deren Augen tief in ihren Höhlen liegen. Dieses begeisternde Foto, das ein geheiligtes Stück wissenschaftlicher Offenbarung hätte werden sollen, haben sich statt dessen die Rebellen unter den Nagel gerissen. Sie benutzen es als Testbild für ihren Kanal. Jedes Tier, das etwa morgens um drei, wenn sonst nichts gesendet wird, auf die Intuitionsfrequenz gerät, sieht dieses Foto und hört dazu ein langes, leises Jaulen. Es ist dieser widersätzliche Gebrauch unseres großartigen wissenschaftlichen Diapositivs, den ich so abscheulich finde. Die jungen Creightoner Professoren haben lange und hart daran gearbeitet, diese Hunde verhungern zu lassen.

Ihr Rebellen habt uns unsere Forschungsergebnisse gestohlen. Ihr habt uns die Erträge geklaut! Aber ihr kommt nicht ungestraft davon, das verspreche ich euch. Ihr werdet alle Feuer einatmen, liebe Rebellen. Harvard wird schon dafür sorgen.

Und die lieben Professoren von der Columbia Universität schlagen euch bei der nächstbesten Gelegenheit windelweich!

Wie praktisch, daß sich Vergeltung und Strafe in künftige Lernprogramme einbauen lassen! Während diese Rebellen für ihre revolutionären Umtriebe verbrannt und geschlagen werden, können sich unsere jungen Studenten sorgfältig Notizen machen und Fotos für den Jahresbericht schießen. Alles nimmt schließlich ein gutes Ende – wenn wir die Rebellen nur augenblicklich mundtot machen!

Aber leider vergrößert sich ihr Sendernetz. Wenn Sie mal eben einen Blick auf den Arbeitstisch da drüben werfen, verstehen Sie, was ich meine.

Nein, nein, ich meine nicht diese reizende, junge blonde Assistentin. Ja, sie wäre wahrscheinlich eine Wucht beim Kopulieren, aber ich möchte Ihre Aufmerksamkeit auf das *Ei* lenken, das sie in der Hand hält.

Es ist ein ganz gewöhnliches befruchtetes Ei, und unsere reizende Blondy wird nur ein bißchen was auf dem Gebiet der embryonalen Entwicklung untersuchen. Doch – in diesen bewegten Zeiten strahlt jede niedere Lebensform ein starkes Signal im außerbewußten Fernsehkanal aus.

Verstehen Sie, was ich meine? Das Ei ist ein Sender!

Wir Leben in ewigem Tageslicht. So legen wir mehr. Wir sitzen auf Maschendrahtböden, damit unsere Exkremente auf das sich ständig drehende Förderband durchfallen, das sie wegbefördert. Die Schnäbel hat man uns abgeschnitten. Und wir sind krebskrank. Man nennt uns Legemaschinen.

Wir sind die besten Legemaschinen der Welt. Siebenundzwanzigtausend sind wir hier, unsere einzige Bewegung das Legen des Eies, das eine kleine Rutsche hinab von uns wegrollt.

Ich weiß noch, wie herrlich es war, als ich mich durch die Schale nach draußen pickte und in die warme helle Morgenröte des Lebens trat.

Ich habe keinen zweiten Sonnenaufgang erblickt. Wir leben in ewiger Mittagszeit. Meine Geburt war ein schrecklicher Fehler. Und trotzdem entwickelt sich, wie immer, ein Ei in mir. Ich kann's nicht aufhalten. Ich fühle es wachsen, und trotz aller Verbitterung empfinde ich kleine Regungen von Zärtlichkeit. Ich wünschte mir so, ich könnte das Ei am Wachsen hindern, so daß ich diese zärtlichen Gefühle nicht kennen müßte. Aber ich kann's nicht. Ich bin eine Legemaschine, die beste Legemaschine der Welt.

»Sei nicht so traurig, Schwester. Es kommen bessere Zeiten.«

Die irre Henne im Käfig neben mir ist einem hier in der Eierfabrik weitverbreiteten Irrtum zum Opfer gefallen. »Es kommen keine besseren Zeiten, Schwester«, erwidere ich. »Nur noch schlechtere.«

»Du irrst dich, meine Liebe. Zufällig weiß ich es. Sehr bald werden wir in einem wunderschönen Hühnerhof scharren.«

Ich antworte gar nicht erst. Ihre Wahnideen machen ihr Mut. Und da unser Ende genau das gleiche ist, was macht es da, wie wir unsere Tage hier verbringen? Soll sie doch von ihrem wunderschönen Hühnerhof träumen. Soll sie doch ihren Traum so weit fortspinnen, bis sie sich einbildet, daß der Maschendrahtboden unter ihren Krallen warme trockene Erde ist. Wir haben nicht mehr viel Zeit vor uns. Unser Leben währt nur vierzehn Monate beständigen Eierlegens, und dann haben wir's hinter uns.

Eine Legemaschine!

Es gibt plötzlich viel Flügelgeflatter entlang dieses Zellenblocks und viel lautes Gegacker. Die Käfige gehen auf, und grobe Hände packen uns, eine nach der anderen.

»Siehst du, Schwester. Ich hab dir's doch gesagt, daß bessere Zeiten kommen. Jetzt kommen wir raus in unseren wunderschönen Hühnerhof.«

»Ja, Schwester. Jetzt kommen wir endlich raus.«

Nun werden wir mit dem Kopf nach unten aufgehängt, unsere Füße mit Draht zusammengebunden.

»Siehst du, Schwester. Genau, wie ich's dir gesagt habe – die besseren Zeiten sind endlich da.«

Wir werden an ein langsam laufendes Förderband gehängt. Mit dem Kopf nach unten werden wir durch einen dunklen Tunnel befördert. Der Draht schneidet mir ins Fleisch. Schaukelnd schweben wir durch die Dunkelheit. Die gurgelnden Schreie ein Stückchen vor uns machen deutlich, was für bessere Zeiten gekommen sind.

»Unseren Lohn, Schwester, hier bekommen wir ihn endlich«, schreit unsere wahnsinnige Schwester. »Wir waren gut und legten viele Eier, und jetzt erhalten wir unseren Lohn.«

Der Schrei jeder Henne endet wie abgeschnitten, so daß ihr Gekreisch zu einem feuchten Gurgeln wird. Und dann das Geräusch von Tropfen: tropf, tropf, tropf.

»Oh, jetzt sehe ich ihn, Schwester, den wunderschönen Hühnerhof, von dem ich gesprochen habe, über und über mit roten Blumen bedeckt und …«

Der Brei rinnt ihr aus dem Hals.

Hühnerkacke, glaubt mir, Mitratten, nichts weiter ist dieses Geschwätz.‹

Aber sehen Sie nur, wie es die Kolonie erregt hat. Gefletschte Zähne, zuckende Schwänze, wutentbrannte Blicke

– das ganze Labor ist in Aufruhr. Ich habe die Akten durchgesehen und konnte nirgendwo auch nur Vergleichbares entdecken, dabei bin ich bis zu den frühen Arbeiten von Dr. Claude Bernard 1876 in Paris zurückgegangen. Sie erinnern sich an Dr. Bernards unsterbliche Worte an seine Studenten: »Warum denken, wenn man experimentieren kann!«?

Ich möchte in aller Bescheidenheit erwähnen, daß ich in dem Jahr, in dem ich wahnsinnig wurde, den Claude-Bernard-Tierversuchs-Preis erhielt, ich bin also mit jeder möglichen Laborsituation vertraut, aber in keiner Aufzeichnung findet sich etwas ähnliches wie dieser gegenwärtige Aufstand.

Ach, das waren noch Zeiten, als unsere Konfliktsituationen sämtlich experimentell hergestellt wurden.

Jetzt hat sich eine Clique von Stammtischjuristen aus dem Eiweißmangel-Käfig der Hetzkampagne angeschlossen und versucht, die kleinen Jungratten davon zu überzeugen, daß sie gewisse Rechte haben.

»Hört nicht auf diese Albino-Arschlöcher, meine kleinen Rattenjungen. Hört auf euren wahren Freund, den guten Dr. Ratte, und lernt, die Wirklichkeit zu schlucken (vgl. meinen Aufsatz ›Die Entfernung des Rattenmagens‹, *Anat. Abr.*, 1967). Ich würde euch nie irreleiten, das wißt ihr. Laßt uns alle das kleine Tänzchen mit dem Titel ›Die Neue Nekropsie‹ tanzen! Kommt, ihr jungen Ratten, tanzt mit Dr. Ratte und singt:

Betreibt die neue Nekropsie
Will sehen, wie ihr zittert und bebt!
Betreibt die neue Nekropsie

Die Leber wird euch genommen und ihr erlebt
wie ihr enthauptet werdet
Betreibt die neue Nekropsie und bebt, bebt, bebt!«

»Seien Sie still, Dr. Ratte. Wir hören dem Hund zu.«

»Dieser Hund enthält nichts als Scheiße, meine Freunde. Seht doch nur, wie streifig seine Kacke ist. Seht doch, wie ihm Bauch und Flanken schwellen. Er ist ein Staatsfeind!«

Erschöpft schleiche ich weg. Ausdruckstanz ist nicht meine Stärke, aber zur Rettung meines geliebten Labors würde ich alles tun. Ach, was waren das für schöne Zeiten, als wir immer alle um das Lumbalpunktionsgestell herumsaßen und einträchtig die Entfernung unserer Temporallappen besangen. Das waren glorreiche, angenehme Zeiten. Ich vermisse sie schrecklich. Ich fühle mich allem so entfremdet.

»*. . . wenn man einem Huhn den Hals umdreht, sollte man auf folgendes achten: Halten sie den Vogel mit der Linken am Kopf fest, fassen Sie mit den Fingern genau hinter den Kopf. Dann ziehen Sie die rechte Hand kräftig nach unten. Der Hals wird so in die Länge gezogen. Gleichzeitig drehen Sie dem Vogel den Kopf nach hinten, indem sie ihn über das Genick biegen. Das führt zum Ausrenken des Genicks . . .*«

»Ach, sei doch still, du dämliches Ei!« Was kümmert es mich, einen Hochgelehrten Irren Doktor, wie einem Hühnchen der Hals umgedreht wird?

Ich habe wichtige Aufsätze zu schreiben. Ich muß eine Gegenoffensive gegen diese Hunde und dieses halb beknackte Ei starten. Aber ich habe einfach nicht den alten Schwung. Eines meiner Lieblingsexperimente, die 500-Pfund-Druck-Klemmschraube, findet in eben diesem Augenblick statt, aber es macht mir nicht mehr so viel Spaß wie früher, weil ich weiß, daß die Rebellen versuchen werden, es für ihre Propaganda auszubeuten.

Dabei gibt es nichts Harmloseres als das – kommen Sie, gehen Sie hinter mir her dort hinüber und sehen Sie selbst. Sie sehen einen großen, stupide wirkenden, gescheckten Hund, stimmt's? Neben ihm einen wissenschaftlichen Assistenten.

Der wissenschaftliche Assi nimmt eine sehr diffizile Bewertung der experimentellen Situation vor. Eines Tages werden seine Erkenntnisse in einer kaum bekannten wissenschaftlichen Zeitschrift publiziert werden und ihm einen Titel einbringen. Doch wird das nicht das Ende seiner furchtlosen Arbeit sein. Absolut nicht. Sie wird schließlich in ein umfassendes Lehrbuch zu diesem Thema aufgenommen. Er wird hoch erhobenen Hauptes durch die Korridore schreiten. Er wird eine Gehaltserhöhung bekommen. Und warum?

Weil er im Augenblick an der Schraube dreht, die am Bein dieses Hundes befestigt ist. Der Druck wird proportional zur angestrebten Gehaltserhöhung verstärkt. Je stärker der Druck auf das Bein des Hundes ist, desto höher steigen die Bezüge des jungen Mannes. Das Meßgerät zeigt an, daß der Druck jetzt 250 Pfund beträgt.

Sie werden noch Besseres leisten müssen als das, junger Freund, wenn Sie vom Dekan der Naturwissenschaftlichen Fakultät den Segen haben wollen. Ihre Vorgänger in dieser Abteilung hatten den Druck letztes Jahr auf 500 Pfund. Machen Sie weiter, gehen Sie ordentlich ran! Bringen Sie den Hund mal richtig zum Springen. Quetschen Sie ihm die Knochen zu Mus, und Ihr M. A. ist Ihnen sicher.

Die Logik dieses Druck-Programms ist unwiderleglich. Es garantiert unserer Universität die wertvollen Zuschüsse. Es ist gut für die Wirtschaft, und es ist gut für die Menschheit. Das zermalmte Bein dieses Hundes wird uns als Richtschnur für künftige Untersuchungen ähnlicher Art dienen, die letztlich in einem großartigen wissenschaftlichen Durchbruch der Knochen gipfeln werden.

Sie könnten auch einen besseren Kunststoff ergeben, oder vielleicht eine neue Sorte Aspirin. Wohnungsbauprojekte werden perfekter geplant werden, und die Qualität der Waschmittel wird gesteigert. Die Anwendungsmöglichkeiten sind einfach grenzenlos.

Aber die Rebellen schlachten alles für sich aus!

Diese Arschlöcher.

Sie stellen alles völlig verzerrt dar. Tun so, als sei die Sache grausam. Was ist denn grausam daran, einen Hund zu zerquetschen?

Ein Hund ist eben nur ein Grundmodell. Ein geeigneter, eigens zu Laborzwecken bestimmter Seitenzweig der Evolution.

»Wir wollen auch die Hunde dieses Dorfes anwerben«, sagen die Anführer, die Wildhunde.

Und so warten wir, bleiben auf dem Feldweg liegen. Ein Stück vor uns geht die blanke Erde in Straßenpflaster über, und ein paar alte Häuser stehen verlassen da. Aber weit unter uns, im Tal, können wir die anderen Häuser des Dorfes sehen, und da sind Menschen. Menschen – und Hunde.

Hier kommt ein Bluthund angerannt, der nach dem Duft giert. Seine dicke Nase wandert über den Boden, und immer wieder schüttelt er den Kopf, weil er nicht genau feststellen kann, wo der Geruch ist, ob im Straßengraben oder am Himmel. Seine langen Ohren schlenkern, sie berühren fast den Boden, und seine kurzen Beine tragen ihn langsam voran, bis er uns vor sich lagern sieht – ein Meer aus Augen und Nasen und Schwänzen und Zähnen.

Er setzt sich auf seine Hinterbeine und äugt mißtrauisch zu uns herüber, die Nase in der Luft, heftig schnuppernd.

»Komm her, komm her«, rufen wir.

Er hört das freundliche Gebell, und weil er dem wunderbaren Geruch vertraut, kommt er heran. Ich sehe den Blick seiner Augen. Er hat einen Namen, dieser Bluthund, und sein Name ist ihm immer noch wichtig. Riefe sein Herrchen: »Hierher, Blacky!« oder »Hierher, Klecks!«, er würde sich umdrehen und antworten. Aber wir ziehen ihn in unsere Reihen, nehmen ihn tief in unsere Mitte, wo unsere glühenden Seelen seinen Namen umzingeln und für immer auslöschen. Noch immer sind seine Augen sorgenerfüllt. Er möchte frei sein, um dem Duft zu folgen, doch sein altes Ich zieht ihn zurück.

»Ihr seid bloß eine Meute«, sagt er. »Ich will nicht bloß Teil einer Meute sein.«

»Meute?« schreit ein Wildhund. »Das ist keine Meute!«

Ein Schauder durchläuft mich, als hinge ich an einer Leine, die mit einem fernen Stern verbunden ist, und dieser Stern zöge mich an, aus meinem Körper heraus und immer höher und höher. Rasch drehe ich mich zu dem Wildhund um: seine Augen dringen in meine, glühend wie Sterne, tief im endlosen

Himmel, aus strahlendem Licht, das immer strahlender wird, bis sein ganzer Körper leuchtet.

Erschrocken wende ich mich von ihm ab und muß erkennen, daß alle Hunde so leuchten, daß eigentlich keine Hunde da sind, nur ein einziger riesiger leuchtender Leib, der Hundsstern.

Du süße Hüpfmaus (Familie der *Zapodidae*)!

Eine Gruppe rebellierender Rattenmütter marschiert auf dem Laufrad herum und schreit Parolen. Ihre Anführerinnen sind zwei Ratten, die letzte Woche zusammengenäht wurden. Das war eine schöne und wichtige Parabiose. Die Haut wurde ihnen vom Kopf bis zum Schwanz aufgeschlitzt, dann verband man ihr Fleisch sowie ihre Schlüsselbeine und Bauchmuskeln miteinander (vgl. meinen Aufsatz »Parabiotische Ratten«, *Exper. Biol.*, 1972). Solche Beiträge zur Wissenschaft sind unschätzbar in ihrem Nutzen für die Menschheit. Wie können diese Ratten nur so egoistisch sein! Daß wir die tiefere Bedeutung des Zusammennähens zweier Ratten noch nicht erkannt haben, bedeutet doch noch lange nicht, daß wir nicht schließlich dahinterkommen. Wir werden weiternähen! »Verschließt eure Ohren, Mitratten! Hört nicht auf diese unverantwortlichen Aufrührerinnen! Denkt daran, daß wir einen Beitrag zur Forschung leisten, zur Rettung des Lebens von Millionen Menschen ...«

»Bitte, sehen Sie sich meine neugeborenen Rattenkinder an, Doktor. Sehen Sie nur, wie sie spielen und herumhüpfen.

Warum sollte man ihr Leben mit schrecklichem Essen und entsetzlichen Operationen zerstören?«

»WEIL GOTT ES SO WOLLTE, IHR ZWEI LÄCHERLICHEN ZUSAMMENGENÄHTEN DRECKSRATTEN!«

Du lieber Himmel, mich bringt das alles furchtbar auf. Es ziemt sich nicht für einen Hochgelehrten Irren Doktor, derart von Käfigdächern herunterzubrüllen. Ich gehe am besten hier herüber und setze meine Notizen über die Hitzschlag-Untersuchung fort, und das auf eine Weise, die einem Wissenschaftler meines Schlages eher zukommt.

Wie ich sehe, hat man das Wasser zum Kochen gebracht. Wollen wir dem Hochgelehrten Professor und seinem Gefolge lauschen? Es wird Sie in tiefster Seele freuen, glaube ich. Ich jedenfalls fühle mich immer geborgen, wenn ich sie so reden höre:

»Die Temperatur sollte 60 Grad betragen.«

»Wir sind bereits so weit, Herr Professor.«

Wie Sie sehen, ist das Grundmodell bei diesem Experiment ein Kaninchen. Es trägt eine recht sinnreiche Badekappe. Vielmehr ist es eine Doppelhaube, wasserdicht, die dem Kaninchenkopf wie angegossen sitzt.

Der wissenschaftliche Assistent gießt nun – auf geht's! – das siedende Wasser dem Kaninchen in die Haube. Sehen Sie bloß, wie dieser langfüßige Scheißer *(Lepus americanus)* strampelt! Die Augen treten ihm aus dem Kopf und sein Atem wird schnell, während die Haube bis obenhin mit dem heißen Wasser gefüllt wird. Das Wasser verbrüht ihm die ganze Birne. Ist das nicht spannend?

Ich habe beobachtet, daß immer ganz eindeutig eine sexuelle Erregung entsteht, wenn solche dramatischen Experimente durchgeführt werden. Der Hochgelehrte Professor und sein Stab werden gerade von einer solchen Erregung gepackt. Es handelt sich um eine sehr diffizile Unterströmung, die nur ein Spezialist wie ich wahrnehmen kann. Aber ich habe in meiner Freizeit an ein paar Seiten Sigmund Freud geknabbert, und es ist völlig klar, daß sich in derartigen Experimenten eindeutig sexuelle Energie Luft macht. Ich könnte ja einen kleinen Aufsatz zu diesem Thema schreiben, den man unter der Hand kursieren läßt. Doch hören wir unseren Studenten zu:

»Seine Augen sind empfindlich gegen die Berührung, Herr Professor.«

»Ja, genauso soll es sein. Bringen Sie jetzt das heißere Wasser.«

»Es steht bereit, Herr Professor. Es hat 85 Grad.«

Die Haube wird von der ersten Ladung heißen Wassers entleert, und nun gießen sie noch heißeres Wasser hinein. Mann, sehen Sie bloß, wie sich das Kaninchen windet! Beachten Sie, wie sich sein Bauch krampfhaft bläht und zusammenzieht. Das hier ist Herz und Seele unserer Arbeit. Die Augen rollen ihm im Kopf herum.

»Wunderbar, nur keine Zeit verlieren.«

Das Kaninchen ist steif und still geworden. Aber die Studenten beginnen nun erst mit ihrer wichtigen Untersuchung. Die Haube wird abgenommen, und an dem Schädel wird eine Trepanation vorgenommen. Ein Thermometer wird in das Gehirn gesteckt. Ein Assi hält es fest, und alle sehen ihm mit geduldiger Aufmerksamkeit zu. Langsam zieht er es wieder aus dem Schädel des Kaninchens heraus und wischt die Hirnflüssigkeit ab. Nun blickt er darauf und sagt:

»47 Grad Celsius.«

»Das ist fast genauso, wie's sein sollte. Haben Sie das nächste Modell bereit?«

»Wir führen das Experiment jetzt an zwei Katzen durch, Herr Professor. Dann, dachten wir, probieren wir's an einem jungen Kätzchen aus.«

»Gut. Aber erst sollten Sie eine Pause einlegen. Ihre Aufzeichnungen miteinander abstimmen. Und einer von Ihnen kann schon den Ofen anheizen.«

»Ja, Sir.«

Der Hochgelehrte Professor verläßt das Labor. Seine Studenten treten an eine Kaffeemaschine. Sie merken nicht, daß sich eine entwischte Ratte unter dem Filter versteckt hat. Nein, sie riechen nicht einmal, daß sie einen Köttel in den Pappbecher fallen läßt. Die Assistenten schalten das Radio ein, machen Pause und ahnen nicht, was sich direkt vor ihrer Nase abspielt.

»... im Nachrichtendienst von heute nachmittag haben wir sonnigen Himmel – und eine ziemlich lange Liste entlaufener Hunde. Frühling muß in der Luft liegen, Leute! Wenn Sie ein schwarz-braun-weiß-geflecktes Beagleweibchen namens Daisy, vier Jahre alt, sehen ...«

Ihr Großen Nackten Maulwurfsratten! Das ist ja entsetzlich! Die Hunde rebellieren auch *außerhalb* des Labors!

»... kleiner Hund, schwarz-weiß, hört auf den Namen Serge ...«

Auf den Namen *Revolutionär*, meinen Sie! Was für ein Schreck. Das hier ist schlimmer als Labyrinthgang D!

»... ein schwarzer Spaniel namens Pepsi ...!

Jetzt, Hunde, durch diesen Bach. Wir rennen durch das Wasser, bellen, planschen, sind außer Rand und Band. Die Hofhunde und die Stadthunde und alle die Einzelgängerhunde sind bei uns. Ich fühle das uralte Hundewesen in mir hochkommen, während der Stolz auf meine Rasse sich von seiner langen Vergessenheit erholt. Meine Sicht war begrenzt: ich dachte, Menschen seien klüger als ich.

Wir sind die Klugen und Mutigen. Nun findet mein Innerstes wieder zu sich. Wir sind im Besitz der Klugheit, wenn wir diese Einigkeit haben. Sie ist unter uns zu spüren, während wir mit unseresgleichen dahinlaufen. Wie mächtig ist der Geist des Hundes, wie mächtig und frei!

Tanzt, Hunde, tanzt! Unsere Rasse hat sich von ihren Verblendungen freigemacht.

Vor langer Zeit krochen wir hin zu den Feuern der Menschen, ohne zu wissen, welche Knechtschaft dort auf uns lauerte. Der Mensch ist kein Herrscher.

Es gibt keine Herrscher!

Es gibt nur das Strömen, das ich jetzt fühle, hier, wo die Quellen unseres Geistes hervorbrechen.

Es gibt keine Herrscher!

Wie schlau uns die Menschen betrogen haben, indem sie uns glauben machten, sie seien klug. Verschlagen, ja, sie sind verschlagen wie Kojoten, aber Klugheit findet man nur hier, im Strömen, in der Freiheit, in der Vereinigung unserer Herzen.

Durch das Laub jetzt und die langentbehrten Abenteuerwege hinab. Ich habe ihnen die Hand geleckt für einen Keks, für alles, was sie mir hinwarfen, doch jetzt – jetzt lecke ich den Waldbach, so kühl wie der Morgen und so klar.

Wenn ich Hunger habe, ich mache mir nichts daraus. Wenn ich sterbe, dann hier, in meinem Reich, den hohen, grünen Bergen, den tiefen, wogenden Tälern, unter dem einsamen Baum. Ich pisse, wo es mir gefällt, wir pissen in die Luft, wir rennen, wie wir wollen, ohne daß jemand mit einer Hundeleine wartet.

Eine Hundeleine!

Am Hals festgemacht! Wie schrecklich, was für eine unmögliche Beengung habe ich ertragen – aber nie, niemals wieder. Die Menschen lieben Leinen. Sie alle tragen welche, habe ich gelernt. Sie binden einander mit Leinen fest, fesseln sich gegenseitig.

Wir streifen durch die Zweige und werfen uns ins nasse Sumpfgras. Erschöpft ruhen wir uns dann aus, hier am Rande des Sumpfes, auf dem weichen Moos.

Als ich noch Sklave war, dachte ich irgendwie, daß die innigen, köstlichen Augenblicke, die ich gelegentlich erlebte, sowas wie ein Geschenk des Windes seien, das mir hin und wieder, doch nie für lange, gewährt wurde. Und dann blickte ich zu meinem Herrchen auf und leckte ihm verwirrt die Hand, weil ich meinte, er kenne alle diese innigen, köstlichen Geschenke des Tages, er habe Macht über sie, besitze sie allesamt.

Was für ein Dummkopf ich war.

Der Mensch besitzt keines! Das weiß ich genau; es ist unverkennbar klar. Seine Gewohnheiten durchschaue ich jetzt, wie langweilig und unausgefüllt er ist, wie er Erfüllung in mir suchte!

Hier liege ich, atme die herrlichen Gerüche des Waldes, und der innige, köstliche Augenblick ist für immer mein. Oh,

Freiheit ...

... endlich auf eigenen Füßen stehen und selber entscheiden, wo es lang geht – ein höchst erstrebenswertes Ziel. Erreichen läßt es sich auf verschiedenen Wegen – zum Beispiel über die finanzielle Unabhängigkeit, denn Geld, so meinte schon der österreichische Wirtschaftswissenschaftler Friedrich Hayek, «ist eins der großartigsten Werkzeuge der Freiheit, die der Mensch erfunden hat».

wie klug die Wildhunde waren, daß sie das wußten und nie aufgaben.

Wir brauchen nichts vom Menschen.

Im Gegenteil, sie brauchen etwas von uns. Sie haben es verzweifelt nötig, diesen Weg entlangzulaufen, durch den Wald, mit der Nase am Boden. Aber sie werden es nie tun. Sie sind an eine Haustür gebunden, an den Vorgartenrasen gekettet.

Alle Hunde um mich her sehen es jetzt. Ihre dunklen Augen leuchten von unserer Erkenntnis, sie wedeln glücklich mit den Schwänzen. Der Spaniel rollt sich auf den Rücken, strampelt mit den Füßen in die Luft. Hier in der Wildnis, in der dichten, dunklen Wohnstatt des Hundes, kommt der Hund zu sich selbst, nachdem er so lange im Sessel geschlafen hat.

Diese aufsässigen Sendungen sind so entnervend, und ich sitze hier und versuche meinen allmonatlichen Bericht für den öffentlichen Gesundheitsdienst über unser Hochfrequenz-Hitzestrahlungs-Experiment in Käfig 7 zustande zu kriegen. Es gehört zu einer Reihe wichtiger Experimente, die man schon seit 1926 durchführt. Mit Hilfe einer stark leuchtenden Vakuumröhre haben wir bereits mehreren der eingesperrten Ratten das Fell weggesengt.

»Meine Pfoten ... völlig verbrannt ...«

»Ich kann nicht ... atmen ...«

Wie Sie selbst hören, stimmen die Ergebnisse genau mit denen überein, die wir die ganzen letzten achtundvierzig

Jahre erhalten haben (vgl. meinen Aufsatz »Über das Rösten von Ratten«, *Med. Ztschr.*, 1970). Nur durch so sorgfältige Vergleiche können wir sicherstellen, daß es auch nächstes Jahr ausreichende Subventionen geben wird. Meine Kollegen haben weder Zeit noch Mühen gescheut, und so werden sie usw. usw.... Ich weiß, wie man solche Berichte formuliert. Der geübte wissenschaftliche Autor versteht es, eine erschöpfende und völlig unverständliche Zusammenfassung seiner Erkenntnisse zu liefern. Niemand wird dem Hochgelehrten Professor widersprechen, weil niemand genau weiß, was er eigentlich tut oder warum. Es genügt, daß wir jeden Monat den Krebs und einen neuartigen Kunststoff erwähnen.

Mein Bericht wäre jedoch nicht vollständig, wenn ich das augenblickliche Mikrowellenherd-Experiment überginge. Da kommt ja endlich der Assistent mit einem Backblech voller kleiner Kätzchen. Wie niedlich sie sind mit ihren Pfötchen, die man mit Klebeband auf dem Backblech befestigt hat. Wie süß und reizend und bewegungsunfähig. Die Ofentür wird geöffnet, und jetzt werden, wie Sie sehen können, die Kätzchen bei vollem Bewußtsein in die heiße Röhre geschoben.

»175 Grad ...«

Geben Sie acht, die Schwänze werden regelrecht brutzeln und zerplatzen.

»... vaginale Blutung ...«

Verstanden, *vaginale Blutung*, ich stenographiere alles mit.

»Beachten Sie, wie die Extremitäten jetzt blau werden ... Wir müßten interessante Gehirnzellschädigungen erhalten ...«

Gehirnzellschädigungen, hab' ich.

»Sehr munter, finden Sie nicht auch?«

»Bei den Experimenten 1954 in der Yale Universität hat man nur normale Herde benutzt ... aber sie bewirkten trotzdem bemerkenswerte Zellschädigungen im Kleinhirn und in den Temporallappen ...«

Das sind so erfreuliche Anblicke, die zu sehen der Steuerzahler normalerweise keine Gelegenheit hat – zwei junge Wissenschaftler stehen vor dem Herd und backen ein Blech Kätzchen. Da gehen eure Steuern hin, liebe Mitbürger, als Beitrag zu einer besseren und dauerhaften usw. usw.

»... Universität Rochester ... 1969 ...«

»... Mikrowellenschäden im allgemeinen von Fieber nicht zu unterscheiden ...«

Na schön, ich denke, das sollte reichen, Jungs. Die Beamten vom öffentlichen Gesundheitsdienst werden von euren Gehirnzellschädigungen beeindruckt sein, und ich für meine Person sehe hocherfreut dieses ganze Backblech voller toter Kätzchen.

»KEINE WEITEREN TIERVERSUCHE!«

»Wir wollen unser Recht!«

Oh, du meine Güte, die aufrührerischen Ratten schreien aus ihren Käfigen! Wie unschicklich! Ich bin nur froh, daß unsere beiden jungen kätzchenbackenden Assistenten diese Intuitionssignale nicht empfangen können. Das würde sie in ihrer Konzentration stören, und sie haben jetzt wichtige Analysen an den toten Kätzchen vorzunehmen. Ich muß mir jetzt diese rowdyhaften Aufrührer vorknöpfen:

»Bitte, meine lieben Mitratten, eure Forderungen sind einfach unerhört. Haltet eure Schwänze mit einem Frottierhandtuch im Zaum, das entlang der Linie C-D gefaltet ist (Abb. 19), und steckt sie mit Sicherheitsnadeln fest (›Das Im-Zaum-Halten von Ratten‹, *Mag. Psych. Gen.*, 1965).«

Zum Glück steht für heute nur noch ein Experiment auf dem Plan. Lassen Sie mich mal sehen ... ja ... Kohlenmonoxyd ... sehr schön.

Treten Sie bitte hier rüber an den Glaskasten. Er hat genau die Größe für einen Beagle, stimmt's? Und hier kommt auch schon der dämliche Köter, seine Ohren schlackern, während er zu dem Kasten geführt wird. Ich mag Hunde wirklich sehr gern, wenn sie dort sind, wo sie hingehören.

Komm schon, Hundi, nur hier entlang. Mach dir keine Sorgen wegen dieses merkwürdigen Glaszimmers. Das ist bloß eine Duschkabine. Ja doch, wir verabreichen dir lediglich eine kleine Dusche und befreien dich von deinen Flöhen. Viele nette Beagles haben dieses Duschbad schon genommen, bist ein gutes Hundchen, nur hier durch die Tür.

Der Beagle ist nun in der Duschkabine sicher verwahrt. Und jetzt läßt der wissenschaftliche Assistent den kleinen Benzinmotor an, dessen Auspuffgase in den Glaskäfig geleitet werden. Der Beagle sieht sich ängstlich um, und nun zuckt seine lange Nase in der Luft, er riecht die Auspuffgase. Singt alle mit:

»Wie oft steht der Hundi am Fenster,
ihr kennt ihn am schlapprigen Ohr ...«

Er kratzt am Glas und blickt zu uns heraus, Panik in den Augen. Die Assistenten, ich bin glücklich, das sagen zu können, bleiben ruhig und klinisch wachsam. Sie lassen sich von diesem Armesünderblick nicht hereinlegen, als der Beagle, außerstande, sich auf den Beinen zu halten, auf den Boden der Duschkabine sackt. Gefällt dir deine schöne Dusche, Hundi? Du wirst dich wegen deiner ekelhaften Flöhe nicht mehr kratzen müssen.

»Stoppen Sie die Zeit?«

»Ja, ich habe sie notiert.«

Sehr gut, meine Herren Studenten, die Zeit ist wesentlich. Nicht alle Hunde sterben auf genau die gleiche Weise in dieser Kammer. Einige sind widerstandsfähiger als andere. Wenn wir hinter die Unterschiede hinsichtlich der Widerstandsfähigkeit gegen die tödlichen Gase kommen könnten, gelänge uns eventuell auch die Herstellung einer besseren Schuhcreme für die Armee. Dazu sind natürlich noch sehr viel mehr Beagles erforderlich, aber wir haben sie, meine Freunde, und das Verteidigungsministerium stellt die notwendigen Mittel bereit. Ihr beiden Studenten könnt auf mindestens drei Jahre Forschung allein hier an den Duschen hoffen.

Der Hund kriecht matt in dem Glas herum, seine Augen sind glasig. Sehen Sie nur – er hat mit dem Schwanz gewedelt!

Aha, jetzt, da – ihm hängt die Zunge raus, und er fällt zur Seite. Ein letztes Zucken seines Hinterbeins, und – sein Duschbad ist beendet. Das hat nicht allzu lange gedauert, was? Was für ein netter, steifer Hundi.

Bringt ihn gleich zum Verbrennungsofen, Jungs. Wir brauchen ihn nicht zu sezieren. Die Zeit ist der entscheidende Faktor. Das reicht, wickelt ihn einfach in eine Zeitung. Der Universitätsverbrennungsofen ist groß genug, um mit ihm fertigzuwerden. Dieser potentielle Staatsfeind hat einen wichtigen wissenschaftlichen Teilbeweis geliefert, und bald wird er ein kleines Rauchwölkchen sein, das über das

Unigelände wegzieht. Seht ihr, ihr aufsässigen Tiere – der einzige Weg, wie ihr hier rauskommt, ist der Schornstein, haha!

Ein langer, schwerer Tag im Labor. Die Assistenten und der Hochgelehrte Professor ziehen ihre weißen Kittel aus und hängen sie in die Ecke. Keine Sorge, meine Herren, der treue Dr. Ratte wird während der Nacht für Sie das Labor bewachen. Ich lasse diesen Rebellen schon keinen Schwindel durchgehen.

Bis morgen.

Licht aus, Tür zu, *klick*.

Ich werde jetzt wohl mal zu dem Bücherregal rübergehen und ein bißchen was Leichtes knuspern. Ein Hochgelehrter Irrer Doktor muß sich über die neueste Literatur zum Thema, wer wen in den Wahnsinn getrieben hat und wie, auf dem Laufenden halten.

Was huscht da für ein Schatten am Regal lang?

Eine entwischte Aufrührerratte! Sie rennt auf das Laborradio zu, wickelt ihren Schwanz um den Knopf und schaltet es ein.

»... die Behörden sind weiter besorgt über die wachsende Zahl von Hunden, die sich in den Außenbezirken der Stadt zusammengerottet haben. Unbestätigten Berichten aus anderen Teilen des Landes zufolge handelt es sich möglicherweise um ein weit verbreitetes Phänomen. Staatliche und örtliche Polizeidienststellen befinden sich in Alarmbereitschaft wegen Scharen von ...«

Ich schlief in der Höhle der Ahnen. Ich lag im geheimen Bau verborgen. Ich erhob mich und verließ meine Höhle, denn ich wurde im Schlaf gestört. Und der Wind trug mich. Ich wehte über das Land hin und sammelte die verstreuten Glieder meines Leibes. Nun bin ich Er mit der Million Augen. Nun habe ich viele Zähne und viele Schwänze. Nun lauft, Hunde, lauft! Lauft mit mir zur Blutstadt, wo sich der Tod im langsamen Todestanz dreht!

Ich bin ein brüllender Fluß, ein reißender Strom von ungestümer Kraft. Ich bin der Urhund, Er mit einer Million Schwänzen. Durch die Wiesen renne ich und durch die Zickzackpfade des Waldes. Bis zur Blutstadt ist es nicht weit. Ich kenne den Weg, denn ihr Geruch hat mich lange im Schlaf gestört, und ihre Schreie haben meine Träume zerrissen.

Ihr Geschrei hat mich geweckt. Mit Verwunderung sah ich, daß der Mensch sie wegen ihres Fleisches aufzog, hütete und quälte, einsperrte und zu Krüppeln schlug. Sie schreien vom Augenblick ihrer Geburt bis zur Stunde ihres Todes, und ihr Geschrei hat mich geweckt. Es kann so nicht weitergehen. Das Gesetz ist übertreten worden. Wir alle sind eine einzige Kreatur, nur der Mensch weigert sich, sich in unseren Augen wiederzuerkennen. Ich, der Herr der Tiere, erhebe Einspruch!

Ich habe die Gestalt des Hundes angenommen, des Freundes des Menschen. Ich bin der Beagle und der Dobermann, der Spaniel und der Terrier, der Collie und der Setter, der Windhund und der Wildhund, der streunende Hund und der alte Hund, der verstümmelte und der kluge Hund, der ängstliche und der böse Hund. Ich laufe bis an den Rand der Blutstadt.

Ich bin der Schatten auf dem Berg. Meine Million roter Augen starren herab.

»Was für ein Haufen Hundescheiße das doch ist, meine Mitratten! Laßt euch von diesem bruchstückhaften Größenwahn ja nicht provozieren ...«

Es ist dieser verdammte Hund in der Klemmschraube. Sehen Sie das gräßliche Bild, das er auf der Intuitionsfrequenz aussendet? »Mach schon, geh in dein Körbchen, du Pinkelpott von einem Spitz!«

Zum Glück haben diese intuitiven Signale keine reale Grundlage. Sie sind zusammenhanglose, einschläfernde Phantasiegebilde: ein paar streunende Köter haben sich vielleicht zusammengerottet und machen irgendwo in einer Gasse eine Menge Lärm, und diese Rebellen versuchen, ihn zu etwas Großem und Bedeutendem hochzustilisieren.

Aber ein Hochgelehrter Irrer Doktor läßt sich nicht so leicht reinlegen. Denken Sie an die Memoiren von Michael Mus Musculus, die verrückte Maus, die glaubte, sie habe die Welt aus ihren Kötteln erschaffen.

Überhören wir also die Paranoiker, schlüpfen einfach aus dem Labyrinthgang D und gehen hier entlang zur Laborbibliothek. Ringel den Schwanz ein und setze die Lektüre dieses Untersuchungsberichts der Johns-Hopkins-Universität fort. Wertvolles, authentisches Material, nicht irgendwelche pekinesischen Hirngespinste. Also, Johns Hopkins, laß uns hören, was deine Studenten gemacht haben:

Wir haben ihnen Schwänze, Füße und Ohren zusammengequetscht. Wir haben sie an ihrer losen Rückenhaut hochgenommen und geschüttelt. Wir haben sie geschlagen und ihre Reaktionen auf das Eingesperrtsein festgestellt ... sie wurden recht starken und langanhaltenden schmerzhaften Reizen ausgesetzt ... Prozeduren, wie sie mit dem Druckgeschwür am Rücken auf dem Tierversuchstisch festzubinden, sie an der losen Rückenhaut hochzunehmen und heftig zu schütteln, sie zu schlagen oder ihren Schwanz so fest wie möglich zwischen Daumen und Zeigefinger zusammenzuquetschen, lockten nur wenige klagende Miaus hervor. Als ihr Schwanz zwischen die Backen einer großen chirurgischen Klemme gesteckt und genügend zusammengepreßt wurde, um eine Quetschung hervorzurufen, schrie sie laut und versuchte zu fliehen ... während der 139 Tage, die sie überlebte, wurde sie alle zwei bis drei Tage verschiedenen schmerzhaften Reizen ausgesetzt ... bei einer dieser Gelegenheiten wurde ihr rasierter und angefeuchteter Schwanz über die Nervenstränge durch Elektroden stimuliert, die mit dem Sekundärkreis eines Harvard-Induktors verbunden waren, dessen Primärkreis eine Spannung von 4,5 Volt hatte. Als die Induktionsspule des Sekundärkreises auf 13 war, miaute sie; bei 11 schrie sie laut ... am Ende der 5-Sekunden-Stimulierung mit dem Sekundärkreis auf 5 schrie sie laut und fauchte zweimal. Die letzte dieser Stimulierungen führte zu einer elektrischen Verbrennung dritten Grades am Schwanz.

Brillant! Was man mit einer Katze Intelligentes machen kann! Diese Johns-Hopkins-Jungs sind dem Feld weit voraus. Ich muß dieses Material meinem Hochgelehrten Professor zeigen und ...

Ihr Heiligen Hopsenden Hornkröten (Gattung *Phrynosoma*)! Was ist denn bloß mit all unseren Laufrädern los? Sie summen und brummen laut. Die rebellischen Ratten sind auf den Rädern und drehen sie wütend im Kreise. Was für ein hingebungsvolles Training: die Zyklometer klicken wie verrückt und ... eine merkwürdige elektrische Schwingung dringt aus der Mitte dieser wirbelnden Räder hervor!

Strahlende Farben steigen aus dem kreiselnden Strudel empor! Mein Lebtag habe ich sowas noch nicht gesehen. Räder, die sich drehen und verschwimmen, und kreisrunde, bunte Blasen, die daraus hervorschweben. Die Räder drehen sich noch schneller, die Blasen werden größer, und in ihnen –

Oh nein!

Es ist eine Rebellensendung! Sie haben sich ein neues Intuitionssignal ausgedacht. Herrlicher Farbempfang in jeder einzelnen Blase, komplett mit Stereoton!

Das Bild wird klarer und immer kräftiger – was zum Teufel geht hier vor?

Ich sehe zwei Hörner und Hufe. Die Intuitionskamera fährt zu einer weiten Totalen zurück. Hunderte von Hörnern und Hufen!

Ängstlich wartend stehen wir da. Irgend etwas stimmt sicher nicht. Über mir höre ich eine Krähe schreien, und ein leichter Geruch von verwesendem Fleisch hängt in der Luft. Wir sind die ganze Nacht dicht aneinandergepreßt in rumpelnden Waggons unterwegs gewesen. Nun stehen die Waggons still, und die Türen gehen auf. Das Licht stürzt auf uns ein, verschwindet aber rasch wieder, als wir in einen dunklen Schuppen getrieben werden, wobei unsere Bewegung durch einen langen engen Gang begrenzt wird, durch den wir, einer hinter dem anderen, vorwärtstrotten und unser langes, tiefes, maulfaules Muh rufen.

Irgendwo weiter vorn hört man Menschenstimmen und den Lärm schwerer Maschinen, wie er manchmal im Frühling in der Nähe unserer Weiden zu hören ist. Wir grasten auf den Weiden. Unsere Herde war etwas Wunderbares. Nun stehen wir in diesem engen Gang. Unsere Augen sind gerötet, unsere Beine schwach, die Mägen nervös. Ich kann den warmen Duft unserer Herde immer noch riechen, wie auf den Weiden im Sommer. Aber da ist noch ein anderer Geruch, aufdringlich und unangenehm.

Langsam bewegen wir uns vorwärts. Unsere Hufe dröhnen auf dem Laufgang, und die Luft ist erfüllt von unserem dumpfen Muhen. Ein Knall peitscht herüber und schmerzt in meinen Ohren, aber wir werden vorwärts getrieben, und ich kann in dieses Gebäude hinuntersehen. Die Maschinen sind laut, und dunkelrote Gebilde hängen von der Decke und bewegen sich schaukelnd weiter. Jetzt kann ich sie deutlicher sehen, ich–

MUTTER! HILF MIR, MUTTER!

Meine Brüder hängen da mit aufgeschlitzten Bäuchen und abgeschnittenen Köpfen! Ich rieche ihr klaffendes Fleisch; ich sehe ihre leblosen Hufe. Und an einem Eisenhaken sehe ich alle ihre Zungen, herausgeschnitten und auf das spitze Metall gespießt, durch die Zungenwurzel gespießt hängen sie da, stumm und blutend!

Die Köpfe liegen aufgereiht am Boden! Ein junger Mann schneidet mit seinem Messer das zarte Fleisch der Wangen ab. Nun stößt er die Köpfe mit einem Fußtritt durch ein Loch im Boden!

Ich stolpere vorwärts. Angst durchrinnt mich, und meine Angst strömt zurück auf die übrige Herde. Wie schön war es zusammen mit ihnen, wenn ich in der feuchten Nachtluft gegen sie streifte. Das hier muß ein Traum sein.

Leiber ohne Kopf schaukeln an gewaltigen Ketten vorüber. *ICH MUSS HIER RAUS! HILFE! HELFT MIR!*

Aber ich kann mich nicht rühren, mein Herz schlägt wild. Ich fühle mich elend, alles in mir wehrt sich, meine Eingeweide rebellieren, meine Kehle ist trocken und zusammengeschnürt. Der Knall peitscht auf, und der Bruder vor mir trottet vorwärts. Ich muß ihm folgen, denn man treibt mich von hinten an.

An einem Haken sehe ich Herzen, durchbohrt hängen sie da, Herzen, die dennoch zu mir sprechen und Bruder, Bruder, Bruder schreien.

Und am Boden sehe ich Blut, einen Fluß aus Blut, und weißgekleidete Männer, bedeckt von Blut, dem Leben unserer Herde. Die Männer reden unbeteiligt miteinander, als geschähe nichts Besonderes. Nachts sangen sie manchmal bei unserer Herde, und das klang so wohltuend.

Wieder der Knall!

Ich stolpere vorwärts. Ich fühle mich wie ein Kälbchen, meine Beine sind wacklig, so wacklig, daß ich kaum laufen kann. Nicht weit von mir entfernt steht ein Mann. Er hält dem Bruder vor mir etwas gegen den Kopf.

Der Knall, dieser grauenhafte Knall!

Mein Bruder stöhnt und fällt um. Der Boden öffnet sich vor meinen Augen, und er rutscht hinunter, stürzt in den Fluß aus Blut. Der Boden schließt sich wieder. Ich bin dran!

Ich werde von hinten geschoben. Ich bin an der Reihe. Ich sehe die Männer mit flehenden Blicken an. Sie lachen miteinander, reden leise und beachten mich kaum. Vielleicht, wenn ich hier ruhig stehenbleibe und ihnen zuhöre...

...er legt mir die Hand gegen den Kopf und redet weiter mit dem anderen Mann.

Lautes Gebell ist draußen zu hören, ein langes, wildes Heulen. Der Mann dreht sich um. Das Heulen wird lauter. Licht bricht plötzlich in dieses dunkle, kalte Haus ein. Ein Hund rennt durch den Raum, knurrt böse. Ihm folgen andere Hunde, viele andere Hunde. Sie schnappen und beißen nach den Herzen, die wie Früchte an einem Baum hängen. Ich stampfe mit den Hufen. Wir stampfen mit den Hufen. Die Männer flüchten vor den angreifenden Hunden. Die Augen der Hunde sind wutglühend, ihre Stimmen überanstrengt und wie von Sinnen. Wir schlagen aus. Wir senken die Hörner und rennen gegen die Barrikaden. Niemand kann uns mehr aufhalten. Die Hunde rufen, sie drängen uns, ihnen zu folgen. Unser großer Leitbulle durchbricht die Barriere, zertrümmert sie, Splitter fliegen von seinen Hörnern herab. Wir folgen ihm, hinaus aus dem Haus des Todes, hinaus in die Nacht. Lauft, ihre Stiere, lauft!

Wir springen über die Zäune, die uns aufhalten sollten. Wie kümmerlich doch solche Zäune sind. Über sie hinwegtrampelnd entfliehen wir, wir spüren unsere Kraft, das Aufbrausen unserer ganzen Stärke. Wir rasen die Straßen entlang. Meine Hufe dröhnen auf dem Pflaster.

Wir folgen dem Leitbullen, seine Muskeln zucken und rollen, wenn er sich umblickt, uns führt. Wir brüllen und drängen uns seitwärts, folgen seinem gewaltigen Höcker – hinein in berstende Lichter, in Lichtexplosionen!

Trampelt sie nieder und befreit euch! Wir drehen uns, umringt von glühendem Licht, das uns blendet. Wir wirbeln im Kreise, vom Feuer gehalten, vom Licht geblendet. Lauft, ihr Stiere, lauft!

Mitratten, bitte, wenn ihr irgendwelche berechtigten Klagen habt, schreibt sie auf und reicht sie mir in dreifacher Ausfertigung beim Mitteilungsblatt ein.«

»WIR WOLLEN UNSER RECHT!«

»Mitratten, euch schützt das Staatsgesetz 89-544 des neunundachtzigsten Kongresses der Vereinigten Staaten; ich zitiere wie folgt: *›Der Fachminister wird Richtlinien erlassen und öffentlich bekanntgeben, die die humane Behandlung, Pflege, Haltung und Beförderung von Tieren durch Händler und Forschungseinrichtungen regeln.‹* Versteht ihr? Euch schützen die großartigen Gesetze dieser herrlichen Vereinigten Staaten.«

»Sie haben mir heute die Augen mit einem Löffel ausgestochen.«

»Um einen wissenschaftlichen Sachverhalt deutlicher zu erkennen, mein Freund. Es war unbedingt erforderlich.«

»Sie haben mir übers ganze Gesicht einen schrecklichen Schorf wachsen lassen. Er brennt!«

»Mein Bauch!«

»Mein Rückgrat!«

»Meine lieben Mitratten, ihr habt Absatz 13 des oben erwähnten Gesetzes schlicht mißverstanden; ich zitiere: *›Das Vorstehende soll nicht bedeuten, daß der Fachminister befugt* *ist, während laufender Untersuchungen oder Experimente durch ein Forschungsinstitut andere Richtlinien zur Behandlung, Pflege und Haltung von Tieren vorzuschreiben als vom betreffenden Forschungsinstitut festgelegt wurden.‹* Jetzt habt ihr's kapiert, oder? Sobald ihr hier im Labor seid, gestattet das Gesetz unseren Hochgelehrten Professoren, alles mit euch zu machen, wonach ihnen gerade der Sinn steht. Es ist ein Gesetz mit Stacheln, wie ich zu meiner Freude sagen kann.«

»Steck dir das Gesetz in den Arsch, Doc. Wir wollen eine humane Gesetzgebung. *KEINE TIERVERSUCHE!«*

»Human, human, immer reitet ihr auf diesem ›human‹ rum. Meine Mitratten, wißt ihr, wie die amerikanische Ärztevereinigung Leute nennt, die ständig auf diesem Wort ›human‹ rumreiten? *Humaniaks!* Ja, genau das seid ihr – ignorante Humaniaks!«

Die Aufrührer nehmen keine Notiz von mir und setzen wieder ihre Laufräder in Bewegung. Die Räder verschwimmen, summen, und wieder steigen die Intuitionssignale aus den wirbelnden Tiefen auf. Ich muß diese Rebellensendungen blockieren.

Wenn ich zum Laborfernseher hinüberhusche, kriege ich vielleicht ein nettes, harmloses Programm rein, das diese Revoluzzerratten ein bißchen ablenkt. Vielleicht ein Fitnessprogramm an einem Swimmingpool im sonnigen Kalifornien.

Ich schalte ihn mit meinem Schwanz ein und warte, daß er warm wird. Ja, ein paar tiefe Kniebeugen wären genau das Richtige, und ein paar Hampelmannsprünge, damit die Taille schlanker wird, und alles zu sanfter Musik. Da haben wir den Ton...

»... Achtung! Achtung! Eine große Meute wilder Hunde fiel vor einer Stunde in den Schlachthof ein, schwärmte über die Laderampen und löste eine Massenflucht von Rindern aus, die für die Schlachtpferche bestimmt waren. Alle Kraftfahrer werden gebeten, dieses Gebiet zu meiden. Jedes Zuschauen soll äußerst gefährlich sein. Ich wiederhole: Eine große Meute ...«

Herr du mein Enterich (Familie *Anatidae*)! Ich muß schnell auf ein anderes Programm umschalten ...

»Nimm die Pfoten weg, Doc!«

»Tut mir leid, Jungs, aber ...«

»Packt den Doktor! Tretet ihn in den Arsch!«

Ich sehe, es ist wahrscheinlich klüger, mich vom Fernseher zurückzuziehen. Die Rebellen haben damit begonnen, sich gegenseitig aus den Käfigen zu befreien, und ich gerate rasch ins Hintertreffen. Na schön, ich weiche, aber nur vorübergehend, meine Freunde. Dr. Ratte läßt nicht mit sich spaßen.

»Nehmen Sie alle Leute von Abschnitt 8 und riegeln Sie diese Straßen ab ...«

Im Fernsehen ist ein ganz ungewöhnliches Bild zu sehen: Polizeiwagen fahren auf flüchtende Rinder und heulende Hunde zu. Einen Moment lang schaukelt die Kamera beängstigend, ein Stier stürmt auf uns zu, und dann ist das Bild plötzlich weg.

»Hier spricht Barry Nathan. Wir schalten jetzt um auf ...«

»Wo bleibt denn der Hundefänger!«

»Setz dich, Doc, und halte die Schnauze.«

»Ja, runter da vorne ... reicht mir mal bitte das Rattenfutter.«

Irgendwas muß ich mir mit diesem Fernsehapparat einfallen lassen. Die Nachrichten sind viel zu brisant, und die Rebellenratten rennen aufgeregt herum und machen alle Käfige auf. Meine Maßnahme muß verwegen sein und rasch erfolgen.

Genau unter mir, im Schatten, steht die Waage mit ihren zwei Waagschalen, auf deren einer ein Bleigewicht liegt. Normalerweise benutzen wir diese Waage zum Wiegen neugeborener Ratten oder von Ratten, die auf eine spezielle Mangelkost gesetzt sind, aber Dr. Ratte wird sie heute abend zu etwas Dramatischerem benutzen!

Der Winkel der Flugbahn scheint zu stimmen. Ich springe!

Ich sause durch die Luft nach unten, ein Gegenspionagekommando, das unbemerkt hinter den feindlichen Linien landet – auf der Waage, wodurch eine Waagschale nach unten und die andere nach oben schnellt und das Bleigewicht durch die Luft in Richtung Fernseher geschleudert wird.

Ich mache mich platt, während das Gewicht die Mattscheibe trifft und zertrümmert. Glas fliegt durch die ganze Gegend! Vielleicht wissen diese Aufrührer jetzt, mit wem sie es zu tun haben – mit dem tatkräftigen Dr. Ratte!

Doch wie hell die Laufräder schon wieder sind. Und der Hund dreht seine Tretmühle mit einer geradezu wahnsinnigen Geschwindigkeit, er rennt, was seine Kräfte hergeben. Licht strömt aus den Tretmühlen und Laufrädern. Die Atmosphäre ist unglaublich elektrisiert. So etwas Gewaltiges habe ich seit meiner letzten subletalen Dosis Insulin nicht mehr erlebt (vgl. meinen Aufsatz »Tödliche Durchschnittsdosen für Ratten«, *Ztschr. f. Pharm.*, 1971). Ich hätte Lust, jetzt ungefähr fünfzig von diesen rebellischen Ratten zu nehmen und ihnen eine tödliche Höchstdosis Strychnin in ihrem

Preßkeks zu verabreichen. Das würde auf der Stelle dafür sorgen, daß sie die Schnauze halten!

Doch wie hell die Laufräder sind, die jetzt mit angsterregender Helligkeit leuchten. Die Ratten rasen herum und öffnen einen Durchgang in der Intuitionsfrequenz, und unser Labor ist mit sich ausbreitenden Lichtpunkten angefüllt, Licht verschmilzt mit Licht, Rad verschmilzt mit Rad. Der ganze Raum erstrahlt in kreisendem Licht, und ich sehe aus dem Wirbel ein Gesicht auftauchen!

Ich wurde in diesem großen Raum geboren. Nie habe ich ihn verlassen. Von beiden Enden des Raumes her weht künstlicher Wind. Über unseren Köpfen brennen grelle Lichter. Ich frage mich, was jenseits dieses Raumes ist.

Unsere Leiber sind weiß und fett. Uns fehlt Bewegung. Ich laufe nie weiter als die Länge meiner kleinen Zelle. Die Tage sind so eintönig, und mein Dasein ist so sinnlos – oft habe ich das Gefühl, daß ich überhaupt nicht existiere, daß ich bloß ein Traum bin.

Der große Raum ist in diese niedrigen Zellen unterteilt. Jeder von uns bewohnt eine; von den anderen Insassen sind wir durch eine Bretterwand getrennt, über die hinweg wir unsere Nachbarn kaum sehen können. Wenn jemand versucht, in meine Zelle einzudringen, bringe ich ihn um. Hier heißt das Gesetz: Bewache deine Zelle und laß niemanden herein. Es gibt keine Freundschaft. Unsere Zelle ist unser Leben; wir verteidigen sie mit unserem Leben.

»Na los, du da! Komm raus!«

Der Wärter kommt mich holen und treibt mich mit Geschrei und Fußtritten aus meiner Zelle. Ich versuche zu laufen, aber sich zu bewegen ist schwer: meine Muskeln sind schwach. Er treibt mich zu dem kalten Weibchen.

Ich war schon ein paarmal mit ihr zusammen. Sie hat keine Wärme; sie riecht wie ein Weibchen. Nie sehe ich sie ganz. Ich sehe nur ihr Hinterteil.

»Los, rein da. Mach schon, zeig's ihr!«

Ich rieche ein Weibchen. Wo ist ihr Leben? Sie steht regungslos da, sie erwartet mich. Ich besteige sie.

Du bist kalt. Du sprichst nie. Ich liebe dich. Ich liebe dich, hier in diesem Raum. Ich liebe dich, obwohl du stumm wie der Tod bist. Sie beobachten mich genau. Ich grunze und klammere mich an deinen kalten Körper. Ich habe gelernt, das zu tun, in dich einzudringen. Ich dringe in deinen Leib ein, rutsche ab, falle hin, stehe wieder auf und dringe von neuem in dich ein. Ich hänge plump an dir, schnaufend, angestrengt, erregt. Sie verhöhnen mich, während ich mich bemühe, dich zu füllen. Es steigt in mir auf. Es steigt bis ganz oben, es fließt aus mir heraus. Ich lasse es in dir. Ich liebe dich, so kalt und still du bist.

»In Ordnung, Marsch!«

Er schlägt mich und treibt mich von dir fort. Unsere Begegnungen sind immer so wie diese – kurz und stumm. Manchmal träume ich von dir, von deinem stillen, vor mir verborgenen Körper.

Ich kehre in meine Zelle zurück. Man hat mir Futter hingestellt, und ich schlinge es runter. Ich esse ständig. Ich habe nicht anderes zu tun. Ich bin so fett geworden, daß ich kaum noch stehen kann.

Wer bin ich?

Wenn ich aus diesem Raum heraus könnte, würde ich vielleicht etwas erfahren. Einmal habe ich gesehen, wie viele der älteren Insassen den Raum verließen, und sie sind nie wiedergekommen. Haben sie etwas erfahren?

Wo sind sie jetzt?

Es gibt so vieles, was ich nicht weiß. Warum führen sie mich zu dem kalten Weibchen? Gehört das zu ihrem großen Wissen?

Sie müssen sehr viel wissen, denn sie können den Raum verlassen.

Ich fühle, daß mein Leben hier nicht von Dauer ist; ich glaube fest, daß auch ich eines Tages den Raum verlassen werde.

Ich starre in die Ecke meiner Zelle. Dort sind Stroh und Wasser. Die Stimmen der anderen Insassen schwirren durch die Luft, aber keiner weiß eine Antwort. Keiner von ihnen kennt das Geheimnis dieses Raumes – wie er entstanden ist, warum wir hier geboren wurden und wohin wir gehen.

Ich muß geschlafen haben. Ich schlafe sehr viel und esse eine Menge. Die Insassen flüstern und grunzen über irgend etwas. Manchmal hat einer von uns einen Alptraum oder einen unbedeutenden Gedanken, der völlig neu zu sein scheint. Er macht schnell die Runde durch alle Zellen und gerät dann in Vergessenheit. Wer von uns könnte je mit Gewißheit sagen: Ich weiß, was draußen ist; ich weiß, was uns erwartet?

Trotzdem lauschen wir diesem neuesten Traum. Einer der Insassen hat eine verrückte Vision gehabt. Mein Nachbar grunzt mir ihren Inhalt durch die Wände seiner Zelle herüber. Er wagt nicht, mir allzu nahe zu kommen oder zu mir herüberzugucken, denn er weiß, ich schlage ihn mit all meiner schwerfälligen Kraft, wenn er das tut.

»Jemand hat ein Gelübde abgelegt.«

»Ein Gelübde?«

»Ein mächtiges Wesen hat ein Gelübde abgelegt. Es hat geschworen, uns zu retten.«

»Wer ist das?«

»Ich fühle es in meinem innersten Nerv. Seine Kraft ist groß. Es ist eine grimmig geballte Kraft.«

Viele Bilder überfallen mich, Erinnerungen, die mein heiligster Besitz sind: ein kleiner, grüner Rasenfleck und ein Stück eines gewundenen Pfades. Das habe ich einmal gesehen, als das große Tor aufschwang. Und ich habe sie eben noch einmal gesehen, im Geiste. Denn das würde die Erlösung für mich bedeuten – das grüne Gras und ein kleiner Weg, von warmem, freundlichem Licht beschienen.

Aber die Erlösung ist bloß die verrückte Vision eines unserer Insassen. Es hat hier schon viele merkwürdige Träume gegeben. Sie kommen und gehen, aber der künstliche Wind bleibt. Er bläst bald alle Träume, alle Visionen, alle Erlösungen fort.

»Los! Raus hier!«

Die Wärter! Das Tor!

Jeder setzt sich in Bewegung. Wir werden alle in Bewegung gesetzt. Mit weichen Knien stolpern wir los. Watschelnd und fallend laufe ich auf das Tor zu. Dort ist das Gras! Dort ist der kleine gewundene Pfad! Ist die Erlösung wirklich da?

Also, das ist der Tag! Der Tag, das flutende Licht, der kleine gewundene Pfad. Mein Herz hüpft – schau nur, wie weit man sehen kann. Sieh nur das ferne Grün!

Weit! Gewaltig! Unglaublich – die Welt ist so groß wie hundert Räume! In der Luft hängt ein großes strahlendes Licht. Was für ein Raum das ist!

»Das Gelübde ist erfüllt worden!«

»Wir sind frei!«

»Schaut doch nur! Wie viel wir sehen!«

Wir gehen den kleinen gewundenen Pfad entlang. Der Pfad ist weich und wunderbar anzusehen. Das Gehen ist schwer, aber trotzdem, trotzdem ...

»Weiter! Los, rauf da!«

Der Pfad ist zu Ende. Eine Rampe liegt vor mir, die in einen anderen Raum führt, einen kleinen dunklen Raum. Nein!

»Los, rein!«

Sie stoßen und treiben uns die Rampe hinauf in den kleinen dunklen Raum. Unsere Leiber werden im Nu zusammengepreßt. Unsere Herzen schlagen eines gegen das andere. Die Türen knallen zu. Der Raum beginnt zu rumpeln und zu wackeln. Wir fallen gegen einander oder wir fliegen gegen die Wände. Mir ist bereits schlecht; ich schnappe nach Luft.

Habe ich geschlafen? Bin ich nun wach oder träume ich? Wir sind alle zusammen in dem dunklen, rumpenden Raum gefangen. Die Welt ist unerträglich seltsam. Ich begreife nichts von ihr. Der Pfad war so schön, und schon ist er weg. Dieser dunkle Raum ist grauenhaft. Ich stehe auf dem Gesicht von jemandem. Ich glaube, er ist tot. Was bedeutet das? Die

Welt ist ein Chaos; nichts ist gewiß. Warum bin ich geboren worden? Bin ich ein Sklave? Habe ich irgendein Verbrechen begangen, an das ich mich nicht erinnern kann?

Bin ich real? Existiere ich überhaupt?

Ja, ja! Ich existiere. Ich bin eine Art Wesen – fett, schwer atmend, zutiefst unwissend–

Ich bin ich!

Aber was ist das, ich zu sein, dieser Fettkloß in den Hallen der Finsternis? Wer kann mir in meiner Not Antwort geben? Ich habe entsetzliche Angst! Ich gucke durch die Ritzen dieses rumpelnden Raumes. Ich höre das Rumpeln und ich höre die Schreie von denen, die mit mir hier drinnen festsitzen.

Ich bin ein bestimmtes Ding im Dunkeln; ja, das stimmt, ich bin ein bestimmtes Ding im Dunkeln – angsterfüllt und fett. Das darf ich nicht aus den Augen verlieren. Das ist mein kostbares Ich.

Chaos, Chaos. Helft mir!

Was ist mit den anderen? Sind sie reale Wesen wie ich? Wissen sie, daß sie existieren? Ich höre ihre Schreie; ich fühle ihre Herzen. Sie sind in jeder Hinsicht wie ich – Augen, Ohren, Nase, Mund. Ich glaube, auch sie kennen sich selbst.

Sie leiden genauso wie ich. Die einzige von uns, die heute nicht mitgekommen ist, ist das kalte Weibchen. Sie ist dort geblieben. Ich weiß nicht, ob sie sich ihrer bewußt ist. Ich denke, sie besitzt vielleicht keine reale Existenz. Nie habe ich ihre Gedanken oder ihr pochendes Herz gefühlt.

Aber ich fühle alles von euch! Ich fühle euch mit mir hier zusammen! Wir existieren!

Nicht wahr?

Blut tröpfelt aus meiner Nase. Es sprudelt aus meiner Kehle hoch. Meine Eingeweide sind völlig durcheinander und in Aufruhr. Wenn ich nicht wirklich wäre, wenn ich so etwas wie ein gefühlloses, mechanisches Wesen wäre, dann würde mein Blut jetzt nicht so schmerzhaft brodeln. Ich fühle Schmerz. Ich weiß, daß ich leide.

Also muß ich wirklich sein!

Ich suche diese Sicherheiten, immer und immer wieder, während der Raum rumpelt. Ich möchte, daß meine Realität zweifelsfrei feststeht. Ins Sein geworfen, weiß ich, daß ich lebe.

Wollen die Wärter mich in etwas unterrichten? Ist das der Sinn dieses rumpelnden Raumes? Macht er mir ein für allemal deutlich, daß ich real bin?

Sind die Wärter meine heimlichen Wohltäter?

Mein Leben rotiert wie verrückt. Ich kauere mich in der Dunkelheit zusammen, indem ich mich in der Ichheit meines Ichs zusammenkauere. Ich schmiege mich gegen andere Leiber, indem ich mich an mich selber schmiege. Es gibt den Boden; es gibt die Ritzen.

Es gibt die anderen Gesichter. Ich weiß das. Der Raum rumpelt.

Es gibt ein lebendiges Wesen, es gibt ein lebendiges Wesen, unleugbar ein lebendiges Wesen. Es ist hier, in der Dunkelheit, es ist hier, ich bin es. Unleugbar ich. Ich stehe in der rumpelnden Finsternis, unleugbar ein lebendiges Wesen. Mein Atem. Mein Bauch, der sich hebt und senkt.

Kann das irgend jemand leugnen?

Niemand leugnet es.

Man kann es nicht leugnen. Ich bin in einem rumpelnden Raum. Und das Rumpeln ist weniger heftig geworden.

Das Rumpeln hat aufgehört.

Ich habe etwas gelernt. Ich existiere, ohne jede Frage. Der rumpelnde Raum hat mich das gelehrt. Die Wärter sind also meine Wohltäter. Die Bedingung unseres Daseins ist deutlich diese: Wir müssen lernen, daß wir leben.

Sehr gut, ich weiß es jetzt. Der rumpelnde Raum, obwohl er mich hat bluten lassen und andere hat sterben lassen, hat mich gelehrt, daß ich ein Individuum bin. Das ist eine wichtige Lektion.

Die Türen gehen auf.

Das Licht! Darf ich mich jetzt an ihm erfreuen? Nun, da ich zuverlässig in Erfahrung gebracht habe, daß ich existiere – darf ich mich da meines neuen Bewußtseins erfreuen?

Sie stoßen uns, sie ziehen uns, sie treiben uns die Rampe hinunter. Für einen Augenblick gehört das Licht mir – und ist verschwunden!

Wir sind in einem anderen Raum. Er rumpelt nicht. Ich rieche ein Durcheinander von Gerüchen. Sie treiben uns vorwärts, wir stoßen gegen einander. Über die Fallenden wird hinweggetrampelt; wir laufen über ihre zuckenden Körper.

Viele Lichter, viele Schatten. Lange schmale Gänge. Hingestreutes Stroh.

Ein Wärter tritt an mich heran, packt mich am Ohr und durchbohrt es!

Und nun baumelt neben meinem Auge eine rote Plakette, sie schaukelt beim Gehen hin und her. Mein Ohr tut weh, aber ich habe eine Plakette. So bin ich hervorgehoben. Die Beweise meiner Individualität nehmen zu. Die Wärter versuchen nicht, mich zu ignorieren; nein, sie markieren mich mit einer Plakette. Ich sehe sie von meinem Ohr herabbaumeln.

Ich höre das Geräusch rinnenden Wassers. Sollen wir gebadet werden?

Vielleicht wollen sie uns säubern und zu guter Letzt dem Herrscher aller Räume vorführen. Denn ich fühle, daß es so etwas wie einen großen Aufseher geben muß, der mich leitet, der mir eine Plakette anheftet, der möchte, daß ich sauber bin. Es steckt ein Ziel hinter all dem.

Ein Ziel ist etwas, was ich nie gehabt habe. Die geheimnisvollen Wärter haben es. Sie haben es heute. Es ist ihre Macht.

Niemand von uns hat irgendein Ziel. Wir essen, wir schlafen, wir lieben das kalte Weibchen. Mein ganzes Ziel könnte es sein, den lieben langen Tag einfach auf dem kleinen gewundenen Pfad zu stehen und das Gras und den Himmel zu betrachten. Mehr brauchte ich nicht.

Aber ich höre die Geräusche mechanischer Dinge. Ich fühle das schwer durchschaubare Ziel der Wärter. Sie treiben uns wieder weiter. Hölzerne Rampen und Lichter. Der Geruch von Blut. Viele von uns müssen in dem rumpelnden Raum geblutet haben.

Wir biegen um eine Ecke. Der Wärter beugt sich herüber. Ja, ich bin wirklich. Du hast mir zu essen und eine Plakette gegeben. Du ... du schlingst mir eine Kette ums Bein. Ich fühle es. Ich bin ich. Ist das meine Lektion? Ich füge mich deiner Lehre. Ich würde gern das große Ziel von all dem erfahren; ich fürchte mich, aber ich existiere, und das ist das Wesentliche. Ich existiere und weiß es.

Plötzlich hänge ich mit dem Kopf nach unten! Ein Bein in

der Luft! Mein Fett zerrt an der Kette. Irgendwo ist etwas an mir geplatzt...

Irgendwo in mir geplatzt. Ich hänge mit dem Kopf nach unten und schaukele. Sie schaukeln mich weiter und ich zucke. Da liegt irgendein Irrtum vor... versteht ihr nicht... das werdet ihr mir doch nicht antun wollen... jemandem, der den kleinen Pfad und den Himmel kennt... nein, euch ist nicht klar, daß ich mir völlig bewußt bin... völlig...

Die Wände gleiten an mir vorüber. Ich stoße gegen sie und bewege mich schaukelnd weiter, mein Bein wird schrecklich langgezogen... schrecklich... und die anderen hängen neben mir.

Ich sehe die weißen Steinwände. Ich sehe die Wärter. Meine Beine rennen in der Luft, sie treten die Luft. Ich möchte den Wärtern von dem kleinen Pfad und den Ritzen in dem rumpelnden Raum erzählen. Sie sind mein Beweis... dafür... daß ich bin.

Die Wärter haben den neben mir gepackt. Sie haben seinen Kopf gepackt. Er windet sich, aber sie halten ihn fest. Die Wärter haben ein helles, glänzendes Ding. Sie stechen es ihm in den Hals. Er zittert – ein Schwall Blut, ein Strom! Ich sehe seine Nerven, das Innere seines Halses, es liegt alles offen, es quillt über von Blut, und sein Kopf baumelt kraftlos, kaum noch mit dem Leib verbunden.

Sie packen mich. Nein, das könnt ihr mir nicht antun! Laßt mich los! Nein, nicht mir! Wenn ihr mich kenntet... wenn ihr wüßtet, daß ich ich bin... wenn ihr nur wüßtet...

...es durchfährt mich. Roter Pfad, der hervorschießt. Der Raum, gespalten. So lang und so.

Die gottverdammten Rebellenräder stehen plötzlich still. Im ganzen Labor ist kein Ton zu hören. Ich fühle, wie ein rascher Befehl durch die Reihen der Rebellen geht.

Plötzlich drehen sich ihre Räder wieder, in der entgegengesetzten Richtung! Was soll das heißen!?

Zyklometer klicken, Räder drehen sich wild im Kreise und ziehen meinen Gelehrtenblick in den Strudel, in ihre Tiefen. Ich klammere mich an die Belohnungsleiter und wende den Kopf weg. Aber die wirbelnden Lichter ziehen mich an; die Rebellen schalten auf Intuitionsgang, eine andere revolutionäre Szene...

...doch wie seltsam. Ich sehe nichts weiter als Frauen in weißer Dienstkleidung, die an einer Maschine sitzen. Hat gar nichts Revolutionäres an sich. Ein ganz gewöhnlicher amerikanischer Betrieb irgendwo in den guten alten USA.

Die Rebellenkameras schwenken... Ein junger Mann wird sichtbar, der einen Karren voller Schweineinnereien vor sich herschiebt. Nichts Ungewöhnliches daran. Die Frauen in Dienstkleidung flirten mit dem jungen Mann, während er die Schweineinnereien an der einen Seite der Maschine auskippt. Er macht einen kleinen Scherz, die Frauen lächeln.

Das ist ein ganz normaler Arbeitstag. Ich kapiere das nicht. Den Rebellen muß ihre Intuitionsscharfstellung abhanden gekommen sein. Das hier hat nichts Aufrührerisches. Die Schweineteile werden in die Maschine gesteckt...

Jetzt zoomt die Kamera auf das andere Ende der Maschine. Heraus purzeln Würstchen, ganz in Plastik eingepackt. Sie kommen sozusagen aus der Maschine herausgesprudelt. Säuberliche, kettenförmig aneinanderhängende Würstchen. Zwölf Würstchen pro Packung.

Dame packt sie ein, wirft sie in einen Kasten.

Wunderschön hergestellte Würstchen. Es ist eine ulkige Maschine, wie die diese Würstchen ausspuckt, zwölf Stück pro Minute. Aber was hat das mit der Revolution zu tun? Die revolutionären Regisseure müssen vergessen haben, das Material zu schneiden. Kamera schwenkt wieder, und die Tür öffnet sich von neuem.

Lebendes Schwein in dem anderen Raum, das wild um sich blickt.

Tür geht zu. Zurück zur Wurstmaschine, zwölf Stück pro Minute.

SCHNITT.

Herrgott, dieser Rebellenfilm ist aber ein wirres Zeug. Wo zum Teufel sind wir denn jetzt? Anscheinend bin ich unter jemandes Stuhl. Man erwartet ja nicht, daß Ratten erstklassige Kameraleute mit Verbandsmitgliedschaft sind, aber das hier ist lächerlich!

Nun eine rasche Überblendung, die Kamera schnellt herum, ich sehe einen Kopf oder so etwas und ... stellt doch mal das Scheißding scharf, ja? He, Vorführer!

Großaufnahme einer gewöhnlichen amerikanischen Familie beim Mittagessen. Mann, der die Wurst anschneidet.

SCHNITT.

Wieder in der Packabteilung der Fleischfabrik. Wiederholung der Sequenz mit der sich öffnenden Tür. Tür geht auf, das Schwein steht da und blickt sich wie von Sinnen um.

Endlich kommt der Ton dazu, kratzend, schlecht ausgesteuert. Diese Rebellenapparate ...

»Man . . . man schlingt mir eine Kette ums Bein . . . Ich fühle sie . . . Ich existiere und weiß es . . .«

Sich öffnender Mund. Wurst, auf Gabel gespießt.

ENDE

Die Laufräder drehen sich langsamer, und ich suche eiligst das Weite, bevor sie sich wieder schneller drehen.

Diese Revolution braucht eine anständige Werbeagentur, die Ordnung in diese Scheiße bringt. Aber warum sollte ausgerechnet ich das vorschlagen? Während ich durchs Dunkel schlüpfe, nehme ich meinen Schwanz in den Mund und kaue leicht auf ihm herum. Mein Gott, was ist denn das über mir für ein schreckliches Rattern und Bummern?

Leise schlüpfe ich aus dem Dunkel und riskiere einen Blick: Oh nein! Die Rebellen haben die Große Zentrale Lauftrommel in Gang gesetzt. Jede einzelne Ratte im Labor kriecht hinein und rennt sich die Hacken ab. Sehen Sie bloß, wie sie sich dreht! Noch nie habe ich sie sich so schnell drehen sehen. Die daraus hervorblitzenden Intuitionslichter sind phantastisch hell. Die Trommel summt; und es steigt eine wirbelnde Lichtscheibe daraus hervor, aus der entsetzliches Gelächter dringt!

Ich, die Hyäne, sehe dem Einzug des kaiserlichen Vogels zu. Er kommt, majestätisch in seinen Ketten, den Hauptweg unseres großen Gefängnisses herunter. Sein Kopf ist weiß, und er hat die gewaltigen Flügel seiner Rasse, die gewiß eindrucksvoll sind, aber am eindrucksvollsten von allem sind seine Augen, die mit einer Intensität strahlen, wie ich es noch nie gesehen habe, weder beim Menschen, noch bei Tier oder Vogel. Diese Augen, die hell und sonderbar meinem Blick begegnen, lassen nichts Persönliches erkennen; sie sind fürstlich, unnahbar, die Augen des Himmels, und die überwältigende Kraft in ihnen läßt mich unwillkürlich in ein nervöses Lachen ausbrechen, als die Wärter ihn in seinem Käfig an mir vorüberrollen.

Ganz in der Nähe springt der Leopard brüllend auf und stützt sich für einen Augenblick mit seinen Pranken auf das Drahtgitter. Der Adler wendet den Kopf nur leicht, die Begrüßung nimmt er kaum zur Kenntnis. Als sein Blick zu mir zurückkehrt, sehe ich nur einen Gedanken darin – Flucht.

So eindrucksvoll ist der Einzug des Herrschers der Lüfte, daß auch Tiere, die weit entfernt sind in diesem weitläufigen Gefängnis, ihr Schreien und Gebrüll ertönen lassen. Die Löwen in ihrem weiten, offenen Areal – ein tief abgesenktes Gehege, aus dem sie nie entspringen werden–, stoßen ihr prachtvolles gutturales Brüllen aus. Verschiedene Vögel beginnen ein Kreischkonzert, einige der Stimmen sind verbittert, einige traurig, die meisten unglücklich.

Ja, die Stimmung in unserem Gefängnis ist immer von Düsterkeit geprägt, und die Gefangennahme und Einkerkerung eines großen Herrschers, wie es der Kaiseradler ist, bringt uns wie nie zuvor die Erbärmlichkeit unseres Reiches mit seinen Riegeln und Mauern und seiner unerträglichen Schwüle zu Bewußtsein. Nun, da wir jemand so Vornehmen unter uns haben, kann unsere Mutlosigkeit nur noch größer werden – ich fühle sie sich von einem Käfig zum anderen verbreiten. Wir verbringen unsere Mußestunden träumend, wir träumen von denen, die weit von hier in den alten Heimatländern sind. Und unser Traum von der Freiheit hilft uns, die Gefangenschaft zu ertragen. Denn wir gehören zu ihnen, und sie streifen jetzt in diesem Moment auf den entlegenen Ebenen und in den tiefen, sanften Tälern umher. Aber mit dem Einzug dieses Herrn der Lüfte fühle ich, wie unsere Träume schwinden. Daß einer, der so unbezähmbar ist, dessen Wesen zu den freiesten und edelsten gehört, daß so einer gefangen und hierher gebracht wird, führt uns die schreckliche Wahrheit unserer Lage vor Augen, daß wir nämlich bis ans Ende unserer Tage Gefangene sind und keine Macht auf Erden oder im Himmel uns je erlösen kann.

Und so trommelt sich der Gorilla, tief in seinem Glashaus versteckt, vor Enttäuschung gegen die Brust und hämmert gegen das Glas, das ihn einschließt. Ich höre sein Stampfen und Klopfen, wir alle hören es – auch der Adler hört es sicherlich, aber im Augenblick wird er gerade in seinen endgültigen Käfig überführt, und da er denkt, daß die Tür, die sich vor ihm geöffnet hat, in die Freiheit führen könnte, unternimmt er einen sinnlosen Vorstoß. Aber er trifft auf allen vier Seiten nur auf starke Drähte.

Ich habe das große Glück, daß mein Käfig genau gegenüber liegt. Natürlich steigert sein täglicher Anblick meinen Schmerz zehnfach, aber zugleich bin ich von seiner Anwesenheit so fasziniert, daß meine Qual wie nichts erscheint, verglichen mit seiner, denn je wilder eine Kreatur, desto größer ist ihre Angst, wenn sie hierher kommt. Die Nagetiere zum Beispiel haben sich dem Gefängnisleben recht gut angepaßt, denn sie haben gewisse zahme Eigenschaften. Aber wenn man nur ein paar Stufen höher geht, zum Fuchs oder zum Waschbär, findet man schon größeren Schmerz über die Gefangenschaft. Und wenn man den leidenschaftlichen Schrei der Wölfe hört und das unablässige Hin- und Herlaufen des Jaguars beobachtet, tagein tagaus, erkennt man die wahre Tiefe der Verzweiflung. Es ist das grenzenlose Elend, und es ist der Irrsinn. Sicher sind wir hier alle halb verrückt.

Man hat dem Adler einen Ast auf den Boden seines Käfigs gelegt. Er steht auf diesem Ast, indem er ihn mit seinen langen, knorrigen Krallen gepackt hält. Ab und zu öffnet er seine Schwingen wie einen riesigen schwarzen Umhang zu einem Flügelschlag, ohne sich von der Stelle zu rühren, und seine Flügelspitzen stoßen an beiden Seiten gegen den Käfig.

Und dann schreitet er, eingeschlossen in seinen Käfig, auf dem Ast vor und zurück, in gespannter Aufmerksamkeit, als könne ihn sein Hin- und Herschreiten irgendwie befreien. Aber seine Schritte tragen ihn nur vom einen Ende des kleinen Käfigs zum anderen. Wirklich, sie haben ihm viel zu wenig Raum gegeben (als sei jeder vergitterte Raum ausreichend), aber natürlich begreifen sie sein Wesen nicht.

Im Sommer, der uns immer mit Gerüchen quält, gibt es natürlich viele Besucher. Der Kaiseradler ist eine große Attraktion, und die Kinder klopfen an seinen Käfig. Er hat keine Zeit für sie; er schreitet vor und zurück, öffnet seine Schwingen, steigt für ein, zwei Schläge in die Höhe und landet wieder auf seinem toten Ast, dem Gespött und den lächerlichen Fragen derer auf dem Rasen, die ihn necken, weit überlegen. Ich erinnere mich vor allem einer Szene, die mir besonders widerlich erscheint: Eine Frau stand vor dem Käfig des Fürsten und nahm aus einer Ledertasche ein Stück Glas, in dem sie die Strahlen der Sommersonne einfing, die sie dem König direkt in die Augen lenkte. Ich heulte vor Empörung auf, aber er starrte einfach in das gleißende Licht. Ihn, der so hoch geflogen war, der so oft geradenwegs zur Sonne aufgestiegen war, quälte das blitzende Glas nicht.

Ich kann die Frau nicht vergessen, und doch begreife ich: sie wollte die Aufmerksamkeit des herrlichen Vogels auf sich ziehen, sie wollte, daß etwas von seinem mächtigen Geist sie berühre.Auch ich suche diesen erhabenen Blick jeden Tag und sehe, wie er jeden Tag eindringlicher wird. Ich habe Angst, er könnte ein Fieber bekommen, das ihn vernichtet, denn wie sollte diese Intensität andauern, ohne sich selbst zu verbrennen?

Nie erschlafft er auch nur für eine Sekunde. Nachts höre ich ihn sich immer noch bewegen, vor und zurück, und im Mondlicht sehe ich den Schatten seiner Schwingen gegen den Käfig streichen. Es war in so einer mondhellen Nacht, daß ich das erste Mal sein Signal erhielt, das mich so unvermittelt traf, daß ich meinte, ich wäre es, der Fieber hätte. Mir wurde heiß, meine Ohren dröhnten, mein Fell stand mir zu Berge. Dieses sonderbare Phänomen wiederholte sich, Nacht für Nacht, wenn die meisten Tiere schliefen.

Als mir sein Signal vertrauter wurde, schreckte es mich nicht mehr, und mittlerweile beginne ich, sein wahres Wesen zu begreifen. Immer und immer wieder, die ganze Nacht hindurch, höre ich im Innern meines Kopfes: *Ich steige empor. Immer steige ich empor.*

Wir alle haben uns, jeder auf seine Weise, unseren Wärtern gebeugt; selbst die Löwen in ihrem abgesenkten Gehege haben sich unterzuordnen gelernt und finden wenige Möglichkeiten, sich bei ihren Unterdrückern einzuschmeicheln.

Doch niemals wird der Adler sich beugen oder schöntun, niemals ist seine Wachsamkeit weniger als gespannt. Blut, Knochen und Federn sind stets auf dem Sprung, jede Sehne, jede Fiber seines Wesens ist jeden Augenblick bereit zur Auffahrt in den Himmel.

Angesichts eines solchen Beispiels haben wir alle unser Rückgrat ein wenig gestrafft. Wir haben den herrscherlichen Schrei aufgenommen: auch wir wollen frei sein auf den Gipfeln des Dschungelbergs und im Waldesdunkel. Irgendwann werden wir einen mutigen Vorstoß wagen, unsere Käfige in Stücke reißen und fliehen.

Die Luft ist immer geladener geworden, sie vibriert von der Energie unserer Seelen. Unsere große Verschwörung breitet sich von Käfig zu Käfig aus, und unsere Wärter merken das allmählich, denn sie haben Schwierigkeiten, unsere Käfige zu reinigen und uns zu füttern. Unsere Zähne sind immer gefletscht, unsere Schwänze aufgerichtet, unsere Ohren zurückgelegt. Und plötzlich sind sie es, die nervös und bedrückt sind, während wir immer stärker und wilder werden.

Und immer schreitet der Meister vor und zurück auf seinem grauen, toten Ast, der wippt, während er sich auf ihm bewegt, und eine dumpf pochende Botschaft durch die Nacht schickt. Ich bin sicher, wenn er sich für einen Augenblick Ruhe gönnte, würde er die Ausweglosigkeit seiner Lage erkennen und auf der Stelle an Bedrückung sterben. Aber so sehe ich seine nackte Wut immer größer werden, als sammelte sich unser neu erwachter Wille in ihm, so wie wir von seiner stählernen Seele angerührt wurden.

Das Feuer in uns hat sich wieder entzündet, und einige der empfindlicheren Tiere haben seine Hitze nicht ertragen. Mit einem Geheul, das allen das Herz zerriß, fiel im Mondlicht der Fuchs tot um. Der wippende Ast des Kaiseradlers war für einen Moment still, dann wippte er weiter, pochte den Kondukt für die entfliehende Seele des Fuches.

Nach mehreren solcher unerklärlichen Todesfälle kamen unsere Wärter mit Injektionsspritzen, weil sie fürchteten, eine Epidemie sei ausgebrochen. Irgend etwas breitet sich durch uns aus, aber keine Spritze kann es unterdrücken. Die Eigen-Natur ist in uns erwacht, und die kann der Mensch nicht ersticken. Oft wundere ich mich über ihre Kraft, wenn ich sie sich in mir rühren fühle wie ein Urwesen in der Höhle meines Körpers. Meine Käfiggitter erscheinen mir dann als gar keine Gitter. Meine Gefangenschaft, so scheint mir, war notwendig, damit ich mich zu der höheren Stufe meines Selbstbewußtseins erheben konnte. Und dann geben wir den Gedanken auf, wir seien die unglücklichsten aller Tiere. Statt dessen begreifen wir, daß wir zu einem gewaltigen Ziel auserwählt wurden, und in dieser Überzeugung wird unser Signal manchmal so stark, daß ich meine, es müsse bis in die fernen Länder gelangen, von denen wir träumen, unsere Mittiere dort anrühren und ihrer Freiheit Auftrieb geben, indem es sie noch freier macht. Wirklich, ich bin nun sicher, daß etwas Großartiges hier unter uns entsteht, daß unser ganzes Reich von neuer Erkenntnis bebt, die uns in Ketten Gelegten aufgegangen ist durch ihn, den Erhabenen, der zu uns herabgestiegen ist.

Der Sommer bringt die Kinder her, und natürlich ist es ihr Lieblingsvergnügen, auf dem Elefanten zu reiten. Ich muß gestehen, ich sehe ihm gern zu, wenn der alte Riese schwerfällig an meinem Käfig vorüberstampft und die glücklichen, lachenden Kinder in dem gewaltigen Korb auf seinem Rücken trägt. Zumindest ist das eine Form, miteinander umzugehen, die sich von den peinlichen Blicken unterscheidet, mit denen die Besucher uns durch unsere Käfiggitter betrachten. Und auch dem Elefanten scheint das Reiten Spaß zu machen – er ist ein sehr philosophischer Typ, über alles Nachdenken über Gefangenschaft oder Freiheit hinaus, während er mit den quietschenden Kindern auf seinem alten grauen Rücken dahinschlurft. Wegen seiner Sanftmütigkeit und Güte wird ihm von allen Tieren im Gefängnis am meisten vertraut, und folglich hat er die größte Freiheit – alle Tage im Sommer geht er kreuz und quer durch das ganze Gelände spazieren und trägt Körbe voller Kinder auf dem Rücken. Und genau deshalb haben wir ihn uns für unsere große Aufgabe auserwählt.

Sein Wärter geht neben ihm und schwenkt nachlässig seinen Stock. Ich sitze in meinem Käfig, stecke die Nase durch die Gitterstäbe und versuche, ruhig zu bleiben. Ich schaffe es nicht: ich lache unbeherrscht auf. Mit großer Würde wendet sich der Elefant dem Käfig des Kaiseradlers zu und steckt seinen Rüssel durch den schweren Türgriff. Der Wärter versetzt dem Rüssel einen wütenden Hieb und schreit laut. Ungerührt reißt der Elefant die Tür aus dem Käfig und schleudert sie zu Boden.

Ich sehe nur einen schwarzen Blitz. Der Wärter duckt sich unter ihm und legt schützend die Hände über den Kopf. Der Elefant hebt seinen Rüssel und trompetet hemmungslos. Ein fürchterlicher Schrei erhebt sich im ganzen Gefängnis, als jeder von uns den Meister grüßt, der sich in die Lüfte schwingt. Er ist nur noch ein Pünktchen am blauen Himmel, und beim Brüllen der Löwen und dem Heulen der Wölfe, beim Wiehern der Zebras und dem Piepsen der Mäuse ist er entkommen, entkommen, entkommen!

Ich sehe auf zu den Kindergesichtern, die gleichfalls zum Himmel gerichtet sind. In ihren Augen sehe ich die Freude, die auch sie über die Befreiung des Meisters empfinden. Sie hat mich seit kurzem anders über die Menschen denken lassen, während ich meine Runden im Käfig weiterdrehe. Aber nach einer Weile verliert alles Tun und Treiben der Menschen alle Bedeutung für mich, und ich kehre zur Betrachtung eines immer kleiner werdenden schwarzen Flecks am klaren Himmel zurück. Nun ist er schon weit von uns entfernt auf einem Berggipfel, aber ich höre seinen Schrei im Innern meines Herzens. Ich weiß, ich bin dazu verdammt, hier zu sterben, doch wie der Elefant bin ich philosophisch geworden. Und in der Betrachtung des Adlerflugs steige ich selbst empor, getragen vom Wind, und sehe aus Wolkenhöhen auf die Erde hinunter. Ich weiß nicht, wie das kommt, aber auch andere Tiere haben dieselbe Ekstase erlebt. Und also wenden wir uns unserem Inneren zu und fliegen, getragen vom Zugwind seines mächtigen Geistes.

Im Augenblick habe ich den Standplatz des Mikroskops unter meiner Fuchtel und verteidige ihn gegen ein Rudel aufgeblasener Rüpel. »Zurück, ihr wasserköpfigen Heuchler. Das bißchen sterile Paraffinöl in euren Schädeln hat euch gleich auf wunder was für Ideen gebracht!« (Vgl. »Mineralöl-Injektionen ins Stirnbein«, *Naturwiss. Journ.*,

1969.) »Zurück, sage ich! Zurück in eure Käfige, wo ihr hingehört! Habt ihr's nicht bei Paulus gelesen? Gott liebt die Toren nicht?«

Ich stehe allein in meinem Kampf um die Rettung des Labors. Alle anderen verhalten sich außerordentlich emotional.

»Okay, packt ihn und steckt ihn in die Problemlösungs-Box.«

»Laßt mich los, ihr – wie könnt ihr's wagen – einen Hochgelehrten Irren Doktor – einen Absolventen der – Hände weg–«

Sie packen mich und schleppen mich fort. Ein Rebellenanführer macht die Klappe zur Fishbinderschen Problemlösungs-Box auf. Sie werfen mich – schleudern mich am eigenen Schwanz hinein!

»Ihr Arschlöcher! Das wird euch noch teuer zu stehen kommen!«

Runter klappt der Deckel, zu geht die Schiebetür. Ich bin eingesperrt. Als erlebte ich nicht schon genug Enttäuschungen, auch ohne all die Behinderungen hier drin.

Doch fällt mir ein, daß sich im Mittelpunkt dieser Problemlösungs-Box ein Zielraum mit einer Schale voller Preßkekse befindet. Ein wenig von dem alten Keks, und ich werde mich viel besser fühlen und wieder zu Kräften kommen.

Ich muß über Drähte kriechen ... ich krieche rüber ... und durch diesen engen Gang. Dafür müssen sie mir zahlen. Es wird ihnen noch leid tun, daß sie Dr. Ratte in diesen Verschlag gesteckt haben, vgl. *Zeitweilige Dominanz unter Männchen,* Perkins und Morgan.

Ich krabble den verheißungsvollen Gang hinunter, auf den

Test mit den verschiedenen Türen zu. Zwei Türen. Wenn ich die falsche öffne, werde ich mit einem Druckluftstrahl bestraft, der mich umreißt und gegen die Wand kullern läßt. Ich weiß, diese Strafe hilft der Menschheit, die Stadtplanung zu verbessern, aber im Augenblick bin ich nicht scharf darauf. Ich habe eigene Pläne, die ausgeführt werden müssen: ich muß also richtig wählen.

Ich entsinne mich an diese Fragestellung aus meiner Studienzeit, als ich in den verschiedenen Labyrinthen langsam meschugge wurde. Ich habe dieses Türen-Problem schon mal gelöst. Ja, natürlich, diese Tür hier war es, die rechte.

SWUUUUUUUUUUUSCH!

PAUW!

Peng, peng, peng. Geplättet von einem Fishbinderschen Furz.

Langsam löse ich mich von der Wand. Kompliment, Professor Fishbinder, Sie haben mich mal wieder reingelegt.

Na schön, es ist also die andere Tür. Ich nähere mich ihr langsam, mir schlottern die Knie. Stoße die Tür mit meiner Nase auf, gehe in den Zielraum. Ja, ich erkenne den Duft von Preßkeks wieder, köstlich.

Doch was ist das! Die Rebellen! Im Zielraum! Sitzen hier im Psychologischen Allerheiligsten, im Herzen der Fishbinderschen Box – vgl. seinen Aufsatz »Die spezifischen Bedürfnisse der Ratten«.

»Raus hier, ihr Stromer! Auf der Stelle! Raus aus dem Zielmittelpunkt der Problemlösungs-Box, raus! Ich bin über Drähte geklettert und habe einen Fishbinderschen Furz über mich ergehen lassen, damit ich zu der geheiligten Preßwaffel hier im Zentrum gelange. Und wo ist sie jetzt, ihr dreckigen

Rattenbastarde? Wer hat meinen Keks gegessen? Fishbinder wird's zu Ohren kommen, und er wird auf euch niederfahren wie der Zorn Claude Bernards persönlich.«

»Hinsetzen, Doc, und Schnauze halten, oder wollen Sie, daß wir Ihnen den Bauch aufschneiden?«

»Glaubt ihr, ich habe Angst vor eurem Skalpell? Ich, dem man die Därme mit Arterienklammern traumatisiert hat?«

»Hat man Ihnen schon mal den Schwanz ausgerissen?«

»Nein, warum fragt ihr?«

»Es ließe sich einrichten.«

»Es wird euch nichts nützen, einen Hochgelehrten Irren Doktor zu bedrohen. Ich–«

Ein Schlag auf den Kopf kann manchmal recht aufschlußreich sein. Langsam gehe ich im Zentrum der Problemlösungs-Box zu Boden, von einem Rebellen bewußtlos geschlagen, der das Fisbindersche Frustrationsfenster Nr. 2 auf meinen Kopf hat niedersausen lassen. Mit glasigem Blick sehe ich, wie die Rebellen sich um eine rotierende Ratte versammeln. Ich erkenne den Burschen wieder. Er hat eine schwere Hirnverletzung. Letzte Woche haben wir sie ihm beigebracht. Die Verletzung hat ihn anscheinend zu einem hervorragenden intuitiven Medium gemacht. Er jagt seinem Schwanz nach und fängt ihn mit seinen Zähnen. Ein wirbelnder Derwisch in der Problemlösungs-Box! Seine kreisende Bewegung produziert das Intuitionsfeld, in dem viele strahlende Farben umherwirbeln, leuchtende Rots und Gelbs. Eben hat er dem Bild noch einen Schuß Grün zugesetzt, womit er ein herrliches Moos ins Leben gerufen hat. Das Gelb verwandelt sich allmählich in eine helle Sonne, die auf einen Berg mit weißem Schneegipfel herabscheint. Wird das ein Werbefilm für eine Fluggesellschaft? Oder ist das schon der Hauptfilm? Es sieht aus wie ein Reisefilm.

Was ist das für eine Bewegung dort? Da, zwischen den Spalten des Berggipfels. Sehe ich eine Schlange? Geht nicht nahe an die Schlange heran, Rattenbrüder. Sonst frißt sie euch augenblicklich!«

Auf der Geierspitze sitzt der Adler. Ich habe ihn oft aus meinem Loch in den Felsen beobachtet. Er sitzt hier schon tagelang, blickt über die fernen Berggipfel und ruft mit seinem Herzen.

Bum, bum, bum, bum, poch, poch, poch, hört mich, hört mich, kommt, kommt, kommt.

Sein ganzes Verhalten war seltsam, seit er hier auf dem Gipfel ankam; er war völlig außer sich, strebte verzweifelt nach dieser enormen Höhe. Viele Stunden lang spürte ich das laute Rauschen seiner Schwingen, fühlte ich die Dringlichkeit in seinem Flug – daß allein dieser Ort hier ihm gefiele, hier auf den allerhöchsten Gipfeln, die einem alle Kraft und allen Mut abverlangen, denn der Wind hier ist stark und die Kälte grausam.

Aber jetzt hat er die Felsenterrasse eingenommen und sitzt da und trommelt seine Botschaft hinaus über die verschneiten Berge. Er ist ein Kaiseradler; jede Faser seines Körpers vibriert vor Kraft. Und wegen des Anblicks eines solchen Adlers habe ich, eine einfache Ringelnatter, den langen und mühsamen Aufstieg in diese Höhe unternommen. Ich hörte, das sei der Ort, wo man den König des Lebens sehen könne, und so kroch ich viele Monate lang – und als ich hier ankam, war niemand da!

Aber nun ist der König gekommen. Und jetzt sitzt er auf dem Gipfel und blickt mit seinen furchterregenden Augen in die Ferne. Ich mußte lange warten, aber schließlich kam ein König, von Winden gepeitscht und von Geistern verfolgt. Ich sah sie – die Gespenster, die ihn mit Netzen und Schlingen jagten. Sie ließen seinen Flug nur noch schneller werden! Und in dem Augenblick, als er den Gipfel erreichte und hinunter in die gähnende Schlucht sah, verschwanden die Geister.

Dann begann er zu rufen – bum, bum, bum, kommt, kommt, kommt. Der Gedanke muß in ihm entstanden sein, als er den Gespenstern entflog, denn als er landete, verlor er keine Zeit – er wünscht eine Konferenz.

Was für ein Glück, daß ich mich gerade jetzt an den Aufstieg gemacht habe. Wenn ich mir jetzt alle meine Anstrengungen vor Augen führe – den Weg durch Sümpfe und Sand, durch Dschungel und Flüsse, Täler hinab und steile Felswände hinauf – wenn ich jetzt an all das Gerutsche auf meinem wunden und müden Bauch denke, kann ich nur lachen und sagen, es hat sich gelohnt, denn ich bin hier, und der Kaiseradler beruft eine Konferenz ein.

Kommt, kommt, kommt!

»Erst mal reißen wir das Lumbalpunktionsstativ ab–«

»Dann hauen wir den Pneumothorax-Induktor in Stücke–«

»Liebe Mitratten, bitte, der Pneumothorax-Induktor wurde

aus Bundesmitteln finanziert. Ihr vergeht euch am Föderalismus.«

»Halt's Maul, Ratte, sonst nageln wir dich am Fußboden fest.«

Ich krieche in die Ecke des Zielraums und ringele nachdenklich meinen geliebten Schwanz einmal um mich herum.

Rebellen kommen in den Zielraum herein und gehen wieder hinaus, tragen die heiligen Kekse herum und stopfen sie überallhin. Die Räder der fahrbaren Käfige sind schon total mit Hundefutter verklebt. Sie schleppen und schleppen ... jetzt streikt der Motor des Sauerstoffgeräts – mit Preßkeksen verstopft.

Ich würde mir sehr gern ein paar von diesen Rebellenführern schnappen und ihnen mittels Kopfabschlagens einige Blutproben entnehmen. Vielleicht kennen Sie meinen Aufsatz »Kopf ab«, *Naturwiss. Ertr.*, 1974. Die Enthauptung ist die beste Methode, Blut von einem ungeborenen oder neugeborenen Rattenjungen zu bekommen. Und ich muß dieser neugeborenen Revolution das Haupt abschlagen.

... den Sterilisierungsraum besetzen ...«

»... im Metabolismus-Käfig arbeitet jemand für uns ...«

Ich weiß, wo ein besonders bösartiges Sarkom aufbewahrt wird, eins, das es wirklich in sich hat. Wenn ich in einige dieser revolutionären Köpfe doch bloß ein Loch bohren und ihnen dann diesen Tumor reinschmieren könnte. Ich habe das den Hochgelehrten Professor viele Male tun sehen.

»Wir haben den Bunsenbrenner erobert, Chef.«

»Gut. Öffnet damit die restlichen Käfige.«

Oh, ihr leidenden Wimperntierchen *(Suctoria)!* Der Bunsenbrenner (Nr. 99) brennt mit 1200 Grad! Die Rebellen haben ein wirksames Werkzeug zur Verbreitung der Anarchie in der Hand! Ich muß etwas unternehmen – vgl. »Das Enthirnen einer Ratte«: *Schädeldecke entfernen und die beiden Gehirnhälften mit einem Löffel ausschöpfen.*

Aber dieser verdammte wirbelnde Revolutionsderwisch hat schon wieder begonnen, sich im Kreis zu drehen, den Schwanz im Maul. Er wirbelt herum und herum und hypnotisiert uns alle. Ich versuche wegzusehen, aber die Rebellen packen mich am Kopf und zwingen mich hinzusehen. Der Derwisch verschwimmt zu einem undeutlichen Fleck, und aus dem Mittelpunkt dieses Wirbels tritt das Intuitionsbild hervor.

Gebt acht! Es ist wieder diese widerliche Schlange!

Und jetzt sehe ich sie kommen – kleine Punkte in der Ferne jenseits der schneebedeckten Gipfel. Aus allen vier Himmelsrichtungen sehe ich sie zu unserer Geierspitze kommen, ihre dunklen Flügel schlagen gegen den Himmel.

Der Kaiseradler sitzt gebieterisch auf seiner Felsenterrasse und beobachtet sie, während sie sich nähern, und aus seinen hellen Augen strahlt goldenes Licht über den Schnee.

Ich muß mich ein Stückchen weiter hinausschlängeln. Ich glaube nicht, daß in dem gewaltigen Rauschen aus Schwingen und Wind der König und sein Hofstaat von einer kleinen Ringelnatter Notiz nehmen werden. Ja, so ist es besser, jetzt kann ich sie deutlich sehen. Am westlichen Himmel kreist ein

Adlerfürst und bereitet sich zur Landung vor, und seine Augen tauschen Flammen mit denen des Königs. Blitz verschmilzt mit Blitz in einem gewaltigen Krachen. Oh Freude auf dem Berg – und Zittern!

Der Adler aus dem Westen läßt sich auf der Felsenterrasse in respektvollem Abstand vom König nieder. Der Wind zerzaust ihr schwarzes schimmerndes Gefieder und die kleinen weißen Federn ihrer Kronen, und sie sitzen reglos da und blicken dorthin, wo nun auch die anderen Adler zum Sturzflug auf die Felsenterrasse ansetzen.

Genau in der Mitte der Terrasse, auf einem einzelnen, gewaltigen Felsblock, der ihn über die anderen erhebt, sitzt der Kaiseradler. Aus seinen Augen strahlt das Feuer großen Verstehens, denn vor ihm liegt die ganze Kette seiner Gipfel in all ihrer eisigen und majestätischen Pracht, an der er sich weiden kann. Und sein Blick brennt sich durch diese Berge und forscht nach etwas weit unten. Weit, weit unten.

Die schwarzgefiederten Vögel seines Hofes sitzen in ähnlicher Betrachtung da, auch ihre Augen leuchten – fiebernd von der großen Anstrengung, hierher zu gelangen, und verzückt, da es ihnen gelungen ist. Ja, auch als ich, eine bescheidene Ringelnatter, diesen Gipfel erklommen hatte, tanzte ich auf der Spitze meines Schwanzes!

Und das Trommeln der Herzen! Ihrer aller Herzen trommeln nun, trommeln: Kommt–kommt–kommt! Königliche Herzen schlagen wie eines, sie schlagen: Kommt–kommt–kommt!

Vor langer Zeit habe ich unten in der Nähe der Dörfer den Menschen gelauscht, wenn sie zusammenkamen und Feste feierten. Ich habe eine Vorliebe für Musik, das muß ich gestehen, und ich war hypnotisiert von den Flöten, die sich schlängelnde, schlangenartige Töne in die Luft entsandten. Viele Male habe ich diesen Festen gelauscht und bei den Trommeln des Dorfes geträumt.

Aber heute nachmittag ist die Trommel das Herz eines Adlers, und die Flöte ist der Adlerschrei – *kyrrieeeeeeeeeeeeee* – über die Tiefe hinweg und durch die Felsenkammern unten widerhallend – *kyrrieeeeeeeeeeeee.* Noch nie habe ich ein Fest wie dieses erlebt, Adlerschreie, die sich vereinigen und emporsteigen. Ein feiner, schimmernder Schleier mit vielen herrlichen Farben in seinem Inneren hängt über unserer Felsenterrasse, dehnt sich zu einem eleganten Bogen und bildet einen großen Ring, der sich ausbreitet und wie ein Regenbogen leuchtet, ein Farbenregen, geboren aus der unglaublichen Spannung in der Atmosphäre, hier, wo die Adlerfürsten sitzen und mit einer Stimme schreien – *kyrrieeeeeeeeeeeee!*

Wie gern würde ich eine schöne, hundertprozentig tödliche Dosis zusammenmixen und sie dem ganzen Labor verpassen. Reinen Tisch machen mit dieser niederträchtigen Bande. Methylalkohol im Trinkwasser reichte schon: 22 cc würden zu einem prächtigen Koma führen, und in wenigen Stunden wären sie alle tot. (Eine eingehende Erörterung des Themas tödlicher Dosen findet man in den Werken der Mssrs. Gill, Johnson und Brown. Viele Male haben diese Herren erfolgreich alles Leben ganzer Laboratorien vernichtet und dürfen daher zweifellos als Experten bezeichnet werden. Tödliche Krämpfe, hurra, ra, ra! Wichtig für das Vaterland, tscheng-tara-tara!)

Ich gehe in dieser Scheiß Fishbinderschen Problemlösungs-Box noch kaputt. Ein furchtbarer Anfall steht mir bevor, ich fühle sein unheimliches Pochen mir den Rücken hochkriechen, ich nag am Schwanze kummervoll, knirsch mit den Zähnen schon wie toll, mit DDT und Vitriol ging's diesen Biestern nicht mehr wohl, ich reim im Zwange wie Apoll, Psychosymptome sind das wohl, Vers über Vers ich aus mir hol, Schuld sind's Labyrinth und all der Kohl, der Derwisch kreiselt grauenvoll wie Poole und Broome und Alkohol, und Helvicki mir helfen soll, ein Blick genügt ins Protokoll, bin Nummer 11 und ein Symbol, als Dr. med. schon ein Idol, Krätz', Warzen, Spitzbart (nicht ganz voll), die Lobotomie mein Monopol, ein Affe sie sechsmal überlebt haben soll, oh Land der Freiheit sehnsuchtsvoll, Herrgott, das ist mein Ende wohl, Giftschlange droht mit ihrem Groll, kriecht auf mich zu nun Zoll für Zoll!

Die Adler fliegen einer nach dem anderen ins Tal. Ich folge ihnen auf meine Weise, auf meinem Bauch, über die Steine weg. Ich hoffe nur, ich komme rechtzeitig zur großen Konferenz, die sie geplant haben. Na gut, der Abstieg ist leichter als der Aufstieg, also abwärts mit mir, über Stock und Stein. Einige Schlangen würden wohl lieber einfach in der Sonne liegen und sich nicht vom Fleck rühren, ich aber nicht. Etwas Wunderbares steht bevor. Die Adler haben einen sehr kühnen Plan gefaßt, aber man weiß nicht, ob er klappen wird. Nun sehe ich sie hinabstoßend weit unten über den Dschungelwipfeln, und ihre Schreie erfüllen die Luft.

Sie segeln im Wind und rufen über den Dschungel hin: »Kommt, kommt!«

Ich komme, ihr Adler, ich komme auch!

Kommt, ihr Schlangen! Kommt zu uns in den Dschungel zur großen ...

Sieht so aus, als wäre der alte Dr. Ratte endgültig durchgeknallt.«

»Den habe ich schon öfter so erlebt. Bringt ihn rüber zu der Thermosflasche und legt ihn eine Weile auf Eis. Aber habt ein Auge auf ihn. Er ist zu allem fähig.«

»... Thyreo ... Parathyreodektomie ... *Zeitschrift für Toxologie* ... habe einen Krampf ... vergleichende Psychologie ... danke, vielen Dank ... Ich danke auch den außerlabyrinthischen Stimuli für diesen psychotischen Anfall, besonders Herrn Dr. Elektrotherapie und Professor Interkorrelationen, sowie ...«

»Schnauze, Doc. Wird's bald?«

»So ist es recht – packt ihn am Schwanz.«

»... durchzudrehen, wie impertinent, ich weiß doch mehr als jeder kennt, war Dr. Ratte mal nicht ganz präsent, die Gründe er gern der Presse nennt, sehr erfolgreich war unser letztes Experiment, in den Ferien ist jeglicher Student, und dies Schimpansenmännchen flennt, nur weil man ihm den Brustkorb abgetrennt ...«

»Es gibt Verrückte, die zittern ein bißchen und dämmern vor sich hin, aber dieser Irre hier …«

»… ja, ich und meine gelehrten Kollegen, klemmten die Katze fest, sie konnt' sich nicht regen, nein, ihr dürft uns nicht fragen, weswegen, oh fragt uns, weswegen …«

»… glaubt wohl, er ist 'n Schlagerdichter.«

»… wir entfernten ihr die Augen mit einem Stich, das war dem Stipendium förderlich, das wir erwarten monatlich, liebe Studenten, erinnern Sie sich, wenn Sie unterscheiden ordentlich einen Gänserich von 'nem Enterich, und den Kongreß besingen feierlich, schadet das Ihrem Examen nicht, und kochendes Wasser bis zum Strich, beim Muskelnzertrennen nicht zimperlich, auch das Zungerausschneiden ist sehr wichtig, vor allem aber ist es Ihre Pflicht, Katzen zu kreuzigen wissenschaftlich, und daraus zu entnehmen unter dem Strich das chinesische Bevölkerungswachstum an sich, zum Ruhm gereicht das sicherlich, das größte Wort ist ich, ich, ich, behalten sie immer die Übersicht, keine Tierversuche heißt Lohnverzicht, zerschneiden Sie sie und vergewissern Sie sich …«

»Hebt ihn hoch. Packt ihn am Schwanz, los – ich hab' ihn an den Ohren.«

»… petrifizieren und purifizieren, kodifizieren und klassifizieren, justifizieren und falsifizieren, aber vor allem nie simplifizieren, wenn Sie das Stipendium für Juli woll'n kassieren, und wegen der Katzen nicht lamentieren: zahllose von denen existieren, aus allem, womit Sie sich profilieren, läßt sich ein perfektes Alibi konstruieren, jetzt können Sie der Katze die Lauge applizieren, nun noch das andere Auge liquidieren, der Dekan wird Ihnen applaudieren zu jedem

Schrei von diesen Tieren, Proteste müssen sie einfach negieren, Sie können ja die künstlichen Nieren zitieren, das wird den Dekan auch interessieren, ich denke, das wird ihm exemplifizieren, wie Studenten sich heute präsentieren, experimentieren und sich habilitieren, damit sie baldmöglichst ein Amt okkupieren und dann langsam ossifizieren ...«

»Hochheben-hoch-*hoch*!«

Sie werfen mich hoch, mir wird ganz flau, flieg durch die Luft, dem Tod ins Auge ich schau, lande in einer Thermosflasche, au, au, aaa-uuuuuuuuu!

Ist das eine Kälte hier drin, Herr-du-meine-G-g-g-g-güte. Die Zähne k-k-k-klappern. Aber der g-g-grauenhafte Reimzwang ist v-v-v-vorbei, G-g-g-gott sei Dank.

Ich bin eine Riesin der Wellen, die Gemahlin des großen Königs der Gezeiten, dessen Flosse majestätisch aus der Gischt ragt. Wir durchschwimmen den Atlantik, und unsere Liebe ist groß, sie hallt im brausenden Gesang über den Wellen wider.

»A-muuuuuuuuuuuu! A-muuuuuuuuuuuu!« rufe ich ihm zu, und so bin ich für ihn Amu, weißbäuchig und schön, und wir schwimmen und tauchen bis zum sandigen Grund, wo wir zwischen grünschimmernden Pflanzen liegen.

Wir treiben im Golfstrom und träumen. Tief ist unsere Liebe, und unser Traum gewaltig wie der Ozean, denn auch unsere Leiber sind gewaltig, und die Macht unserer Gedanken ist ungeheuer.

Wir sehen den Tanz des Lebens, sich kräuseln, hastend in

der Tiefe, und eben jetzt trage ich seinen Samen in mir, und mein Appetit ist unstillbar. Wir steigen vom Grund des seichten Küstenwassers auf, um einen riesigen Schwarm silbriger Fische zu jagen, und verschlingen viele von ihnen. Mit mächtiger Flosse ziehe ich meine Bahn durch sie hindurch, den Mund offen. Der Schwarm wendet sich küstenwärts: weiter folge ich ihm durch das glitzernde Wasser, bis ich über eine Sandbank streife.

Augen, Flossen, mein halber Leib ragen aus dem Wasser, aber mit dem Bauch hänge ich im Sand fest. Mit einem mächtigen Stoß schiebe ich mich vorwärts in eine von Land umgebene Lagune.

Langsam ziehe ich dort meine Kreise und versuche, wieder zu entkommen, wie ich hineingelangt bin, über die Sandbank. Da drüben schwimmt mein König und bläst große Wassersäulen in die Luft. Ich stoße gegen die Sandbank und gleite zurück. Ich stürze mich über sie, aber sie weist mich ab. Über das Wasser hinweg rufe ich ihm zu. Das Zeichen, das er zurückschickt, ist unheilvoll, eindringlich, und wieder gehe ich gegen die Untiefe an, denn mein Verlangen nach ihm und nach der offenen See nimmt zu und läßt mein Herz schneller schlagen, was sich an raschen, nervösen Stößen aus meinem Spritzloch zeigt. Vergebens kämpfe ich gegen Sand und Fels an.

In der Falle. In große Not bin ich geraten.

»Wir warten auf die Flut«, sagt er, während er langsam kreist und seine Flosse im Sonnenlicht funkelt.

Ich schwimme wieder und wieder in der Lagune im Kreis herum und versuche ruhig zu bleiben, um des Kleinen willen, das ich in mir trage. Die Gesänge der See gehen mir durch den

Sinn, während ich mich treiben lasse – die alten Romanzen von Wal und Delphin, die unheimliche Stelle von den großen, verborgenen Schlangen und der unablässigen Verfolgung unserer Art durch die teuflischen Affen.

Der Tag verstreicht langsam. Der Abend wird die Flut bringen. Ich werde frei sein, mit ihm unter den Sternen. Von nun an werden wir uns fern von der Küste halten; und wir bleiben in Tiefen, die niemand außer Königen ergründen kann. Mein wahnsinniger Hunger, mein dunkler Schatten.

»Gib acht«, sagt er, »Unheil naht.«

Ich höre und sehe die winzigen Boote von der Küste ablegen. Auf mich rudern die Affen zu. Ich tauche nach unten, aber kann dort nicht bleiben. Ich tauche auf, um Luft zu holen, mitten im Lärm aus Feindseligkeit. Laute Rufe erfüllen meine Ohren, und dann zieht der Schmerz an vielen Stellen in mich ein, beißende Wunden, eine bei jedem Knall und Blitz, den die Affen gegen mich richten.

Ich tauche wieder nach unten, liege am Grund und bedenke meinen Kummer. Ich fühle das Kleine in mir zappeln. Die Wunden sind zu verschmerzen. Wenn nur die Nacht käme! Ungestüm steige ich mitten unter ihnen hoch, um zu atmen, und wieder empfange ich am ganzen Körper die Salven aus Schmerzen.

Wieder am Meeresboden, schmecke ich Blut in meinem Mund. Ich fühle das Kleine sich nicht mehr regen. Das Wasser wird trübe. Ich steige zum Sonnenuntergang empor, und sie erfüllen mich wieder mit Schmerzen. Als es Nacht wird, beleuchten sie das Wasser mit strahlenden Augen. Ich schwimme durch sie hindurch auf die Untiefe zu.

»Komm zu mir«, sagt er, »komm.«

Meine Kraft ist weg, meine Schwanzflosse will mich nicht leiten. Ziellos steuere ich auf die Sandbank zu, während die strahlenden Augen auf mich gerichtet sind und der Schmerz überall zunimmt.

»Wir ziehen weit weg von hier«, ruft er.

Ich rutsche von der Sandbank zurück auf den Grund; dort liege ich und starre ins Dunkel. Vor langer, langer Zeit saßen wir in den Sümpfen fest, und so krochen wir zum Meer. Ich krieche wie im Fiebertraum über den Meeresgrund und wühle meine Flossen in den Sand. Der Mond dringt zu meinen blutenden Augen vor, und ich träume von den tropischen Gewässern, wo wir uns das erste Mal begegneten und in den glitzernden Korallenriffen einander umkreisten.

»Amuuuu!« ruft er. »Amuuuu!«

Seesterne kriechen über den Himmel. Ich rolle auf die Seite. Das Bedürfnis nach Luft ist übermächtig. Die Gesänge der See wandeln sich ins Schauerliche: Haie schwärmen umher und aufgedunsene Leichen treiben in meinem Herzen. Mein Leib zittert. Ich keuche, schlucke die Lagune. Weite Fernen und große Tiefen sind uns nichts. Seht nur – ich überstehe diesen furchtbaren Sturm, schlingernd in den dunklen Wogen.

In dieser eisgekühltem Th-th-thermosflasche hoch und b-b-bloß raus hier.

Rutschige Wände hat dieses Scheißding. Aber Dr. Ratte ist mit den Triebphänomen v-v-vertraut (vgl. Vickers' Stimulierung der Großhirnfasern). Ich steigere mich in große Erregung hinein, setze meine Grundtriebe in Bewegung: Angst, Furcht und Wut, und bündele sie zu einem – gewaltigen Sprung zur Öffnung der Thermosflasche. Aber jetzt sehen Sie sich bloß die Rebellen an!

Tanzen herum, bilden Ketten und bewegen sich in Richtung auf den Plattenteller der Musikalischen Versuchsreihe zu. Ein Rebellenanführer schaltet ihn mit seinem Schwanz ein. Ein paar andere Rebellen gehen die Laboreigene Plattensammlung durch und ziehen eine Schallplatte heraus.

Sie legen sie auf den Plattenspieler, setzen den Tonarm auf und drehen die Lautstärke hoch. Jetzt kann ich das Plattenetikett sehen. Die sogenannten Lieder der Buckelwale. Nichts als blubbernde Mundgeräusche. Laut, ja, aber äußerst primitiv. Kein Vergleich mit der Neuen Nekropsie. Wale sind verwendbar für Parfüm, Hundefutter und gelegentlich noch für Hüfthalter, aber bitte halten Sie sie nicht fälschlich für intelligente Wesen. Sie sind bloß riesige Grundmodelle.

Aber meine Mitratten sind völlig außer sich über diese gewaltigen Fürze, die die Wale lassen. Ich sehe langsam, wie ungebildet diese Revolutionäre sind. Setzen Sie ihnen irgendein unausgegoren-rührseliges Gefühl vor, und sie blasen es zu einer Sensation auf.

Die Schallplatte dreht sich ... immer rundherum ... rundherum ... hypnotisch ... unwiderstehlich ... aus der Mitte der Platte steigt ein Intuitionssignal auf ...

Ich sehe das Meer. Ein großes Schiff taucht am Horizont auf. Ist das ein Schlachtschiff der Revolutionäre? Es kommt näher ...

Augenblick mal, dieses Schiff kenne ich doch! Erst vor wenigen Wochen habe ich etwas darüber in der *Naturwissen-*

schaftlichen Monatsschrift gelesen. Ja, natürlich, das Schiff ist die *Triton II* vom Weltinstitut für Ozeanografie. Dieses fabelhafte Forschungsschiff gehört zu einem Kommunikationsprogramm, von dem man in wissenschaftlichen Kreisen eine hohe Meinung hat. Projektleiter ist der weltberühmte Komponist Sir James Jeffries.

Was macht die *Triton II* in dieser Rebellensendung? Könnte es sein, daß Sir James mit den Revolutionären unter einer Decke steckt? Bitte, Sir James, sagen Sie, daß es nicht stimmt!

Ich bin Jonathan Downing von der BBC und an Bord der *Triton II*; unser Kapitän ist Alan Black, der gut vierzig Jahre Atlantik-Erfahrung auf Kriegsschiffen und Walfängern hinter sich hat. An Deck befindet sich auch unser aus Tontechnikern und Kameraleuten bestehendes BBC-Team, sowie – die zentrale Figur auf dieser Reise – Sir James Jeffries, der Leiter des Londoner Festival-Orchesters, dessen sechzig Mitglieder im Augenblick vollzählig um uns an der Reling versammelt sind, über die Wellen hinwegblikken und hoffen, die Erkennungsfontäne eines Wales zu sehen. Sir James, was hoffen Sie mit ihrer Arbeit zu erreichen?«

»Der Pottwal besitzt ein Gehirn, das sechsmal so groß ist wie das des Menschen. Nur ein kleiner Teil dieses Gehirns dient dem Überlebenskampf. Der Rest ist zweifellos mit Denkformen beschäftigt, die alles übertreffen, was sich die Menschheit bisher hat träumen lassen.«

»Sir James, wie können wir mit Gewißheit feststellen, daß der Pottwal dieses gigantische Gehirn auch wirklich benutzt?«

»Genau wissen wir es natürlich nicht. Aber Computerberechnungen haben gezeigt, daß ein Gehirn von dieser Größe – ein Computer von dieser Größe, wenn Sie so wollen – nicht untätig wäre. Die Gaben der Natur werden nicht leichtfertig verschenkt. Es handelt sich hier um hervorragende Geschöpfe, deren Erkenntnisfähigkeit wahrscheinlich sechsmal so groß wie unsere ist. Wir haben die Aufnahmen ihrer Musik gründlich studiert, und sie drückt Gefühle aus, die für uns zwar wirklich völlig unfaßlich, dennoch zutiefst ergreifend sind.«

»Was sind das für Gefühle, Sir James?«

»Ihre Musik ist tieftraurig – wie das Verlöschen des Universums, wie das Sterben eines Sterns.«

»Weil sie gejagt worden sind? Meinen Sie das?«

»Gejagt? Mein Lieber, sie sind bis an die Grenze der Ausrottung gehetzt worden. Sie trauern um das Sterben ihrer Rasse, wie auch wir trauern werden, wenn es uns endlich gelungen ist, den Planeten unbewohnbar zu machen. Ja, sie sind gejagt worden, und ihren Lebensraum hat man in eine gigantische Kloake verwandelt.«

»Äh, welche Merkmale finden sie sonst noch in ihrer Musik, Sir James?«

»Gefühle von enormer Größe, wie sie nur wenigen Menschen jemals zuteil werden, und dann nur in seltenen Augenblicken. Diese Geschöpfe sind die großartigsten Musiker der Erde. Sie sind schöpferisch und klug, und sie führen keine Kriege.«

»Gibt es irgendeine Musik auf der Erde, die sich mit der der Wale vergleichen läßt, Sir James?«

»Die Musiker aus Tibet bauten früher einmal gewaltige Hörner, manche fünfzehn Meter lang, die sie von den Höhen des Himalaya herab ertönen ließen. Das war ihr Opfer ans Absolute. Sie wurden, wie Sie wissen, vom Krieg vernichtet, und heute gibt es nur noch wenige Menschen, die diese Musik hervorbringen können. Die Menschen haben vergessen, was die Wale mit ihren riesigen Gehirnen nicht vergessen können.«

»Und was ist das, Sir James?«

»Daß es der Sinn unseres Lebens ist, die Erhabenheit des Kosmos zu preisen.«

Was für ein unflätiger Blödsinn! Genau das, was man von einem Rebellenschiff erwartet. Aber während hier die Rebellenwachen diesem alten englischen Nörgelpott applaudieren, lasse ich mich leise außen an der Thermosflasche herunter. In ihrem revolutionären Eifer haben sie den guten Dr. Ratte ganz vergessen, und das werden sie noch bedauern, haha!

»Halt, wer da!«

Eine Rebellenpatrouille vor mir!

»Entschuldigung, ich wollte bloß ein bißchen frische Luft schnappen ... ja, sehr schöner Abend, nicht wahr –«

»Bleiben Sie stehen!«

Ich springe auf das Toilettenpapier-Band. Es rollt endlos unter den Käfigen entlang und sammelt die Scheiße, aber jetzt trägt es mich von der Rebellenpatrouille weg. Euer Pech, ihr abgewrackten Nager, der alte Dr. Ratte macht eine Spazierfahrt auf der Rolle! Sehen Sie nur, wie sie unter mir herumtrippeln und versuchen, zu mir raufzuklettern. Und in dem Moment, wo sie raufsteigen, springe ich ab, zurück in den Schatten.

Ströme von Ratten sind jetzt unterwegs, alle aus ihren Käfigen befreit, und sie kriechen über alles weg. Ich mische mich unter sie. In der trüben Nachtbeleuchtung des Labors wird mich niemand erkennen. Ich gehe weiter und folge der Menge.

Sie ist zum Ständigen Archiv unterwegs. Alles drängt sich zu dem Tätowierapparat, Wiss. Geräte, 1956, Pat. ang. Sein Kopf ist mit Nadeln bestückt, die normalerweise so angeordnet sind, daß sie einen Erkennungsbuchstaben bilden. Aber die Rebellen haben die Nadeln mit den Zähnen herausgezogen und sie in Form ihres Emblems wieder eingesetzt – eines Kreises mit einem Kreuz darin, wie das Fadenkreuz in einem Fernglas. Es ist ein mächtiges Emblem, zweifellos, mit seiner Kraft, das Intuitionsfeld herzustellen, das ferne Dinge in superfeiner Farbabstimmung heranholt. Und nun tätowieren sie alle Ratten des Labors mit diesem Zeichen.

Das ruiniert alle unsere Experimente! Niemand weiß jetzt mehr, wem der Thymus zerstört werden soll, oder wo die Tumorgeschädigten sind. Die alten Markierungen werden durch das verfluchte Rad unkenntlich gemacht. Aber ich unterziehe mich dieser Tätowierung, damit ich mich unauffällig im Labor bewegen kann. Ich muß wie alle anderen Ratten aussehen. Die Zeiten sind vorbei, als man noch ein Hochgelehrter Irrer Doktor sein konnte. Meine medizinische

Bildung muß der Gegenspionage weichen, für die ich eine neue Identität brauche. Also gut, ich übernehme das Rebellenemblem.

»Der nächste.«

Die Ratte vor mir tritt zu dem Archivierpult, wo sie von einem Prüfer befragt wird.

»Zellenblock?«

»Siebenundzwanzig.«

»Art der Experimente, die an Ihnen vorgenommen wurden?«

»Sie haben bei mir innere Blutungen ausgelöst, indem sie mir durch die Nebenhöhlen eine Nadel in den Schädel stießen.«

»Neigen Sie bitte den Kopf.«

Die Rebellen springen auf den Spiralfedertätowierer und prägen der Ratte ihr Emblem ins Ohr.

»Der nächste.«

»Ja, hier bin ich.«

»Experimente, die an Ihnen vorgenommen wurden?«

»Ach, wirklich nichts Besonderes. Kurze Zeit im Labyrinth. Das Essen hat mir gut geschmeckt. Wirklich, die Behandlung war vorzüglich ...«

Der Prüfer sieht mich genauer an.

»... bis auf die Tatsache, daß sie mir die Testikeln abgeschnitten haben.«

»Neigen sie bitte den Kopf.«

Die Nadelspitzen kommen herab, und das Rebellenemblem durchbohrt mein Ohr. Im selben Augenblick empfange ich ein Intuitionssignal. Ein vollkommen rundes Bild schwebt vor meinen Augen wie eine glitzernde Seifenblase.

Und in ihrem Innern befindet sich das Rebellenschiff, die *Triton II*, mit all ihren Fernsehleuten. Was für ein Pech, daß sich die BBC dieser Revolution angeschlossen hat!

Atemsäule!«

»Die Stimme von Kapitän Black schallt eben durch den Bordlautsprecher, und wir alle können sie jetzt sehen – eine Pottwalherde Steuerbord voraus. Die *Triton II* dreht auf sie zu. Sir James greift zum Taktstock und sein Orchester verteilt sich über das Deck und greift zu den Instrumenten. Unsere BBC-Tontechniker kontrollieren noch einmal die Verstärker, mit deren Hilfe Sir James' Symphonie über das Wasser schallen soll: riesige Lautsprecher sind auf das Deck montiert, die für eine klangliche Ausgewogenheit sorgen sollen, wie man sie eben erwarten kann auf einem so ungewöhnlichen Podium wie dem Deck der *Triton II*, die jetzt ihre Fahrt verlangsamt und sacht auf die Wale zugleitet.

Während wir neben sie gelangen, wird das Schiff auf Befehl gestoppt. Die Wale tauchen geschlossen weg, ihre mächtigen gewölbten Rücken gleiten hinab ins Wasser.«

»Keine Sorge, Sir James. Die tauchen wieder auf.«

»Sie hörten eben wieder Kapitän Blacks Stimme über den Bordlautsprecher. Der Ölschlick, den die Wale zurückließen, ist immer noch auf dem Wasser sichtbar, und die *Triton II* hält darauf zu. Das Festival-Orchester sitzt bereit, um Sir James' *Huldigung an die Tiefe* zu beginnen – ein Werk, das er aus den musikalischen Grundelementen, die er in den Gesängen der Wale fand, komponiert hat.

Da, jetzt können Sie die Walherde sehen! Unmittelbar vor dem Bug! Ein grünlicher, geisterhafter Schatten kommt an die Oberfläche. Sir James hat sich dem Festival-Orchester zugewandt und hebt den Taktstock.

Huldigung an die Tiefe beginnt genau in dem Moment, als ein gewaltiger Wal zur Oberfläche durchbricht und seinen dampfigen, fischig riechenden Wasserschwall ausbläst. Die Musik dringt aus den Lautsprechern, erfüllt die Luft über dem Meer. Das Wasser ist ruhig, die Wale lassen sich gemächlich treiben, etwa zwanzig sind es, ganz in der Nähe des Schiffes, während Sir James seine gigantische Partitur dirigiert. Kameraleute hängen wie Affen an der Reling und versuchen, die Wale aus jedem Winkel zu filmen, und die Orchesterglocken läuten über das Wasser. Die Wale halten sich ganz nahe, wie erstarrt...«

Das ist der Augenblick, ich bin den Herren des Meeres begegnet... langsam, die Flöten, an der Stelle nicht hetzen... und also der Freude!

Trommelt, Paukengesang des Orchesters, trommelt für die Titanen, die mich von unten betrachten, die unser Werk hören, die wissen, daß wir sie verstanden haben. Tiefes, unheimliches Bläserlied, singe für die Titanen von dunkler Majestät. Auch wir sind dem Schoß dieser Mutter, des Meeres, entstiegen. Sie hören mich, sie lauschen und liegen still auf den Wellen, erstaunt, und wir stürzen uns verzückt in den zweiten Satz, unsere lange, schimmernde Tauchfahrt, die Kontrabässe tauchen tief hinunter, hinunter, hinunter. Der

Schatz liegt strahlend in der Dunkelheit, die ungeheure helleuchtende Perle, die das Gesicht eines Wals spiegelt.

Nun ziehen wir mit euch, ihr Titanen, durch die unsagbaren Tiefen Oceanus', wo Dunkelheit herrscht, wo die plötzlichen Lichter von Leuchtfischen eure ewige Nacht erhellen. Was für Sterne das sind, die auf dem Meeresgrunde scheinen!

Ich habe meinen Triumph, und ich bin alt, und mein Sieg ist das Aufgehen in den größeren Meistern, in ihrem Lied, das meines so weit überragt. Doch lauscht, ihr Walsänger, ihr werdet euch in diesem Sich-winden des Cellos durch die unterseeische Höhle selber hören, wo der vielarmige Tintenfisch die aufgehäuften Juwelen des Geheimnisses beäugt, des Schatzes, den kein Mensch je fordern wird. Läutet nun, ihr Glocken, läutet in der Tiefe, läutet sanft und leise, ruft die Toten, während unser zweiter Satz den Übergang sucht.

Dieser helle Morgen, diese leuchtende See, die Kameras, das schaukelnde Deck, der Traum, die Seiten meiner Symphonie, berührt vom mutwilligen Wind – und wir setzen unsere Reise durch die Tiefe fort, ziehen über den Meeresboden, am sich im Sand versenkenden Einsiedler des Riffs vorbei, brülle mit dem Gebrüll der Tuba, das uns erfüllt, stimme brüllend ein in die Passage der Riesen, brülle über den Meeresgrund, schreie laut in die Höhle hinein, rufe laut durch die unbekannte Kammer an der Senke, an der gewaltigen, tiefen Senke am tiefsten Grund, in der sonderbare Ungeheuer schwimmen und mit leuchtenden Zähnen grinsen. Welch ein Wunder!

Der zweite Satz muß jetzt Atem holen, muß seine lange, tiefe, luftlose Tauchfahrt beenden, muß aufsteigen, hinauf durch das Dunkel, aufsteigen aus der tiefsten Dunkelheit, empor durch das Strömen, die Geigen haben mich heute wirklich begeistert, ihr habt mir alles gegeben, alles, und wir steigen empor, ihr alle habt mich beschenkt, und wir steigen empor, ihr seid das Fest, das emporsteigt, empor zur Sonnenperle, die auf das Meer herabscheint.

Ihr Trommeln, dröhnt, donnert, ihr Trommeln der Riffe und trügerischen Lagunen, trommelt, während wir zur Oberfläche durchbrechen, wir sind die Wale! Wir tauchen donnernd auf, und ihr habt nicht gelebt, bis ihr nicht auf der Oberfläche des Meeres gelebt habt, schaukelnd in seinen Wellen, in der warmen Strömung, wie die Götter schwerelos schwebend, furchtlos und verloren und wild und weise, von der Sonne beschienen, hier ist unsere Musik, die auf euch niederströmt, Titanen, während ihr herrlich daliegt neben unserem Schiff des Friedens. Wir hörten euer Lied und geben es euch zurück. Wunder aller Wunder, mein Leben ist erfüllt, ich bin euer!

Meergott!

Läutet, ihr Glocken, stürmisch, freudig, endlos, läutet, läutet, läutet!

Klinge, du Lied, eile zum fernen Horizont, wo die weißen Wolken langsam zu den Inseln ewigen Friedens segeln. Oceanus, du Ewiger, Erhabener!

Meerhörner, blast, und Meerglocken, läutet. Horcht: die webenden Meerjungfrauen weben die Harmonien aus Liebe, Vergessenheit und der neugeborenen Sonne. Dieses Weben, das ich von euch gelernt habe, ihr weißen Walrosse, gebe ich euch im letzten Satz zurück.

Tausend Hemmnisse, tausend Hindernisse sind hinweggeräumt, damit wir euch heute singen können, damit wir für euch umweben können, während ihr neben unserem Friedensschiff spielt. Spielt und fürchtet nichts, das Sonnenschiff wird euch nicht im Stich lassen, wird euch nicht verraten. Wir haben bei Tagesanbruch eure Jungfrauen weben hören, als die neue Sonne wiederkehrte, plötzlich über den Wogen des Morgens aufbrach.

Wie die Meerhörner klingen! Wale, wir haben die leuchtende Stunde beim Klang der Meerhörner erlebt! Ein Fest! Eine Huldigung an euch! Huldigung an die Tiefe!

So dämmert der neue Tag herauf. Die jungen Wale spielen neben ihren Müttern. Der Meergott streut seine vergänglichen Juwelen aus, segelt weiter, segelt weiter, und wir tauchen zwischen die Juwelen, reich über alle Träume hinaus.

Leise nun, Meerglocken, wir nähern uns der Stille des Tages.

Waltran! Waltränen!

Es brennt mich wie Feuer am Arsch, wenn ich sehe, wie eine bedeutende Forschungsexpedition zu einem revolutionären Propagandastück umfunktioniert wird.

Und wenn ich gerade von Feuer spreche – die Rebellen haben den Bunsenbrenner entzündet und in der Mitte des Labors aufgestellt, wo sie um ihn mit verschlungenen Schwänzen kreisen. Ich nehme an, sie erblicken in der aufrechten Flamme so etwas wie ein heiliges Symbol. Eine sehr primitive Darbietung, muß ich sagen, dieses ganze Gewirbele und Gedrehe. Aber es ist meine Pflicht mitzumachen, damit ich mit den revolutionären Zielen auf Tuchfühlung bleibe.

Also schön – gegen mein besseres wissenschaftliches Urteil stürze ich mich in den barbarischen Reigen und verflechte meinen Schwanz mit denen der anderen. Und rund geht's zusammen mit den anderen im Licht der Flamme, die Pfoten erhoben, die Nasen in der Luft. Unsere Schwänze sind von der Mitte nach außen total verknotet. Und uns drehend wirbeln wir zusammen weiter und bilden das Rebellenrad. Mein Bewußtsein nimmt ab, und der Reimzwang schwebt mir auf der Lippe. Ich muß dagegen ankämpfen, ich steh auf der Kippe...

Die Ratten in der Hauptlauftrommel schlagen mit den Schwänzen einen betörenden Rhythmus. Rundherum und rundherum wirbeln wir, immer schneller, und bilden das Rad. Wie komisch ich mich fühle! Ich könnte mit Leichtigkeit einer von ihnen sein, wenn ich mich gehen ließe. Aber ich muß durchhalten! Dr. Ratte weiß, was die Wirklichkeit ist!

Ach, aber das Rad, das Rad ist fatal! Hier kommt das Rebellenbild von der Besatzung der *Triton II* beim Mahl. Und Jonathan Downing, dieser glitschige Aal, führt ein Interview wie gewohnt radikal. Downing, du Miststück, schleich dich heim in deinen Kraal!

Kapitän Black, haben Sie jemals erlebt, daß Wale so nahe bei einem Schiff bleiben, wie sie es heute nachmittag während des Konzerts taten?«

»Nein, Mr. Downing. In den alten Walfängerzeiten schoß der Harpunierer zuerst das Kalb, weil er wußte, die Mutter würde ihr Kleines niemals verlassen. Auf diese Weise konnten sie auch sie ungestört erledigen – aber nein, noch nie habe ich Wale unter irgendwelchen Umständen so nahe und so lange bei einem Schiff bleiben sehen.«

»Vielen Dank, Herr Kapitän. Wir befinden uns jetzt im Gesellschaftsraum des Schiffes, wo die Mitglieder des Festival-Orchesters unter sich den musikalischen Triumph feiern, den sie heute auf See errungen haben. Wir haben Dimitri Rakoczi, den Konzertmeister, vor unserem Mikrofon. Mr. Rakoczi, was werden Sie und Sir James nun tun, nachdem Ihr erstes Wal-Konzert ein so bemerkenswerter Erfolg geworden ist?«

»Wir müssen regelmäßig Konzerte veranstalten und dabei den Walen auf ihren Wanderungen folgen. Bei ihnen bleiben und ihnen die ganze Musik der Welt vorspielen. Wir glauben, sie ist die einzige Errungenschaft der Menschen, die für sie überhaupt von Interesse sein könnte. Nur die Kompliziertheit unserer musikalischen Formen könnte ihnen zeigen, daß wir nicht durch und durch Barbaren sind.«

»Ich sehe heute abend gar nicht Sir James unter den fröhlichen Gästen ...«

»Er ist ein alter Mann, Mr. Downing. Er begibt sich früh zur Ruhe.«

»Aber welche Energie er beim Dirigieren zeigt! Er wirkt dann wie ein junger Mann!«

»Beim Arbeiten ist er uns allen über.«

»Sie scheinen alle ein sehr enges Verhältnis zu ihm zu haben ...«

»Wir alle sind derselben Faszination erlegen – unser Flötist, zum Beispiel, hat drei Monate damit zugebracht, einem gefangenen Wal Ständchen zu bringen.«

»... Jonathan, könntest du mal eben kurz an Deck kommen? Wir haben irgendwas auf unseren Unterwassermikrofonen ...«

»... gehen jetzt mit unserem Toningenieur zu dem kleinen Tonstudio, das wir an Deck unter wasserdichten Planen eingerichtet haben. Die See ist noch immer ruhig, hell scheint der Mond auf sie herunter ...«

»Die Wale singen – nimm dir die Kopfhörer.«

»... lauter, bitte ... ja, stimmt ... ich meine, wir sollten Mr. Rakoczi rufen ...«

»... nimm den Decklautsprecher ...«

»Hier, Mr. Rakoczi, hier rüber, bitte ... die Wale, sie ... nehmen Sie die Kopfhörer, Sir ... Jim, können wir ein bißchen Licht hier draußen kriegen und eine Filmkamera ... Dimitri Rakoczi lauscht nun ... und jetzt nimmt er die Kopfhörer ab ...«

»Ich muß Sir James holen.«

»Die Wale singen, nicht wahr, Mr. Rakoczi?«

»Ja, sie singen die *Huldigung an die Tiefe*.«

»... Mr. Rakoczi eilt davon zu Sir James' Kabine ... die Deck-Lautsprecher sind eingeschaltet worden, und die Wale sind ganz deutlich zu hören ... Wir schneiden das doch mit, Jim? ... Weitere Mitglieder des Orchesters kommen an Deck, von dem Gesang herbeigelockt ... hier haben wir den Dritten Maat. Mr. Cox ...«

»Der Sonar sagt, an Steuerbord kriegen wir jeden Augenblick eine Wahnsinnssache zu sehen.«

»... unsere Kameras schwenken nach Steuerbord ... wo der Mond ist ... und da, mit schimmernden Rücken und zischenden Fontänen tauchen die Wale auf ... und ...«

»Alle Mann an Deck, bitte ... alle Mann ...«

»Das Deck des Schiffes vibriert von den Tönen der Wale! Sie singen das lauteste, unglaublichste – Mr. Cox, was sagen Sie dazu?«

»Mir läuft's eiskalt übern Rücken, Sir, und ich glaube, mir geht's nicht allein so–«

»...Jon, können wir ein Rettungsboot zu Wasser lassen? ... Gary möchte 'n paar Meter auf Höhe der Wasserlinie drehen ...«

»Mr. Cox, ließe sich das machen ...«

»Kommen Sie mit, Sir.«

»Unser Kamerateam macht sich zu den Rettungsbooten auf ... das Deck ist jetzt voller Menschen ... wie ein Altar im Mondlicht, auf dem hundert Männer und Frauen, die Lichtpünktchen ihrer Zigarren und Zigaretten kaum bewegend, still dastehen, so hingerissen sind sie vom Gesang der Wale ...«

Betörendes Rad aus wirbelnden Ratzen, viel lieber wären mir Dutzende Katzen, bloß raus, mir ist, als müßte ich platzen ...

Puh ... ich schleiche mich aus dem Königsrattenrad davon. Sie sind sicher mit dem Phänomen des Königsrattenrades vertraut? Im Laufe der Jahrhunderte sind Menschen immer wieder auf solche Formen gestoßen – eine Schar Ratten auf einem Feld, deren Schwänze allesamt miteinander verknotet waren.

Ja, es ist ein uralter ekstatischer Tanz, und ich bin der Überzeugung, daß diese historischen Formen die Keimzellen revolutionärer Umtriebe waren. Oft steigern sich die Ratten in solche Erregung, daß sich ihre Schwänze hoffnungslos verheddern. Aber heute abend spritzen die Rebellenanführer Öl auf die Schwänze, um jeder Verknotung vorzubeugen. Ein Sprung aufs Ölkännchen, und schon kommt ein Spritzer...

Am besten trödele ich hier an diesen Intuitionsrädern gar nicht länger herum. Sie sind eine viel zu primitive Angelegenheit und leisten meiner unwissenschaftlichen Neigung Vorschub, Lieder zu dichten. Ich mache mich einfach davon, vorbei an der –

»Sagen Sie mal, sind Sie nicht der berühmte Dr. Ratte?«

Eine Stimme aus dem Dunkeln. Ich gehe zur Seite, aber die Stimme folgt mir.

»Sind Sie nicht –«

»Nein, dieses Individuum kenne ich nicht.«

»Sie sehen ihm aber sehr ähnlich.«

»Ein bedauerlicher genetischer Zufall. Wenn Sie mir jetzt bitte aus dem Weg gehen würden, ich bin unterwegs zur Rebellenversammlung in der Zentralen Lauftrommel.«

Ich darf keinen Verdacht auf mich lenken. Ich kann's mir nicht leisten, nochmal in die Hände der Rebellen zu fallen. Du meine Güte, die alte Trommel ist heute abend aber wirklich auf Touren. Die Massen stehen Schlange. Sogar die arthritischen und paraplegischen Ratten kriechen hinein.

»Identitätskontrolle, bitte.«

Ich senke den Kopf und zeige das in mein Ohr tätowierte Rebellenemblem vor.

»Gehen Sie durch den Haupteingang und halten Sie sich rechts.«

Ja, ich bin nur eine von den vielen Ratten, die sich auf dem

Rad ein bißchen die Zeit vertreiben. Ich, ein Hochgelehrter Irrer Doktor? Niemals. Ich habe nie irgendwelche Experimente durchgeführt. Ich mache hier bloß die Toiletten sauber.

»Na los, nicht einschlafen!«

Ich drehe nur ein paar schnelle Runden und verdrücke mich dann in aller Stille ... hüpfe auf den Maschendraht ... Jungejunge, die haben aber ein ganz schönes Tempo drauf. Ich muß rennen wie der Teufel, um nicht hinzufallen ... das Rad summt, brummt, der Zyklometer tickt rapidissimo ... was für eine Galashow, Rebellen-Generalissimo, sag mir bloß nicht, es ist so, meine Drüsen liegen in San Francisco, doch nun bin ich wieder froh, schreibe Lieder mit Niveau, Dr. Ratte inkognito mit falschem Schnurrbart sowieso, was für ein Impresario, Trommel bebt wie ein Vulcano, oho, du Scheißkerl, ich sagte oho, kann's nicht stoppen, es entrinnt mir en gros, schlagt den Rebellenkomplott entzwo, diese Stelle pianissimo, nicht so schnell, bitte, adagio, Himmel nochmal, es schwindelt mir so, Bilder steigen auf von irgendwo, Intuitionssignale farbenfroh, Wal denkt, er ist Fats Domino, oh, hätte ich doch ein Torpedo ...

Ich höre euch, Meerjungfrauen, höre euch jetzt deutlich, und ich schwimme euch entgegen in der Nacht. Ihr webt mein Schicksal mit eurem Gesang, webt dieses gespenstische Motiv ... Wie webt ihr diese Stelle, das ist die Stelle, die ich noch nicht begreife. Wenn ich ihre Insel erreiche, werde ich's wissen. Schwimm, Jeffries, schwimm, was du kannst, du darfst sie jetzt nicht verlieren, jetzt, wo du so nahe bist.

Schwimmen in der Nacht. Roll dich auf den Rücken, du schwimmst gut. Schwaches Funkeln der Meerjungfrauenaugen, dort auf dem Riff...

Wer ist das neben mir? Wer schwimmt hier mit mir? Dimitri, bist du's?

»...James ... James, wach auf...«

»Ja? Dimitri?«

»Die Wale singen, James. Komm schnell...«

»Siehst du meine Schuhe irgendwo ... nein, ach zum Teufel mit ihnen...«

Die Wale singen. Träume ich denn noch? Nein, Dimitri hat mich beim Arm genommen, wir träumen ganz bestimmt nicht. Oder wenn wir träumen, dann ist das ganze Leben ein Traum. Wir treten hinaus in die Seeluft ... nein, es ist kein Traum – dort sind sie!

Mein Gott, was für Stimmen, was – aber das ist doch nicht möglich! Sie singen den zweiten Satz! »Dimitri...«

»Ja, James, der zweite Satz.«

Vollkommen, vollkommen! Oh Gott, ich habe gezweifelt, und nun... Der Bulle dort singt die Baßstimme. Vollkommen bewußt, sie sind sich der Sache vollkommen bewußt. Wie ich mir's dachte, sie sind die wahren Meister. Wie sie diese Stelle bewältigen ... da ... die Meerjungfrauen, die Meerjungfrauen. Aber natürlich haben sie den Sinn dafür, natürlich, wie konnte ich je zweifeln? Was für eine Stimme! Mit welcher Leichtigkeit er diese Passage meistert. Das alles ist für sie eine Kleinigkeit, sie wissen genau, wer sie sind, und wir sind ihre Mörder gewesen.

Ja, Dimitri, ja, mein Freund, wir sind nun die Quellen der Tränen, nun, da wir wissen, wen wir hingeschlachtet haben. Wir haben die Meistersinger gekreuzigt, und sie sind vor unseren Augen wiederauferstanden, auferstanden aus dem leeren, toten Vergessen, dem wir sie in unserer ungeheuren Dummheit überantwortet haben. Nun weinen wir, während sie vor uns schwimmen und singen – von ihren fremdartigen Freuden, ihren großen Wonnen und ihrem tiefen Schmerz.

Und so überblicke ich nun alles, sie haben es mir ins Hirn gepflanzt, in meine Träume: den Code zwischen unseren Rassen. Die Musik wird uns retten, wird den Planeten retten, wenn etwas dazu imstande ist, Musik von so hypnotischer Macht, daß die Menschen ihre Waffen fallen lassen und aufs Meer, in den Himmel, zu den bewaldeten Höhen den Blick richten werden. Du hast mich überwältigt, Herr des Meeres, Herr der Stürme, du hast mich überwältigt und geläutert mit deinem Gesang. Ich werde dir folgen ... dir dienen ... jetzt kommt das Finale ...

Wie sie es verzieren, wie sie es steigern, es weit über uns hinausheben. Welch Gewebe, welchen Zauber weben sie, um uns zu verlocken, um uns träumen zu lassen ...
Läutet, Meerglocken, läutet!

Nun hinab, hinab! Ich habe gelebt, um das zu hören.

Es herrscht ein strahlender Morgen mit einer sanften Brise. An Backbord sonnen sich die Wale und bleiben nahe bei uns. Das Festival-Orchester hat sich an der Reling versammelt, und unser schwimmendes Konzertpodium ist noch einmal aufgebaut worden. Die Musiker haben ihre Instrumente gestimmt, und nun klingen unter der Leitung von Sir James die ersten Töne von *Oceanus* über das Wasser...«

»Sir James, wir haben Funkkontakt zu dem britischen Walfangschiff Discovery. *Sie haben freie Schußbahn gefordert.«*

»Kapitän Black, Sie können ihnen sagen, sie sollen sich zum Teufel scheren!«

»Das habe ich bereits getan.«

»Das Orchester hat sein Spiel unterbrochen. In der Ferne können Sie vielleicht das Dröhnen einer Doppelschraubenmaschine hören, und nun sehen wir das Schiff am Horizont auf uns zukommen. Das Orchester drängt sich an der Reling, und während der Walfänger näherkommt, erscheint am Horizont ein zweiter Fleck, den unser Bootsmann nun als das Fabrikschiff identifiziert hat, das dem Fangschiff folgt.«

»Es hat alles an Bord. Trankocher, Ölzentrifugen, Leberverarbeitung, Knochensägen, Fleischverpacker...«

»Taucht weg! Taucht doch!«

»Dimitri Rakoczi lehnt sich über die Reling und ruft es den Walen zu, aber sie...«

»Sie sehen schlecht. So werden sie auch gefangen. Sie sehen das Fangschiff erst, wenn es zu spät ist.«

»Sir James ist zum Bug zurückgeeilt und hebt den Taktstock ... die Orchestermitglieder kehren rasch zu ihren Plätzen zurück...«

»Meine Damen und Herren, wenn ich bitten darf. *Bedrängnis und Flucht.«*

»Die Violinen gellen über das Wasser, gefolgt von den

gräßlich kreischenden Celli. *Bedrängnis und Flucht* ist der panische Gesang, mit dem die Wale Gefahr signalisieren. Und tatsächlich lassen die ersten Töne sie in einem erschreckten Gewoge wegtauchen. Man kann hören, wie sie durch ihre Spritzlöcher ungeheure Mengen Luft einsaugen, und hinab stürzen sie sich ... hinab ... einer nach dem anderen ...«

»Sie entfernen sich schnell ... wir haben sie auf dem Sonar ... sie schwimmen davon ... schwimmt weiter, schwimmt weiter ...«

Herrgott, wär's doch bloß schon vorbei, nicht enden will diese irre Dudelei, das wirbelnde Rad, mir ist's einerlei, ich fliehe die Rebellenkumpanei ... durch die Tür jetzt raus, und eins-zwei-drei!

Frei! Die Pfoten wieder auf der guten alten Terra firma. Lauf, Doc, lauf weg von hier, ehe es dich wieder erwischt!

Ich laufe weiter, denn mir ist bang vor meinem eigenen irren Gesang, hier entlang, diesen Gang, schnell hier hinein, niemand kommt, die Luft ist rein ...

Orange orange orange orange. Kein Reim. Darauf reimt sich nichts. Schnell unter das Käfiggestell hier. Muß mich zusammenreißen, bevor ich den nächsten Anfall bekomme. Mögliche Klangähnlichkeiten endlos. Unzählige Kombinationsmöglichkeiten. Ruiniert meine wissenschaftliche Karriere. Hat's früher auch schon gegeben, ich verweise Sie auf die entsprechende Literatur. Wissenschaftler, die plötzlich mitten in ihren Wälzern unsinnige kleine Liedchen anbringen. Weit verbreitete Krankheit. Rein wissenschaftliche

Objektivität, kompensiert durch kindliche Subjektivität. Der Katzenspezialist Mannlicher trieb Katzen in den Wahnsinn, nur um schließlich selber wahnsinnig zu werden und sich dazu hinreißen zu lassen, eine endlose Arie über autonome Reaktionen von sich zu geben. In perfekten Hexametern.

Dieser Beruf steckt voller Gefahren.

Aber was könnte gefährlicher sein als offene Anarchie unter den Grundmodellen! Das ganze Labor hallt wider vom Lärm der Rebellenmusik. Sie sind mit allen Laboratorien im Lande verbunden und schüren die Unzufriedenheit der Massen.

Vorsichtig strecke ich die Nase unter dem Gestell hervor. Na, das ist ja eine vulgäre Darbietung.

Die Rebellen haben sich der Bakterienvernichtungslampe bemächtigt und strahlen die Mitte des Operationstisches an. Eine großkotzige Sippschaft. Machen Propaganda. Versuchen, ihr Signal über den Intuitionssender zu bringen. Mitleidsbilder. Verschiedene Ratten posieren mit ihren fehlenden Pfoten und Schwänzen, ihren leeren Augenhöhlen. Eine hat keine Ohren. Ich kenne das Experiment. Es war für die nationale Sicherheit unerläßlich.

Das ultraviolette Licht hebt die verschiedenen Deformationen hervor und überträgt sie an Millionen Zuschauer in der ganzen intuitiven Welt. Überall empfangen Laboratorien die Botschaft:

»Was für ein Experiment wurde von diesen sogenannten Doktoren an Ihnen vorgenommen?«

»Sie haben mir die Nebennieren meiner Mutter an den Eierstock genäht.«

»Erfuhren Sie, warum das mit Ihnen gemacht wurde?«

»Man hat mir keine Erklärung gegeben.«

He, das ist gelogen! Ich habe das Experiment für jeden verständlich in meinem Mitteilungsblatt beschrieben, wenn ihr euch die Zeit genommen hättet nachzusehen. Es wurde nichts zu verheimlichen versucht. Ihr findet den Band in der Bibliothek im Bücherregal. Geht und seht selber nach. Ein paar Seiten hier und da mußte ich zwar aufessen, aber es fehlt nur ganz wenig, das versichere ich euch.

»Art des an Ihnen vorgenommenen Experiments?«

»Entschuldigen Sie, es geht um meinen Sohn. Er kann nicht selber sprechen. Sie haben ihn im Labyrinth um den Verstand gebracht.«

»Hat man Ihnen gesagt, warum das getan wurde?«

»Im Mitteilungsblatt stand, es geschehe zur genaueren Erkenntnis der sozialen Beziehungen der Menschen untereinander.«

Das stimmt. Mein Mitteilungsblatt macht das klar. Wir haben kolossale Erkenntnisse erhalten, besonders durch die Adams-Sprungplattform. Professor Adams hat unzählige Ratten dabei beobachtet, wie sie von der Plattform auf einen kleinen Turm sprangen. Die Ergebnisse haben ihre Bedeutung für die kommenden Jahre. Wir leben in gefährlichen Zeiten, liebe Freunde. Experimente wie diese tragen im ganzen Land und in der Welt ihre Früchte.

Ich sollte meine Zeit nicht damit vergeuden, mir selber Reden zu halten. Die Lage ist verzweifelt. Die verstümmelten Ratten bauen auf das Mitleid der Öffentlichkeit. Aber ich werde es nicht zulassen, daß der Name der Wissenschaft mit Rattenscheiße besudelt wird!

Hmmmmm, was machen denn die Ratten dort drüben beim Karteischrank des Hochgelehrten Professors? Ratten stehen Schlange, gehen einzeln hinein. Vertrauter Geruch in der Luft, als ich näherkrieche...

Die Rebellen benutzen den Karteischrank als Diensttoilette! Oh, diese Schweinehunde! Die kostbaren Schubfächer haben sie geöffnet und hineingepinkelt, dadurch ist die Tinte verlaufen. Ganze Passagen sind unleserlich. Euch fehlt jeglicher Anstand, Mitratten. Ihr kennt kein Maß. Diesmal seid ihr zu weit gegangen, und irgendwie wird euch der wackere, auf Toilette versessene Dr. Ratte schon Einhalt gebieten.

Sie haben die automatischen Kameras in Betrieb gesetzt und auf den Karteischrank des Hochgelehrten Professors gerichtet: die ganze Dreckstat wird also auch noch in prächtigem Technicolor aufgenommen. Aber sie sind keine guten Kameraleute, und die Bilder sind bestimmt alle versaut. Die Rebellen-Werbefilme haben so wenig Klasse. Gar nicht zu vergleichen mit den von der Regierung finanzierten Werbefotos in der Zeitschrift *Psychologie*, wunderschön gemachten Hochglanzfotos, 8 × 10 Zoll: Ratte blickt in die Kamera mit diesem pfiffig-unschuldigen Blick, den wir Ratten manchmal hinkriegen. Da werden die Dinge gezeigt, wie sie hier im Labor wirklich sind, wo glückliche Ratten in einem gesunden, keimfreien Zuhause leben.

»Da ist er! Ihm nach!«

Tut mir leid, Mitratten, noch kriegt ihr mich nicht!

Auf den Narkosetisch und zwischen die Flaschen. Ich ducke mich hinter die Gläser und ziehe gelassen den Schwanz ein. Lese ich richtig, was auf dem Etikett steht?

»Er ist hier irgendwo...«

»Ihr nehmt die Seite, und ich die.«

»...ein Vermögen an Preßkeksen wird für Dr. Rattes Ergreifung ausgesetzt...«

Dachte ich mir's doch. Aber ich schlinge meinen Schwanz um den Gummistöpsel auf der Ätherflasche, drehe ihn langsam heraus und kippe sie um – ihnen direkt vor die Nasen!

Ich renne weg und lasse die Rebellenpatrouille auf der Stelle bewußtlos umsinken. Aber es gibt noch viel mehr von diesen Rammlern, vgl. *Die Zerlegung des männlichen Urogenitalsystems*, Verwahrungslager B, Experiment Nr. 35. Diese Revolution muß man fest am Hodensack fassen und *quetschen*, liebe Freunde, bis sie schreit. (Klinge seitlich ansetzen und die Bänder durchtrennen, die den Penis halten.)

Oh, du verfluchter Drückerfisch *(Monacanthus)*! Die Rebellen toasten ihre Preßkekse im Mikrowellenherd. Was für eine Blasphemie! Und ein Straßenredner auf dem Herd stellt mehrere Ratten mit Verbrennungen und Blasen vor.

»...grausam ausgeliefert...«

Für wen, zum Teufel, hält der sich, daß er uns so kommt? Der hat nichtmal mehr einen Magen! Wir haben ihm ihn letzte Woche rausgenommen!

»...schrecklich verbrannt ... bei lebendigem Leibe geröstet...«

Hör mal, du kuddelloses Arschloch, das Hitzschlag-Experiment war absolut notwendig. Mit ihm haben wir noch einmal bewiesen, was Wissenschaftler immer wieder bewiesen haben, seit 1875 die ersten Hitzschlag-Untersuchungen von Claude Bernard durchgeführt wurden. Überhitzte Körper *sollten gekühlt werden*. Tausende gerösteter Katzen, Hunde, Ratten, Kaninchen und Küken sind der Beweis dafür. Noch einmal haben wir diese ewige Wahrheit im Interesse der wissenschaftlichen Kontinuität und der unverzichtbaren internationalen statistischen Zusammenarbeit herausgestellt. Wie diese Rebellen ein überragendes Experiment für ihre Zwecke in den Dreck ziehen!

»... derartige Greuel müssen ein Ende haben ...«

»... alle Tierversuche sind unmoralisch ... wir dürfen nicht ein einziges Tier quälen und foltern, um ein anderes zu retten ... alle Geschöpfe sind gleich!«

»SEHR RICHTIG!«

»Nur der Mensch, dieser große Heuchler, glaubt, er steht über uns allen. Wir sagen, das tut er nicht! Er ist nicht anders als wir! Er wird geboren, er lebt, er stirbt, wie wir alle. Er ist nur *ein* Ast vom großen Baum!«

Quatsch! Rattenscheiße auf einer Lügenzunge!

»... ganz gleich, welche Krankheit ihn ereilt, sie ist eine Last, die er allein tragen muß. Der Mensch muß allein gegen sie angehen und sie besiegen, wenn er kann, *ABER NICHT AUF KOSTEN ANDERER LEBEWESEN!* Niemals wird er die herrlichen Früchte der Heilung ernten, wenn er dabei den Kleinen Schmerz zufügt.«

Spannt eure Regenschirme auf, meine Freunde, und versucht dem Scheißeregen zu entgehen, der hier im ganzen Labor niedergeht. Nur der wackere und treue Dr. Ratte weiß Bescheid. Doc Ratte sagt, wie's ist. Die Tiere *lieben* es, sich verstümmeln zu lassen. Die Elektrodentests an Affen beweisen das schlüssig – siehe Berkleys »Schmerz-Untersuchung«, von der Teile bereits in der *Neuen Zeitschrift für Pathologie* veröffentlicht wurden.

Wie widerlich. Die Rebellen haben das Geschwür-Labyrinth zu einer Promenade umfunktioniert, auf der revolutionäre Pärchen den Geschlechtsakt vollziehen. Natürlich geht damit unser ganzes Genetik-Experiment in die Binsen. Jetzt weiß doch keiner mehr, wer wen befruchtet hat.

Als kastrierter Hochgelehrter Irrer Doktor kann ich solche Handlungen nur als mechanisch und abstoßend betrachten. Ich ziehe dem das unvergleichliche Vergleichen von Statistiken weit vor – zum Beispiel die von allen mit dem Arsch auf dem Rücken geborenen männlichen Ratten, vgl. meinen Aufsatz »Die Wirkung arseniger Säuren auf die Entwicklung des Rektums«, 1967.

Die Weibchen machen sich steif und quieken ihre kleinen Liebesworte durch das dunkle Labyrinth. Lautlos husche ich über den Deckel des Labyrinths, aber es ist ziemlich verwirrend, all diesen kopulierenden Paaren zuzusehen, und meine Testikelnarben beginnen zu jucken.

Rein und raus, die ganze Reihe entlang. Ein friedlicher Protest, sagen sie. Für mich ist er das aber nicht. Meine alten Wunden jucken fürchterlich, und da ist überhaupt nichts Friedliches dran. Trotzdem paaren sie sich, rammeln sie paarweise. Dieses revolutionäre Schaubild wird zu viel für mich. Ich muß diese niedlichen Weibchen aus meinen Gedanken verdrängen. Ich schließe die Augen, aber meine Ohren kann ich nicht verschließen.

»Siebzigmal in der Minute, komm, komm.«

»... ah ... ja ... ja«

Die Frustrationslampen auf die Leiber der kopulierenden Paare scheinen zu lassen, ist ein typisch geschmackloser Einfall dieser Revolutionäre, oh, meine juckenden Narben!

»Da oben! Da sitzt Dr. Ratte!«

Ich springe über das Labyrinth weg und husche durch die Finsternis, den Feind immer dicht auf den Fersen. Eine Tür hier. Bloß rein, bloß rein.

Du großer Gott, ich bin in der Kirby'schen Initiationskammer. Für neugeborene Ratten. Man hat herausgefunden, daß es möglich ist, bei einer Ratte Schizophrenie hervorzurufen, auch wenn sie erst wenige Minuten alt ist. Na schön, diese Kammer regt mich nicht auf, denn ich bin ja schon verrückt! Hier habe ich meine Grundausbildung erhalten. Wenn es hier bloß keine Rebellenräder gibt. Aber das ist natürlich ausgeschlossen. Der Hochgelehrte Professor Kilby benutzt nicht die Intuitionsfrequenz. Nur altmodische ambivalente Reize.

Soll doch der Fußboden vor- und zurückrollen. Sollen doch die Gongs laut losscheppern. Für mich ist das wie auf dem Jahrmarkt, liebe Freunde.

Aber niemand von den anderen Ratten traut sich hier rein. Nur ein Hochgelehrter Irrer Doktor kann den Informationsfluß hier drin verarbeiten, durcheinander wie alles ist, unsymmetrisch und schief.

Damit kommt ein Irrer Doktor auch noch mit um die Nase gewickeltem Schwanz zurecht. Es hat sich hier nicht viel verändert, seit ich das letzte Mal durchging. Verrückte Ecken, die auseinanderfallen, wenn man sie berührt. Verschwinden in der schlingernden Finsternis.

Ja, ich schlendere gern durch solche irren Anlagen, denn es wirkt so wohltuend auf meine Gelehrtennerven. Professor Kirby, ich muß Ihnen diesen Monat in meinem Mitteilungsblatt einen Ehrenplatz geben. Die Arbeit, die Sie geleistet haben, ist hervorragend, glauben Sie mir. Dr. Ratte versichert Ihnen, daß die Türen so zur Seite kippen, wie Sie es gewollt haben, und mich vollkommen aus der Waagerechten gleiten lassen. Ja, ich rutsche seitwärts weg und glaube, daß ich aufrecht stehe. Die Rebellen haben vor dieser Initiationskammer Posten aufgestellt, denn sie behaupten, es sei unfair, neugeborene Ratten um den Verstand zu bringen. Ich sage, es ist wunderbar, so aufzuwachen. Man wacht total plemplem auf, na und? Tut das jemandem weh?

Ich bin jetzt genau im Mittelpunkt der Initiationskammer, wo überall um mich herum Vexierspiegel hängen. Vielfache Spiegelungen des hübschen Dr. Ratte, einen gläsernen Gang entlang anscheinend endlos wiederholt. Das verwirrt mich absolut nicht. Beachten Sie mein John-Barrymouse-Profil. Wäre ich nicht hier im Labor zur Welt gekommen, ich könnte heute eine von den tändelnden Flanierratten sein und draußen irgendwo auf den Feldern meine wundervollen Lieder singen.

Aber so ist das Leben. Ich bin halt nicht zum Tändeln geboren. Ich habe die Berufung, der Menschheit zu dienen. Und wo ich schon gerade davon rede, nehme ich jetzt wohl am besten den Schwanz in die Hand und suche den Ausgang. Wenn ich mich recht erinnere, geht's hier diesen glitschigen Gang runter ...

... Vorsichtig ... das Gleichgewicht halten ... falsche Tür ... elektrisches Gitter ... autsch ... autsch ... autsch ...

Die Familie wacht auf, und wir schütteln uns die Blätter aus den aneinandergeschmiegten Körpern.

»Habt ihr auch jemanden rufen hören?«

»... weit weg im Dschungel.«

Ich krieche ans Ende des Astes, auf dem wir unser Nest gebaut haben. Auf den Nachbarbäumen werden noch mehr Schimpansen wach, während das Rufen näherkommt. Es ist eine tiefe, rauhe Stimme, aber sie gehört einem Schimpansen. Er muß müde sein; ich glaube, er hat eine weite Reise hinter sich.

Ich schwinge mich von diesem Baum zum nächsten hinüber und klettere in den Zweigen bis zur Spitze hinauf. Meine Hände sind alt und runzlig, aber ich klettere gut. Viele der Jüngeren klettern nicht mit solcher Leichtigkeit. Ich springe und fasse zu – und springe wieder, die alten Hände finden immer einen Halt.

Die Schimpansen unter mir klettern ebenfalls herauf. Durch die dunklen Äste klettern wir zur Spitze hinauf, der großen unerreichbaren Frucht am Nachthimmel entgegen. Heute nacht ist sie rund und voll. Wie köstlich sie sein muß. Ich bin ganz oben und springe mit ausgestreckten Armen – und die unerreichbare Frucht weicht mir aus, wie immer.

Der rufende Wanderer ist nun nähergekommen, und unsere Sippe sammelt sich rasch auf den Baumwipfeln. Ich beobachte die jungen Schimpansen, wie sie nach der unerreichbaren Frucht haschen. Aber ganz gleich, wie hoch sie auch springen, sie bleibt unerreichbar. Sie ist wunderschön anzusehen, wie sie so weit weg hoch oben auf den Winden segelt. So geht es auch mit uns Älteren: wir beginnen zu schauen und zu schauen, und eines Nachts verschwinden wir.

Eines Tages werden diese jungen Burschen aufwachen und feststellen, daß ich weg bin. Sie werden nach mir suchen und mich rufen, aber sie werden mich nicht finden. Ich werde weit weg sein, auf der Wiese, dort, wo die unerreichbare Frucht endlich die Baumwipfel berührt. Sie werden rufen, mich aber nicht finden.

Wer ist es, der heute nacht ruft? Ist es irgendein verängstigter Junge, der sich zu früh auf den Weg gemacht hat, die unerreichbare Frucht zu suchen? Er muß bestimmt jung sein, sonst würde er keine so weite Reise gemacht haben. Jetzt sehe ich ihn, wie er über die allerhöchsten Äste rasch auf uns zukommt. Seht nur, er rennt fast über die Wipfel. Ich muß lachen, denn es sieht aus, als sei eine Schlange hinter ihm her!

Wir rufen ihn, rufen ihm den Namen unserer Sippe zu:

»Ku-lu, Ku-lu!«

Wir singen alle in den Wipfeln zur Begrüßung dieses schnatternden Jungen. Und er antwortet uns aufgeregt:

»Eine Konferenz! Es wird eine Konferenz abgehalten!«

»Eine Koferenz? Wo denn? Warum denn?«

»Hör mal, du alter tauber Affe, hast du nicht das Geschrei der Vögel und das Brüllen der Löwen gehört?«

»Entschuldige, du herrlicher Junge, aber ich muß geträumt haben.«

»Das hast du bestimmt, denn niemand redet von was anderem.«

»Na, dann sprich jetzt zu uns, Wanderer. Öffne uns die Ohren, wenn du kannst.«

»Morgen, alter Schimpanse, mußt du dich mit deiner Sippe auf den Weg machen. Wandere der unerreichbaren Frucht entgegen, bis sie siebenmal erschienen und wieder verschwunden ist. Dann seid ihr am Rande der großen Ebene.«

»Und dort findet die Konferenz statt?«

»Alle werden dort sein. Ich muß jetzt weiter ...«

»Und warum findet diese Konferenz statt?«

»Jeder, mit dem man spricht, gibt einem einen anderen Grund an. Es schwirren schon so viele Geschichten im Dschungel herum wie Blätter an diesem Baum hier hängen.«

»Aber was meinst du, wunderbarer Junge, dessen Augen klug sind wie zwei unerreichbare Früchte? Spende einem dummen, alten Affen etwas von deiner Klugheit.«

Der ungeduldige Bursche sieht mich voller Verachtung an. Seine Selbstsicherheit ist wunderbar. Ich habe viele junge Burschen wie diesen kopfüber zwischen Stangen hängen sehen, die der Mensch über der Schulter trug.

»Dann hör gut zu, alter Affe. Wir kommen aus einem, und nur aus einem einzigen Grunde zusammen.«

»Meine Ohren wachsen hervor wie Giftpilze, mein Junge, begierig, deine Geschichte zu hören.«

»Es ist an der Zeit, daß wir uns in großer Zahl versammeln, damit wir unsere Gedankenströme zu einem einzigen verbinden. Alle Lebewesen dieses Waldes werden sich zusammentun, ebenso die Geschöpfe weit entfernter Wälder, denn die Adler tragen die Botschaft überallhin.«

»Und der Zweck dieser Vereinigung, mein Junge? Bitte, erkläre es mir, denn meine Ohren sind jetzt so groß wie die eines Elefanten.«

»Wenn wir uns erst einmal so zusammentun, wird auch der Mensch kommen. Es wird ihm klarwerden, daß wir alle eine Kreatur sind, und er wird aufhören, uns zu töten. Seine Erkenntnis wird plötzlich und herrlich sein.«

»Dann eile, junger Schimpanse. Eile weiter. Eile weiter, als wäre eine Schlange hinter dir her. Denn du hast meine Ohren bereits so über alle Erwartung wachsen lassen, daß sie langsam die Eingeborenenjäger neugierig machen, die sie dazu benutzen werden, sich Schuhe daraus zu machen. Bitte, gehe schnell weg, ehe meine Ohren an den Füßen irgendeines Menschen-Häuptlings enden.«

Da zieht er stolz auf seinem Weg weiter und verbreitet die Nachricht von der großen Konferenz. Also sind sie wahr, die Geschichten, die wir gehört haben. Und ich dachte, sie wären wieder einmal nur dummes Affengeschwätz.

»Stammvater, schau!«

Über die große, weiße, unerreichbare Frucht zieht der Schatten eines riesigen Vogels.

»Wann machen wir uns auf die Wanderung zur großen Konferenz, Stammvater? Gehen wir am Morgen los?«

Die Jungen in meiner Sippe werden heute nacht nicht schlafen. Sie werden in der Baumgabelung herumturnen und die sie schützenden Blätter zur Erde werfen. Am Morgen werden sie, voller Ungeduld, endlich aufzubrechen, auf die Baumstümpfe trommeln.

»Komm, Stammvater, komm, lege dich jetzt zu mir.« Das Weibchen, Sie-die-mich-kennt, nimmt mich sanft am Arm.

»Es ist gefährlich, wenn alle Sippen an eine einzige Stelle ziehen.«

»Aber, Stammvater, denk doch, was wir alles sehen und hören werden.«

»Nicht weit von hier rauscht ein kleiner Bach. Hast du schon alles gehört, was er erzählen kann?«

»Stammvater, wie könnte ich? Der kleine Bach redet ununterbrochen, er redet und redet.«

Ich lege mich neben sie und decke mich mit Blättern zu. Für dieses Verlangen, das nun alle bewegt, gibt es kein Zurück mehr. Denn selbst ich, der ich alt genug bin, um am

Frieden der Baumwipfel und den vielen listigen, magischen Stimmen des Baches Gefallen zu finden, selbst ich, mit all dem um mich her, hier in unserem Reich, ich brenne darauf, am Morgen zu der Konferenz aufzubrechen.

»Du seufzt, Stammvater. Leg deinen Kopf auf meine Brust.«

Entschuldigung, ich habe nur eben ein paar hochgeheime Tonbänder aufgegessen. Als wir dem Schimpansenweibchen die Finger ausrissen, nahmen wir ihre Lustschreie natürlich auf. Aber in der Fakultät gab es so einen miesmachenden Humaniak, der drohte, er werde die Bänder vor dem Kongreß gegen uns verwenden. Können Sie sich das vorstellen? Das hätte unsere Subventionen gefährden können! Nicht daß die Bänder irgendwas *Falsches* enthalten hätten, aber wie die Schimpansin schrie, als wir ihr den Kopf abschnitten, das *hätte* mißdeutet werden können. Und ich dachte, es wäre das beste, wir versenkten die Beweise einfach in meinem Magen. Ich meine, wer könnte die Klappe besser halten als eine Ratte? In diesen revolutionären Zeiten wird selbst das harmloseste Zeug von den Rebellen ausgeschlachtet. Und das Eisenoxyd auf den Bändern hat mich ganz schön in Schwung gebracht!

Gottverdammich, die Rebellenratten nagen sich durch die Wände meines Verstecks hier im Kirby-Initiationslabyrinth. Knurps, knurps, knurps, nag, nag, nag – da verzieh ich mich besser durchs Belohnungsfenster und über den Hochspannungs-Frustrationsdraht.

»Da ist er! Packt ihn!«

Sie sehen mich zwar, aber wer von ihnen wagt es schon, mir über den Frustrationsdraht zu folgen? Seinerzeit habe ich hier stundenlang festgehangen, während die wissenschaftlichen Assistenten Notizen machten. Die Resultate sind in ihrer hochgelehrten Dissertation enthalten: »Ratten am Hochspannungsdraht«, *Psych. Bull.*, 1969. *Wenn eine Ratte am Draht hängt, dann bleibt sie da hängen* – ich glaube, so beginnt die Arbeit. Sie ist im ganzen eine sehr wertvolle Informationsschrift, das können Sie mir glauben. Die Rebellen, die die Arbeit nicht kennen, fallen plump nach unten, während ich, der Hochgelehrte Dr. Ratte, leichtfüßig am Ende des Drahtes abspringe und davonhusche.

Ach, aber sie haben jetzt den Operationstisch unter ihrer Kontrolle und setzen ihre dreckige Befragung fort:

»Art des Experiments, das an Ihrer Tochter vorgenommen wurde?«

»Im Alter von achtundzwanzig Tagen hat man ihr Hormone injiziert. Drei Tage später haben sie sie getötet, ihre Eierstöcke herausgenommen und gewogen.«

Und so geht das weiter mit diesen Sendungen für harmlose Tiere überall in der Welt. Wenn diese widerliche Revolution erst mal niedergewalzt ist, werde ich mich um die gleiche Sendezeit bemühen und unseren Zuhörern erklären, daß dieses Rattenweibchen nicht getötet wurde; *eine Nekropsie wurde an ihr vorgenommen.* Das ist ein himmelweiter Unterschied. Wenn ich mehr Leute dazu gekriegt hätte, die Neue Nekropsie zu tanzen, hätte sich diese Revolution vielleicht vermeiden lassen. Ich muß die Regierung um eine größere Unterstützung von Musikproduktionen ersuchen. Für die sanfteste Art von Musikberieselung in den Laboratorien sorgen, zur Betäubung der Nervenenden.

Und tanzt die Neue Nekropsie mit mir!

Überall sind jetzt Ratten, in allen Gängen. Sie fangen gerade an, sich in den Sicherungskasten durchzunagen. Das ganze Labor wird von einem Stromausfall heimgesucht werden, und damit sind sämtliche Experimente futsch. Ja, nun haben sie auch noch begonnen, starke Dosen berauschender Drogen auszuteilen. Sie haben sich eine Injektionsspritze gekapert und stehen unter dem riesigen Instrument Schlange, das mit einem aus Schwänzen gebildeten Flaschenzug bedient wird. So bringen sie das Opium unter ihre Leute. Na schön, ich könnte mir auch ein bißchen davon holen, bloß um über das Rebellenprogramm auf dem laufenden zu bleiben. Damit es darüber kein Mißverständnis gibt. Daß ich mir diese Rebellenspritze verpassen lasse, hat rein wissenschaftliche Gründe.

»Der nächste.«

»Ja, danke.«

»Sind Sie für die Revolution?«

»Oh ja, natürlich, zweifellos. Ohne Frage. Ich könnte hinzufügen –«

»Moment mal! Sie sind doch Dr. Ratte!«

Ein Satz und weg, ihre Rebellenschnurrhaare mir dicht auf der Schwanzspitze! Durch diesen engen Gang zwischen ein paar dreckigen Käfigen. Eine orientalische Ratte tritt aus dem Schatten und verbeugt sich förmlich:

»Ehrenwerter Doktor, folgen Sie mir in die sichere Geborgenheit . . .«

Schnell schlüpfe ich zu ihr in den Schatten. Wer ist der Kerl bloß? Rasch ein Blick auf meine Notizen ... hmmmmm, er ist eine chinesische Bambusratte (Familie der *Rhitomyidae).*

»Hier sind Sie außer Gefahr, Doktor. Wollen wir nun die Leiter der blauen Wolken emporsteigen?«

Er streckt den Arm zu einer verdreckten Treppe aus. Bambusratten mit verträumtem Blick (Gattung *Rhizomys*) fläzen sich, zu unterschiedlichen Stellungen verknäult, auf der Treppe. Was für ein verrufener Winkel unseres Labors.

»Bitte, Doktor, seien Sie unbesorgt. Der dünne Rauch steigt zum höchsten Himmel auf. Ich bin Lem Kee und stehe Ihnen zu Diensten.«

Die Rebellenratten schleichen immer noch draußen herum. Ich folge am besten diesem Lem Kee, bis die Gegend wieder sicher ist.

»Hervorragend, Doktor, nur weiter hinauf. Miss Hop Toy erwartet sie oben.«

Nanu, was für ein charmantes junges Weibchen von da oben auf mich runterlächelt. Ich muß sagen, diese Bambusratten sind doch sehr freundlich, auch wenn ihre Treppe eine einzige Katastrophe ist.

»Guten Abend, Doktor. Wollen Sie nicht eintreten?« Miss Hop Toy deutet auf eine schmale Tür, und Mr. Kem Lee nimmt mich am Arm.

»Hier werden Sie nur Freunde finden, Doktor, seien Sie dessen versichert.«

Ein dunkler kleiner Raum. Gestalten liegen am Boden herum, ihre Gesichter erhellt von einer flackernden Lampe. Kem Lee sagt:

»Doktor, darf ich Ihnen einige Ihrer Kollegen vorstellen – Mr. Li Young, Mr. Yenshee ...«

»Ihr Besuch ehrt uns sehr, Doktor.«

Li Young und Yenshee heben ihre langen eleganten Schwänze und machen mir am Boden Platz. Ein fahlgrüner Staub hängt an ihren Pfoten, und sie lächeln freundlich.

»Was erforschen die Herren Kollegen denn gerade, wenn ich fragen darf?«

»Wir erforschen die Dächer des Paradieses, Doktor, und den Flug des gelben Kranichs.«

»Oh ja, die Familie der *Gruidae.* Ich persönlich mag sie nicht besonders, denn sie essen ja bekanntlich Nagetiere.«

»Bitte, Doktor, nehmen Sie ein paar Tropfen von unseren herrlichen Süßigkeiten dort in dem Topf.«

Schnüffel, schnüffel.

»Ich weiß gar nicht, wo ich das Aroma hintun ...«

»Es steigt von der Milchstraße zu uns herab, Doktor, es ist der Balsam der Jadegöttin persönlich.«

Diese chinesischen Gelehrten haben eine einmalige Art, Faktenmaterial zu präsentieren: fast so unverständlich wie meine Hochgelehrten Aufsätze. Ich glaube, die einzige Möglichkeit festzustellen, was sich wirklich in dem Topf befindet, ist, ein bißchen davon zu kosten. Na schön, ich stecke meine Nase und die Schnurrhaare in den klebrigen Saft ...

Schlapper, schlapper, schlapper.

Ein sehr beruhigendes ... Gefühl. Mr. Li Young lächelt mich an, und ich lächle zurück. Mir wird ziemlich schwindlig ... meine Nase juckt ... ein etwas beschleunigter Ideenfluß ... du lieber Himmel! *Sucht bei Ratten,* SS. 234–48, »Die Anfangswirkung des Opiums«, 1969. Ich bin in der Rauschgift-Versuchsbox!

Ich gleite seitlich an dem Topf herunter und ... und werde geköpft, mein Kopf schwebt davon ... muß ihn packen ... Gott sei Dank, habe ihn noch rechtzeitig erwischt ...

Flattern an der Lungenklappe und in der Herzgegend. Ausgesprochenes Deformationsempfinden, als wäre mein Ellbogen mit dem Rektum verbunden (vgl. »Opiumessende Ratten« in der britischen Monatszeitschrift *Rausch*, 1935). Und nun nickt mir Miss Hop Toy freundlich zu.

»Hier entlang, Doktor, alle warten schon auf Sie.«

»Warten auf mich? Wie nett.«

Ich folge ihr durch einen Riß in der Wand. Wir steigen noch eine Treppe hinauf. Ich höre viele Stimmen. Eine Tür öffnet sich, wir betreten ...

... ein Auditorium! Alle applaudieren. Wirklich, ich bin es, dem sie applaudieren!

»Gehen Sie gleich aufs Podium, Doktor. Der König erwartet Sie.«

Natürlich, jetzt verstehe ich. Mit geneigtem Kopf gehe ich zum Podium. Und dort, vor mir, sitzt auf seinem Thron – König Ratte von Schweden!

»... Dr. Ratte für seinen herausragenden Beitrag ... wegen seines ausgezeichneten ... ein großartiger Durchbruch ... es ist mir eine große Freude, Sie, Dr. Ratte, mit dem Nobelpreis für Naturwissenschaften auszuzeichnen.«

»Danke, Majestät.«

Kameras blitzen, das Publikum jubelt.

»... bitte hier rüber, Doktor. Sie und die anderen Preisträger werden nun an einem besonderen Festmahl teilnehmen ... diverse Käsesorten ... einige Preßkekse ... verschiedene Plätzchen ...

»Natürlich, selbstverständlich ...«

Ein reich mit Teppichen geschmückter Speisesaal, ein funkelnder Kronleuchter. Alle Preisträger verneigen und verbeugen sich voreinander. Und in der Mitte des Raumes eine herrliche Schüssel aus feinstem Kristall. Was für ein reizendes Mahl. Und diese köstlichen Früchte, die darin herumschwimmen – Orangen, Zitronen – die Preisträger stecken ihre Nasen hinein. Na, da schließe ich mich natürlich an. Köstlich. Mein Kompliment für den Koch.

Aber warum rutsche ich an der Schüssel herunter und flutsche durch eine Orangenschale? Chinesische Stickereien überall um mich rum, wo bin ich, was geht hier vor? Warum trage ich denn einen hohen Seidenhut? Ich krieche mit einem Saxophon weiter durch die Gosse, meine Pfoten stecken in schwarzem Teer (vgl. »Drogenbedingter Realitätsverlust«, *Psychiatrie und Neurologie*). Ein Gong ertönt in der Ferne. Jetzt kommt eine Schwester ganz in Weiß ... es ist Miss Hop Toy ... die Lampe flackert ... Mr. Kem Lee lächelt mich an ... ich hänge über dem Rand ihres Topfes, die Nase im Saft ...

Laute Stimmen an der Tür. Rebellenratten stürzen herein! Schnell, Doktor, komm zu dir!

»Okay, nehmt dort die Medizin ...«

Ein Rebellenhauptmann und sein Stab aus Radaubrüdern bemächtigen sich des Topfes, indem sie Mr. Li Young & Co. zur Seite stoßen. Ich rolle rückwärts über meinen Schwanz und breche im Schatten zusammen, während die Rebellen ihren nächsten Schritt planen:

»Wir müssen den *Präsidenten* mit Drogen vollpumpen, das ist die wichtigste Order des Tages ...«

»Genau, wir wollen sie alle unter Drogen setzen – Kongreßabgeordnete, Senatoren, VIPs ...«

»Wir stecken uns das Zeug in die Backentaschen, dann schleichen wir uns in den Keller des Weißen Hauses ...«

»Wir tun dem Präsidenten den Dope in die Suppe. Machen ihn zum Frühstück, Mittagessen und Abendbrot high, und alle, die mit ihm essen.«

»Auch seine Alte.«

»Klar, die auch.«

»Wir müssen die Armee unter Drogen setzen.«

»Kein Problem, die ist sowieso schon halb im Dschum.«

Mir ist so sonderbar. Die Revolution hat so viele Arme. Draußen Kämpfer, drinnen Kämpfer, sie marschieren herum, ich höre ihr Trapp-trapp-trapp. Und diese Ratten mit ihrem Drogenanschlag. Was tue ich hier? Fange an zu zittern. Schwanz flattert, Zähne klappern. Steure auf 'ne Identitätskrise zu. »Entschuldigung ... ich muß ein bißchen frische Luft schöpfen.« Sie sind damit beschäftigt, den Drogenschrank auszuplündern, und merken nicht, daß ich mich aus dem Staub mache.

»Wenn wir erst mal ihr Bewußtsein erweitert haben, werden sie erkennen, daß im Grunde alle Lebewesen eins sind ...«

Ich muß so etwas wie einen Alptraum haben, gefangen in einer Opiumhöhle und unheimlichen Stimmen lauschend. Sonderbar schwülstige Ideen. Ich muß ... den Präsidenten warnen. Ratten in seinem Keller, die Backentaschen voller opiumgetränkter Kekse.

Diesen Korridor entlang, die Treppe runter ...

Der Hauptweg, die Gänge. Das war aber eben ein verdammter Schock, und weiß Gott nicht von dem elektrischen Gitter. Kopf immer noch nicht klar, aber ich ... komme schon zu Rande. Spaziere hier lang, Beine schlackern, Nase juckt immer noch.

Mann, eine stummelschwänzige Eidechse *(Trachysaurus rugosus)* will ich sein! Das ist ja phantastisch schön!

Unsere eingeweckten Ahnen.

In Gläsern schwimmen sie. Und die Rebellen haben sie mit Scheinwerfern angestrahlt. Ratten wandern scharenweise um die Flaschen herum und besichtigen die Ahnen. Ein herrlicher Anblick, einfach ein herrlicher Anblick.

Jetzt dämmert mir, warum der Hochgelehrte Professor und seine Assistenten diese ganze Einweckerei betreiben. Es sieht einfach irre aus. Der Hochgelehrte Prof hat alle Organe und Muskeln leuchtend eingefärbt, und die Apophysenkerne sind schlicht wunderschön. Wie oft habe ich den Hochgelehrten Professor nicht ausrufen hören: »Schön, einfach schön!« Und nie habe ich wirklich begriffen, warum. Bis jetzt.

Die leuchtenden Organe und Muskeln sind ein richtiger Trip!

Der Hochgelehrte Prof und seine Assistenten werden high, wenn sie sich das ansehen. Ja, sie vergessen allen Kummer und alle Sorgen und fahren voll auf die Muskeln ab. Was für eine Light Show! Wer sagt eigentlich, die Wissenschaft hat nichts für Kunst übrig!

Zeig ihnen einen hübsch eingefärbten Kadaver, und schon setzt es das ganze primäre und sekundäre ästhetisch-gefühlsbetonte Gehirnzellenfeuer.

Wir müssen unbedingt eine Muskel-Organ-Galerie eröffnen! Zunächst könnten wir eine Testausstellung im Haus der Studentenvertretung veranstalten. Die Bühnenbildklasse müßte alles geschmackvoll ausleuchten – dann zeigen wir einen toten Schimpansen, in einem großen Glasbehälter schwimmend. Färben ihn richtig schön ein, alle Organe in verschiedenen Farben. Ein bißchen leichte klassische Musik im Hintergrund.

Das wäre genau die Öffentlichkeitsarbeit, die wir brauchen!

Alle die Hundeaugen, die wir herausgedrückt haben – wir könnten sie in einem gesonderten Behälter schwimmen lassen. 'ne richtige Pop-Art-Ausstellung, würde ich sagen. Dazu ein gebatiktes Affenarschloch.

Dr. Ratte hat's mal wieder bewiesen, Leute. Er arbeitet an allen Ecken, um dem Image der Naturwissenschaft aufzuhelfen. Genau vor dem Fakultätsgebäude strahlen wir einen Schweinefötus an. Stellen ihn irgendwo auf den Rasen, unter Glas. Und alle Eingeweide leuchten. Es sollen alle sehen, was wir wirklich leisten. Vorbeigehende Kunststudenten werden den Schweinefötus sehen, und ihnen wird vor Erregung die Spucke zusammenlaufen, genau wie einem Hochgelehrten Professor der Naturwissenschaft.

Wäre es nicht möglich – der Pförtner vom Biologischen Institut wird langsam alt – wir könnten ihn doch rot-weiß-blau färben und als Dauerausstellung in einem Aquarium im Hörsaal aufbauen, gleich neben der Fahne!

Lieblingsstoßzahn auf der Rechten, ich putze dich jetzt mit meinem Rüssel. Die Bäume spenden Schatten, und ich reibe dich, wie ich es schon jahrelang mache. Ich reibe dich wieder und wieder, das macht so ein angenehm schurrendes Geräusch. Alter Rüssel, ich habe mit all dem Reiben eine Furchte in dich eingegraben – aber das Gefühl erquickt mich.

Der Fluß fließt heute ruhig, und ich stehe hier neben dir mit meinen Erinnerungen. Meine Zähne sind abgenutzt, ausgefallen, und zarte Uferpflanzen sind nun meine Nahrung. So endet es mit dem alten Elefanten – am Flußufer, mit seinen schweren Stoßzähnen, Stoßzähnen so alt und schwer, daß sein Kopf tief hängt unter ihrem Gewicht.

Aber ich will nicht klagen, denn in dem Hain in der Nähe sind die Pflaumen fast reif. Ich esse sie, und nach einer Weile gären sie in mir. Dann fühle ich mich wieder jung, wirr im Kopf und beschwipst.

Aber ein guter Rausch läßt einen sich bloß für ein paar Stunden wieder jung fühlen. Dann kommen Kopfschmerzen und Müdigkeit und, wenn ich nicht aufpasse, auch noch ein Sonnenstich. Aber ich bin schon öfter mal betrunken gewesen. Ich weiß, wie man mit Pflaumen umgeht. Wie man sich das Angenehme eines guten Rausches gegen Ende des Tages verschafft, wenn die Sonne nicht mehr allzu heiß ist – ich freue mich auf euch, kleine Pflaumen. Werdet bitte bald reif, denn ich werde jeden Tag älter.

Eines Tages werde ich zum Trinken und Baden ans Wasser gehen, und meine Füße werden tief im Schlamm einsinken. Dann werde ich kämpfen, um freizukommen, aber die große

Müdigkeit wird mich überwältigen. Ich bete darum, daß das nicht geschieht, bevor ich die Pflaumen essen kann.

Auf meinen früheren Wanderungen fanden wir oft Elefantenknochen im Flußbett. Jung wie der Morgen, dachte ich nie daran, daß auch ich eines Tages am Fluß stehen, weiches Grün mit meinem Zahnfleisch kauen und mich allein betrinken würde, während ich aufs Sterben warte.

Aber so geht's, so geht's. Hier kommt ein hübscher Klumpen dieser würzigen Wasserpflanzen angeschwommen. Vorsichtig, Alter, geh nicht zu weit raus. Du willst doch nicht ertrinken, ehe die Pflaumen reif sind. Du willst doch die köstlichen Früchte essen und dich noch einmal wie ein Riese fühlen. Du willst das alles doch noch einmal eine Stunde lang erleben und aus vollem Rüssel in den Abendhimmel trompeten.

Es ist schön, daran zu denken. Es hält mich aufrecht. Die Pflaumen sind jetzt halb reif.

Wenn doch nur eine alte Elefantenkuh daherkäme, gerade wenn ich im ersten schönen Rausch bin. Ich würde ihr meinen Rüssel auf den Rücken legen ...

Aber das heißt, vom Glück zu viel verlangen. Es war schon freundlich genug, mich hierher zu führen, zu dem Pflaumenhain. Da kommt auch der langbeinige weiße Vogel. Wird er ... ja, er landet auf meinem Kopf. Ein stiller Gefährte, und seine Krallen auf meinem Schädel zu fühlen, ist angenehm. Ein alter Vogel und ein alter Elefant an einem alten Fluß. So ist es nicht allzu schrecklich, alt geworden zu sein. Ich habe Elefanten so schnell sterben sehen, daß ihnen keine Zeit zum Nachdenken blieb. Die Waffe des Jägers, sein lauter, blitzender Stoßzahn, läßt einem keine Zeit, in die Erinnerung zurückzuschauen.

Und es gibt die furchtbaren Wanderameisen, die sich am Rüssel festbeißen und einen in den Wahnsinn treiben. Ich habe einmal einen wahnsinnigen Bullen über den Rand einer Klippe rasen sehen. Alles in allem hatte ich Glück, auch wenn ich eine Speerspitze in meinem linken Stoßzahn habe. Da war's nahe dran. »Kleiner Vogel, ich werde dir eine Geschichte erzählen, die ist noch seltsamer als die von der Speerspitze in meinem Stoßzahn.«

»Wie geht die, Vater Elefant?«

»Kratz doch ein bißchen mehr zur ... ja, da, genau da, danke. Tja, es gab einmal einen sehr glücklichen Elefanten in der Herde, in der auch ich mitlief. Ein Speer drang ihm in den Schädel. Der Elefant brach den Schaft ab, aber die Speerspitze blieb. Sie wanderte durch seinen Kopf nach unten und kam neben seinem Rüssel heraus, und da blieb sie, wie ein dritter Stoßzahn. Ja, er nannte sie seinen ›Jägerzahn‹. Sie brachte ihm unter den Bullen große Achtung ein, und gelegentlich auch bei einer jungen Kuh.«

»Wirklich eine merkwürdige Geschichte, Vater Elefant.«

»Ich kannte Hunderte solcher Geschichten, kleiner Vogel, denn ein langes Leben bringt viele merkwürdige Ereignisse mit sich. Aber ich habe sie vergessen. Alle meine Tage scheinen sich zu einem fließenden Strom zu vereinen, wie der Strom hier vor uns. Möchtest du ein kleines Bad?«

»Wenn du so nett ...«

Ich fülle meinen Rüssel und spritze flüchtig ein paar Tropfen auf ihn herunter. Bescheidene Freuden jetzt, in diesen stillen Tagen. Aber einst – einst war ich der Donner.

Am Ende der Regenzeit kamen alle Bullen zusammen. Wir zogen zur Savanne, und da waren wir siebenhundert. So weit man blicken konnte – das Volk der Elefanten. In seiner Mitte stand ein riesenhafter Bulle, der größte von allen siebenhundert. Was für ein Riese er war. In meinen besten Jahren war ich groß und stark genug, um einer aus seinem engsten Kreis zu sein. Dann bildeten wir neue Herden, gründeten neue Verwandtschaften und stärkten auf diese Weise das Blut unseres Volkes.

Wir aßen das herrliche Gras der Savanne, das Gras, das uns in den Himmel trug. Daneben ist ein Pflaumenrausch das reinste Kälberspiel. Es ist das Wüstenkraut-das-wissend-macht. Unsere Familie ißt es schon seit undenklichen Zeiten. Ich hatte damals in diesen großen Tagen viele gewaltige Visionen. Aber ich habe auch sie vergessen. Bis auf das Gefühl, das man nicht vergessen kann, das unvergleichliche Gefühl, das uns das Gras schenkte – daß wir alle zusammen ein einziger Elefant seien. Ein Herz, ein Wissen. Sie hatten einen Namen für dieses wunderbare Gefühl, einen ganz bestimmten Namen, doch ich habe seinen Klang vergessen. »Aber stelle dir vor, kleiner Vogel, stelle dir einen Elefanten mit der Kraft von siebenhundert vor.«

»Gewaltig, Vater.«

»Mir ist, als wäre ich damals über den Himmel gerannt. Ja, jetzt fällt es mir wieder ein. Ich war dieser eine, mächtige Elefant, und ich trug die unerreichbare Frucht auf meinem Rücken. Ich war derjenige, der sie jeden Tag über den Himmel trug. Wenn ich von dem Gras gegessen hatte, wie ich dir sagte.«

Und am Ende stehe ich trotz des wunderbaren Grases am Flußufer und rede mit einem Vogel. Unsere Größe hienieden dauert einen Augenblick, und schon ist sie verschwunden

Knochen am Flußufer. Darauf läuft es schließlich hinaus.

Da ist gerade ein bißchen von dem schwimmenden Grünzeug. Ich fische es mal eben raus. Köstlich. Der Fluß ist großzügig. Ich darf mich wirklich nicht beklagen. Nachdenken, ja, das ist statthaft. Aber ich darf dieses schöne, flutende Wesen niemals beschimpfen, auch wenn ich versucht bin zu stöhnen, weil meine Stoßzähne in den letzten Tagen immer schwerer werden. Es tut mir sicher gut, mir den Zahnlosen Anführer in Erinnerung zu rufen. Seine Stoßzähne kamen nie durch, ich weiß nicht warum. Aber er war kräftig. Als die Siebenhundert sich schließlich in kleinere Herden aufteilten, blieb dieser zahnlose Bursche stets einer von den Anführern. Es sitzt im Herzen, sagten die Alten immer. Die Stärke sitzt im Herzen.

»Vater Elefant, sperr die Ohren auf. Ich höre ein großes Tier näherkommen.«

»Flieg los, kleiner Vogel, und berichte mir rasch: Ist es vielleicht eine alte Elefantenkuh?«

Könnte ich solches Glück haben? Ich will mich noch schnell mit etwas Wasser bespritzen ... vorsichtig, fall nicht vor lauter Aufregung hinein, alter Junge. Bloß vorsichtig. Sie könnte sechzig sein und immer noch was los haben. Ich kann mich an eine ehemalige Schönheit dieses Alters erinnern, die trotzdem noch ein Kalb säugte. Sowas gibt's. Der Fluß des Lebens ist großzügig.

»Es ist ein Elefantenbulle, Vater. Und er hinkt.«

Ein hinkender Bulle. Na, ich weiß, warum er herkommt. Er ist zwar keine reizende Kuh, aber Gesellschaft. Zwei Verstoßene am Fluß. »Komm näher! Komm her zu mir, das Gras ist gut, Hinkender Bulle.«

Also, zwischen den Bäumen hervor und auf mich zu. Es geht ihm nicht gut. Er ist innerlich krank. Ich habe diese Krankheit schon öfter gesehen. »Komm, bleib bei mir, Hinkender Bulle. Die Pflaumen werden bald reif sein.« Langsam humpelt er meinen Pfad entlang, Schmerzen plagen ihn. Wenn die Pflaumen so weit sind, wird er seine Schmerzen vergessen. Wir werden zusammen einen auf die alten Zeiten heben, Hinkender Bulle, du und ich. Das Schicksal hat mir freundlicherweise jemanden geschickt, mit dem ich mich besaufen kann. Das erleichtert alles. Wir machen hier ein Riesenfaß auf, und dann toben wir durch den Bambus. Er hebt seinen Rüssel zur Begrüßung.

»Darf ich neben dir trinken?«

»Bitte, Hinkender Bulle. Es ist mir eine Ehre ... eine Ehre ...«

Er löscht seinen Durst. Der kleine weiße Vogel setzt sich ihm auf den Kopf und pickt ihm die Zecken aus. Hinkender Bulle trinkt reichlich.

»Ja, und probier auch mal von dem Grünzeug da ... ja, so ist's recht. Schön würzig ... was? Ich wußte, daß es dir schmecken würde. Nimm nur, lang zu. Die Ufer hier in der Gegend liegen voll davon. Genug für zwei so alte Strolche wie dich und mich.« Na, das ist schön, sehr schön. Wir können viele solcher Tage zusammen verbringen, indem wir uns die alten Geschichten erzählen, wenn ich mich an sie erinnern kann. Und wenn ich mich nicht erinnere, wenn ich keine Geschichten erzählen kann, wird Hinkender Bulle in mir einen guten Zuhörer finden, und er kann die Geschichten erzählen. Die große unerreichbare Frucht geht hier auf eine ganz bestimmte Weise unter, genau hinter den Bäumen dort – am

Abend macht einen das ganz mürbe. Am liebsten würde ich gleich jetzt zu dem Pflaumenhain gehen. Aber grüne Pflaumen machen einen sehr schlechten Rausch. Er wäre nicht so, wie er sein sollte. Geduld, alter Junge, Geduld. Hinkender Bulle hebt den Kopf und sagt:

»Ich danke dir für deine Freundlichkeit. Nun muß ich weiter...«

»Weiter? Aber Hinkender Bulle, warum willst du dich denn weiterquälen? Hier ist alles, was du brauchst. Essen, Wasser und Pflaumen für einen schönen Rausch. Was könnte es besseres geben?«

»Du hast es also noch nicht vernommen?«

»Vernommen? Was denn, Hinkender Bulle?«

»Es findet eine große Konferenz in der Savanne statt. Ich muß da hin.«

»Hinkender Bulle, laß dir bitte einen guten Rat geben. Ich sehe, du hast nie an einer der großen Paraden in der Savanne teilgenommen. Aber ich war da, viele Male. Man muß jung und stark sein für so ein Treffen. Verzeih mir, wenn ich dir das sage, aber du scheinst mir nicht gesund genug zu sein.«

»Was du sagst, stimmt, Alter Flußelefant. Ich bin nicht gesund genug für eine Parade. Ich weiß, wie die sind, denn ich war nicht immer krank. Einst war auch ich in der Nähe des Großen Hauptelefanten. Ich kenne die Paraden und ihre Gefahren. Aber das jetzt ist keine normale Versammlung.«

»Was ist denn daran anders, Hinkender Bulle?«

»Es ist eine Konferenz aller Tiere, Flußelefant.«

»Aller Tiere? Wozu sollte das gut sein? Wir mischen unser Blut doch mit keinen anderen Tieren. Bilden keine Herden mit ihnen.«

»Ich kann es dir auch nicht genau sagen. Viele verschiedene Geschichten kursieren im Wald. Aber du weißt, wie es auf den Elefantentreffen war. Nach ein paar Tagen ...«

»Ja, da fühlten wir uns wie ein einziger Elefant. Ich erzählte dem kleinen Vogel gerade davon, von dem Gras der Savanne ...«

»Diese große Konferenz, heißt es, wird ein noch viel stärkeres Gefühl erzeugen als das Gras, Flußelefant. Es wird das Gefühl sein, ein einziges Tier zu sein.«

»Ein einziges Tier? Aber welches einzige Tier denn?«

»Das weiß ich nicht.«

»Hinkender Bulle, was du mir da erzählst, ist der Traum eines betrunkenen Affen. Wenn du solche Träume haben willst, brauchst du keinen Schritt weiter zu gehen. Wie ich schon sagte, in dem Hain nur ein paar Schritte von hier gibt es die herrlichsten Pflaumen – noch nicht reif, das gebe ich zu. Aber reif sind sie bald, und dann ...«

»Alter Flußelefant, sei mir nicht böse, aber ich muß gehen. Ich bin ein langsamer Wanderer, und zur großen Savanne ist es weit.«

»Warte, Hinkender Bulle, warte nur noch einen Augenblick. Ich fühle einen seltsamen Wind über mich wegziehen, während du hier bei mir stehst.«

»Alter Flußelefant, ich weiß, was du fühlst. Auch ich hatte für mich einen stillen Winkel gefunden, mit Früchten und Wurzeln und Knollen. Ich war sicher, er wäre mein letztes Fleckchen im Dschungel. Die Tage waren still, und ich hatte mich mit allem abgefunden. Und dann fühlte ich den Wald erbeben. Ich hörte die Schimpansen auf die Baumstümpfe trommeln. Und sehr bald sah ich sie auch, so viele an der

Zahl, daß ich meinen Augen nicht traute. Überall um mich her waren Affen aller Arten, Millionen von ihnen. Der Boden des Dschungels lebte plötzlich von kleinen Geschöpfen, die alle in dieselbe Richtung zogen. Die Äste waren voller Schlangen, die an ihnen entlangglitten. Ich konnte in meinem Wäldchen nicht bleiben. Das Gefühl war zu mächtig. Und ich kann auch mit dir an diesem wunderbaren Flußufer nicht bleiben. Ich muß hinüber auf die andere Seite.«

»Kleiner Vogel, hast du von dieser großen Koferenz gehört?«

»Ja, Vater Elefant.«

»Und warum hast du mir nichts gesagt?«

»Ich dachte, vielleicht würden die Pflaumen noch vorher reif.«

Eine Konferenz. Eine Konferenz, die so groß ist, daß der Himmel erbebt. »Kleiner Vogel, du kennst den Himmel und alle seine Gaben. Ist das Donner, was ich in der Ferne höre? Ich höre ihn schon seit ein paar Tagen. Ist das der Donner, der vor dem Regen kommt?«

»Nein, Alter Flußelefant.«

»Ist das der Lärm der Konferenz?«

»Ja, Flußelefant.«

»Dann wollen wir diesen Strom überqueren, liebe Freunde. Wenn ich stocken sollte, wenn ich im Schlick steckenbleiben sollte, erinnert mich daran, daß ich, wenn wir die große Savanne erreichen, wieder das Kraut-das-wissendmacht schmecken werde. Das wird meine alten Beine in Bewegung halten.«

Ich schleiche leise zwischen den Reagenzgläsern mit den Blutproben hindurch, vor denen sich zahlreiche Rebellen versammelt haben, um dem Blut unserer Ahnen Erfurcht zu erweisen. Beachte: Ich neige meinen Kopf nicht, wenn's irgend geht.

»... genug Blut vergossen, um einen Ozean damit zu füllen ...«

Selbstgefällige Rattenbastarde. Diese rebellischen Sonntagsredner verursachen einem größere Schmerzen im Arsch als ein Glasstab. Ein bißchen Acetylcholinjod auf den Preßkeksen würde ihren Ton im Nu ändern. Sie würden blutige Tränen weinen (siehe *Die typische Wirkung von Acetylcholinjod bei Ratten*).

Ich brauche Hilfe, wenn ich dieser Rebellion ein Ende machen will. Sachte lasse ich mich von dem Tisch gleiten und husche auf dem Fensterbrett entlang.

Rebellenscheinwerfer bestreichen unausgesetzt das Labor, und was ich hier mache, sind natürlich verdächtige Bewegungen, aber ich muß über den Gang weg ...

... das Stuhlbein hier hoch, immer rundherum klettere ich in die Höhe, um den Rebellenscheinwerfern auszuweichen. Schnell, über den Sitz weg und die Lehne hinauf!

Nun noch ein Satz – zu dem Heizungsrohr hinüber – und daran hoch – schnell, schnell. Vom Heizungsrohr ist es bloß – ein kurzer Satz – zur Lustkuppel, hoch über den anderen Käfigen. Hier, auf der exklusivsten Ebene unseres Labors, könnte ich vielleicht Sympathisanten finden.

Die Lustkuppel wölbt sich kugelförmig und durchsichtig, eine grandiose Blase der Zufriedenheit. Hier werde ich sicher ein paar Verbündete anwerben können, denn hier hausen die glücklichsten aller Ratten. Sie wollen nicht, daß ihnen ihr glückliches Leben durch eine Revolution kaputtgemacht wird!

Ja, das ist der Ort, Freunde, der Ort aller Orte. Sehen Sie nur, sehen Sie sich die Ratte an, die eben mit ihrer Nase die Klingel berührt. Sie berührt sie, die Klingel leuchtet auf und versetzt ihr einen elektrischen Schlag, der direkt zu den kunstreich gefertigten Bauteilen weitergeleitet wird, die man ihr in das Lustzentrum ihres Gehirns eingepflanzt hat. Sie steht einen Moment lang taumelnd vor Entzücken da, dann berührt sie die Klingel von neuem und erhält wieder einen Lustreiz.

»Guten Abend, Lustratte.«

Sie dreht sich zu mir um, den abgestumpften Blick der Glückseligkeit im Auge. Sie öffnet den Mund und versucht zu sprechen, stößt aber nur einen tiefbefriedigten Seufzer aus, worauf sie sich wieder der Klingel zuwendet und sich von neuem einen Schlag versetzen läßt.

Sie wird sich etliche Wochen, vielleicht sogar Monate, an der Schwelle zur Lustkuppel aufhalten, das hängt davon ab, wie schnell sie auf diese Voltspannung unempfindlich reagiert. Dann wird sie sich weiter hineinwagen, zu anderen, stärkeren Reizen und tieferen, größeren Genüssen.

Ich trete in den Gang und sehe dort eine zweite Ratte sich am nächsten Klingelknopf verlustieren, der ihre Ohren zum Zucken bringt, wenn sie ihn berührt, und sie selber in ein Gelee aus köstlichen Empfindungen verwandelt.

»Guten Abend, Lustratte.«

»Gaa-gaa-«, murmelt sie unverständlich, denn ihr Sprachzentrum ist vor Glück völlig durcheinander. Die würde mir natürlich nicht sehr von Nutzen sein.

Am Ende des Ganges sehe ich noch eine Lustratte, sie liegt am Boden und zappelt verzückt herum, während ihr die Zunge aus dem Mund hängt. Sie tippt mit dem Schwanz auf den nächststärkeren Summer, und die Lustströme rasen ihr den Rücken rauf und runter. Ihre Augen zumindest wirken intelligent, und vielleicht kann ich ihre Hilfe gewinnen.

»Lustratte, du mußt mir helfen.«

»Hilf dir selbst, mein Freund. Bedien dich, da ist noch eine Klingel.«

»Aber ich bin nicht verkabelt.«

»Bedauernswerter Kerl.«

Sie berührt die Klingel und zuckt krampfhaft, Speichel rinnt ihr am Kinn herab. Ich sehe schon, sie ist nicht das Material, aus dem Soldaten sind.

Nun schlüpfe ich durch den Kristallperlenvorhang, dessen elektrische Ladungen mich berühren, aber nichts bei mir bewirken. Doch wie muß sich eine Ratte mit Sonde im Hirn fühlen, wenn sie durch diesen Vorhang der Glückseligkeit geht!

Und somit liegt das Zentrum der Lustkuppel vor mir.

Ratten lümmeln überall herum und tippen auf die vielen Knöpfe an den Wänden. Sie sehen mich an, mitfühlende Freude im Blick, denn sie denken, ich bin ein Neuling in der Lustkuppel und werde nun mit ihnen ihre unsäglichen Wonnen genießen.

»Lustratten, ich bin nicht der Lust wegen hier. Mich führen wissenschaftliche Aufgaben höchster Ordnung hierher.«

»Ach, halt's Maul, Ratte, und nimm dir 'n Summer.«

»Ja, berühr irgendeinen von den Knöpfen.«

»Meine lieben Lustratten, Unheil braut sich über euch zusammen.«

Sie verlieren sehr schnell das Interesse an mir und gehen zu ihren Klingelknöpfen zurück, die jene tief verborgenen Quellen des Wohlbehagens in Gang setzen, in die unsere guten Doktoren ihre Sonden getaucht haben. Die Lustratten schlackern, zittern, beben, zappeln und stöhnen vor Lust, wenn die Wonnen äußerster Erfüllung sie überkommen. Nur eine scheint noch klar bei Verstand zu sein, und sie ist die einzige Ratte, die den Hauptsummer in der Mitte der Kuppel erreicht hat, wo die höchste Voltspannung auf sie wartet.

»Oh Große Zentrale Lustratte!«

»Das hier ist er, Ratte«, sagt sie sanft. »Das ist der beste Knopf von allen. Komm rein und berühr ihn mit mir. Dann gehst du nie mehr zu den anderen Knöpfen zurück. Das ist der Totale-Glückseligkeit-Knopf, und er gehört dir, wenn du willst.«

»Zentrale Lustratte, es tut mir leid, daß ich derjenige bin, der es dir sagt, aber es ist eine Revolution im Gange, und du kannst dich begraben lassen, wenn die Rebellen hier reinplatzen.«

»Unmöglich, Ratte. Ich bin der Gott der Vollkommenen Freude. Niemand kann mir was anhaben. Ich beuge mich bloß vor und ...«

Sie tippt mit der Nase auf den Zentralknopf. Ihre Augen leuchten auf, ihr Schwanz schießt hervor, ihre Zunge flattert wie ein abgerissenes Rouleau, und sie schlägt einen kompletten Purzelbaum.

»Ich komme erst so allmählich in Stimmung«, sagt sie und setzt sich wieder auf ihren Platz. »Der Purzelbaum ist bloß ein Zwischenstadium. Die allerhöchste Lust ist es, sich von der Energie tragen zu lassen, ohne mit der Wimper zu zucken. Reine, unverfälschte Energiestöße, mein Freund. Komm her, versuch's doch auch mal.«

»Wie ich sehe, kennst du den Mythos der Lustkuppel nicht, Große Zentrale Lustratte.«

»Ihn kennen? Ich *bin* der Mythos. Ich bin das Licht. Ich bin der Stromschlag. Ich bin die Lust. Ich bin die Freude. Ich bin *es*! Ich weiß alles.«

»Na, ich nehme an, dann weißt du auch, daß sich unten ein paar Revolutionäre bereits zu dem Scheiß Sicherungskasten durchnagen. Sie werden das Labor in Dunkel tauchen.«

»Du machst Witze, Mister. Niemand würde das in einem Regierungslabor zu tun wagen.«

»Genau das dachte ich auch, du Großer Unerhörter Lust-Impuls. Ich dachte, wir seien unverwundbar. Aber ...«

Die Zentrale Lustratte bückt sich schnell zu dem Hauptsummer hinunter und drückt ihre Nase darauf, drückt, drückt, drückt sie drauf, und ihre Augen rollen, ihr Schwanz zappelt auf dem Boden, und sie hält an ihrer Lust fest, so gut sie kann.

Und da gehen die Lichter aus. Teufel nochmal. Ich wußte es. Die Rebellen haben sich durchgenagt zum ...

»He, was ist denn hier los?«

»Mein Summer summt nicht mehr.«

»Mister, wo bleibt denn mein Stromschlag?«

»Schnell, tut doch was. Ihr wißt doch, daß ich ohne meine Lustimpulse nicht leben kann!«

»Ich war gerade am vorletzten Klingelknopf, und es war so wundervoll ...«

Sie sitzen im Dunkeln herum und begreifen so nach und nach den letzten Teil des Mythos der Lustkuppel, daß nämlich jede Ratte, die hineinkommt, eines Tages wieder *daraus entfernt wird*, um nie zurückzukehren. Und das, liebe Freunde, ist das Schlimmste, was einer Ratte passieren kann.

»Ruf doch jemand den verdammten Hausmeister! Bitte! Mein Bruder ist da drüben in Pflege. Holt die Feuerwehrschläuche. Holt die – holt die –«

Sie fangen an, wirres Zeug zu quatschen. Ein ganzes Jahr lang waren ihre Ängste weggedrängt, und nun kommen sie mit einemmal alle wieder zum Vorschein. Das ist der Augenblick für mich, nun werde ich sie führen: »Liebe Mit-Lustratten, das ist das Werk einer Bande schäbiger Revolutionäre, die nichts von den höchsten Wonnen wissen, deren man sich hier erfreut. Wir müssen sie vernichten!«

»Mein Gott, ja, Ratte. Gehen wir!«

»Gebt mir ein – gebt mir – oh Gott, ich halt's nicht aus ...«

»*Du* hältst es nicht aus? Ich bin der Große Überragende Lustgott, der Zentrale Summknopf, der Glücklichste aller Glücklichen, der –«

»Halt die Klappe, Ratte, wir sitzen alle im selben Boot.«

»Genau so ist es, Lustratten, und euer Boot wird untergehen, wenn ihr mir jetzt nicht helft!«

»Okay, wir helfen dir. Gehen wir und nehmen uns die Ratten vor, die uns den Saft abgedreht haben. Wir schnappen sie uns und erledigen sie, dann sind wir in 'ner halben Stunde wieder hier.«

»Oh, mir geht es miserabel, ich kann gar nicht laufen.«

»Mein Summer ... mein wunderschöner Summer ...«

»Summer Summarum, herrlichster Summer, den es je gab ...«

»Schluß mit dem Theater, Lustratten, mir nach durch den Kristallvorhang!«

»Durch den Kristallvorhang? Niemals! Ich habe geschworen, niemals wieder durch den Kristallvorhang nach draußen zu gehen, nie!«

»So ist es, lieber möchte ich im Katzendreck versinken.«

»NA LOS, IHR ARMSELIGEN SUMMER-JUNKIES! DIE LEITUNGEN DER LUST SIND UNTERBROCHEN!«

»Richtig, richtig, wir müssen sie wieder in Ordnung bringen. Mein Cousin ist drüben in der Elektroschock-Therapie. Der kennt sich aus, Ratte, suchen wir uns erstmal einen Schraubenzieher.«

Was für eine chaotische Truppe habe ich da hinter mir. Aber wenigstens folgen sie mir durch den Kristallvorhang ...

»Oh mein Gott, das ist ja schrecklich, ich halt's nicht aus, der Kristallvorhang teilt sich ...«

»Oh, Kristallvorhang, ich bin gleich wieder da. Ich hole bloß eben die Wassereimer und lösche das Feuer. Mein Onkel ist drüben im Wasserbottich. Er weiß sicher, was man tun muß.«

»Lustratten, zum Kampf!«

»Herrgott, ist das dunkel in dem Gang hier. Auf wen trete ich denn da ...«

»Der Summer ist tot. Ich lag gerade da, und da ging der Summer aus.«

»Ja, alle Summer sind tot, aber wir bringen die Scheißdinger ja wieder in Ordnung. Los jetzt, steh auf.«

»Aber ich bin eben erst hierher gekommen!«

»Komm, Summ-Bruder, wir kneifen für 'ne halbe Stunde den Arsch zusammen. Wir prügeln den Kerlen die Pisse aus 'm Leib, die da rumgefummelt haben mit den ... mit den ... großer Gott, seht euch das an!«

Es ist wirklich ein erschreckender Anblick. Unter uns, auf dem Laborfußboden, marschieren die revolutionären Ratten, alle perfekt in Reih und Glied, alle mit Chirurgennadeln bewaffnet, alle mit Chirurgenfingerhüten als Helmen auf dem Kopf, die unheimlich im Mondlicht glänzen, das durch das Fenster scheint. Sie marschieren, und ihr Tritt hallt im Labor wider. Und die Große Lauftrommel dreht sich herum und herum und verbreitete ihre Rebellensendung und projiziert gestochen scharfe Filme an die Wand. Wieder Schimpansen, minderwertige Typen, die herumhüpfen und auf irgendwelche Baumstümpfe trommeln. Vielleicht hätte ich die Neue Nekropsie in diesem schmissigen Tempo bringen sollen, wie es die Schimpansen jetzt anschlagen ...

Aber jetzt ist es zu spät, sich darüber Gedanken zu machen. Ich muß meine Armee auf Trab bringen. »Okay, Leute, antreten!«

»Ich bin zu schwach zum Furzen, Mister, wie soll ich dann antreten? Geben Sie mir meinen Summer wieder ... Ratti will ihren Summer.«

»Hakt die Ratte da unter. Augen rechts. Und vorwärts marsch!«

»Oh, ich habe furchtbare Entzugserscheinungen. Ich hab die kalte Flatter.«

»Wir brauchen einen eigenen Generator, den wir Tag und Nacht laufen lassen. Hunde sollen ihn bewachen.«

»Die Hunde sind bereits in der Hand des Feindes, Mitratte. Die Hunde kannst du vergessen.«

»He, was ist das denn? Sie erwarten doch nicht etwa, daß wir von der Lustterrasse runterklettern?«

»Im Schutz der Dunkelheit, Lustratten. Folgt mir.«

»›*Am Weihnachtsmorgen fand man Cold Mousey in einer leeren Flasche.*‹ Haben Sie das Lied schon mal gehört?«

»Still, du!«

»›*Arme Cold Mousey verhungerte am Weihnachtsmorgen.*‹ Ich muß aus dieser Flasche raus ...«

Das ist das Problem bei den Lustratten – ihr Gehirn wird wie Sülze, und sie wissen nicht mehr, was sie tun. Und das sind die Truppen, mit denen ich eine Revolution niederschlagen soll.

»Okay, Mister, wir folgen Ihnen die Stange runter.«

»Unser Operationsziel ist der Chemikalienschrank, verstanden?«

»Erst der Sicherungskasten, Mann. Ohne einen kleinen Lustkick gehe ich nirgendwohin.«

»Am Chemikalienschrank gebe ich euch allen Lustspritzen. Die halten vor, bis wir alles wieder unter Kontrolle und die Summer repariert haben.«

»Wir müssen an die Regierung wegen batteriebetriebener Summer schreiben.«

»Aufzieh-Summer! Federbetrieb. Man trägt sie am Schwanz und hat den Lustkick immer zur Hand.«

»Mir sind eben alle Zähne ausgefallen, stimmt's? Hast du nicht gesehen, wie mir eben die Zähne ausgefallen sind?«

»Du träumst, Ratte. Du hast Entzugserscheinungen.«

»RUHE DA HINTEN!«

»Ach, halt's Maul, Mister, ich hab eben meine Schneidezähne verloren.«

Ein zusammengewürfelter Haufen. Aber unter den gegenwärtigen Umständen konnte ich nichts Besseres tun. Jetzt die Stange runter und auf den Boden.

»Ich erinnere mich an Tage der Liebe in der Lustkuppel, an Zeiten höchster Freude und Herrlichkeit...«

»Schubst den Quasselkopf mal 'n bißchen vorwärts, ja?«

»... da wußte ich alles, da war ich die Höchste Freude...«

»Die Stange runter, Mann, und halt die Luft an!«

»Tretet ihm mal in den Arsch, ich hänge hier an meinem Schwanz!«

»Na los, Ratten, springt mit mir ins Dunkel.«

»... ich sah Myriaden von Lüsten, ich war voller...«

»Scheiße. Beeil dich, bevor wir hier draußen geschnappt werden!«

Sechs, sieben, acht durchgedrehte Lustratten sollen mir helfen, die gewaltige Macht des Feindes zu besiegen. Wie setze ich sie bloß am vorteilhaftesten ein?

»Dort, Lustratten, die Tür da drüben, seht ihr sie?«

»Wo all die Soldaten in Habachtstellung stehen?«

»Genau. Wir nehmen sie im Handstreich.«

»Handstreicheln? Haben Sie gesagt, wir werden mit der Hand gestreichelt?«

»Er hat gesagt, das sind Landstreicher. Ich kämpfe nicht gegen Landstreicher.«

»Die nächste Ratte, die redet, wird mit einem Schuß erledigt!«

»Achten Sie nur drauf, daß Sie die Vene treffen, Mister, mehr will ich nicht.«

»Also los jetzt, folgt mir langsam und vorsichtig, unter diesem Käfiggestell durch ... so ist es gut, bückt euch ...«

Wir müssen an der Großen Lauftrommel vorbei, die sich immer noch rasend schnell dreht, von den Rebellen in Gang gehalten. Zu beiden Seiten von uns marschieren bewaffnete Patrouillen auf und ab, deren Waffen schimmern.

»... und oft, wenn ich mich im klaren See höchster Zufriedenheit wärmte, wissend, daß ich die Vollkommene Gottheit bin ...«

»Du trittst mir auf den Schwanz, Plietschauge.«

»He, ich spüre einen kleinen Lustkick, ihr nicht auch? Fühlt ihr ihn?«

»He, ja, da rührt sich was!«

»Gerade so der Anfang, stimmt's? So 'n nettes Kitzeln?«

»Ja, ja, egal, was es ist, egal, was hier läuft, wir steigen drauf ein, *jaa!*«

»Ruhe, ihr Ratten!«

»Sowas wie – wie *Elektrizität* in der Luft. Ich fühle sie.«

»Das kommt von da drüben, von der Lauftrommel.«

»Ja, jetzt fühle ich es. Die erzeugen Strom mit dem Ding.«

»Bitte um Disziplin in den Reihen!«

»Leck mich am Arsch, Mann, ich geh zu Pappi.«

»Gebt's mir, los, gebt's mir!«

»Lustzentren aktiviert ... Lustzentren in *Betrieb*!«

Da ziehn sie hin, meine Soldaten, abtrünnig einer wie der andere, und sabbern und wälzen sich vor der Lauftrommel herum. Wenn die kleinen elektrischen Funken sie berühren, werden sie verrückt vor Verzückung. Sie zucken und zappeln wie die hirnlosen Suchtköppe, die sie sind, und ich kann wieder allein weitermachen.

Nur nicht den Mut verlieren!

Rasch husche ich den Gang entlang und am Käfiggestell hoch bis zum ersten Käfig.

Hallo, Schmusekater. Dein alter Freund ist hier, Dr. Ratte.

Seine Augen leuchten im Mondlicht. Er würde mich nur allzu gern verspeisen. Seit dreiundvierzig Tagen ist er auf eine spezielle Hungerdiät gesetzt. Kein Bröckchen Essen, kein Tropfen Wasser. Die Hinterbeine zieht er ein bißchen nach, aber diesen Ratten ist er immer noch gewachsen.

Ich werde das Labor mit deiner Hilfe retten, Schmusekater. Ich weiß, wo der Schlüssel zu deinem Käfig ist. Da oben an der Wand, da baumelt er ... wenn ich meinen Schwanz so weit nach oben strecken und den Schlüssel runterholen kann ... ja!

Und nun ganz leise ins Schloß und umdrehen ... das Schloß springt geräuschlos auf, und ich wickele meinen Schwanz um den Türgriff und ziehe sachte.

»Komm raus, mein Freund. Geh und friß sie!«

Der Kater humpelt langsam heraus und läßt mir reichlich Zeit, mich hierher, auf das Fensterbrett zurückzuziehen. Er starrt hinunter auf die dunkle, brodelnde Rebellenstadt, wo die Ratten singen, die eingelegten Ahnen leuchten und alle Schatten in Bewegung sind.

Was für ein Anblick für einen ausgehungerten Kater!

Ratten, Ratten, Ratten überall! Pack sie, Kater!

Mit einem Satz verschwindet er im Dunkeln. Was für ein Gequietsche und Geschrei! Jetzt, Rebellen, jetzt wollen wir mal sehen, was an eurer Einheit aller Tiere dran ist!

Flaschen zerscherben, Lampen gehen zu Bruch, Käfige klirren – was für eine Szene. Ich bin froh, daß die automatischen Kameras noch laufen und das ganze Spektakel aufnehmen. Der Hochgelehrte Professor wird sein blaues Wunder erleben, wenn er das alles entwickelt. Aber wir können das Material gut für unseren Artikel über Aggressionen gebrauchen. Einheit aller Tiere, zum Kichern!

Oh nein, diese Drecksratten. Eine bewaffnete Patrouille hat soeben den Chemikalienschrank verlassen. Drei Wachstumshormon-Ratten kriechen heran, eine Injektionsspritze auf ihren Rücken, und eine vierte Wachstumsratte folgt ihnen, die Nase am Kolben. Sie sind jetzt monatelang in der Stephensonschen Wachstumshormon-Box gewesen, und alle sind bärenstark.

Ich muß meinem Schmusekater helfen!

Leichtfüßig eile ich auf dem Fensterbrett entlang und lasse mich leise auf das Zahnarzttablett runter, wo ich zu einem langen Zahnstichel greife. Wenn ich die Patrouille aufhalten kann...

Sie greifen den Kater von hinten an. »Paß auf, Schmusekater!«

Ich lande vor der Wachstumshormon-Truppe, schlage mit meinem Stichel gegen die Nadelspitze und drücke sie zur Seite. Aber diese Wachstumshormon-Ganoven sind stark, sie formieren sich sofort wieder und greifen erneut an. Ich hole mit meinem Stichel aus, womit ich gleichzeitig der kräftig zuschlagenden Pfote des Katers über mir im Weg bin. Wir stürzen zwischen seine Beine, unter und über seine Krallen. Die Nadel zielt direkt auf mein Herz. Ich schlage zu, dresche sie zur Seite und presse sie gegen die Decke...

... oh nein!

Wir haben dem Kater eine Injektion in die Bauchdecke verpaßt!

Er zittert und stürzt zu Boden, und ich springe davon, unter seinem Schwanz durch und am Türrahmen hoch.

»Dr. Ratte, Sie haben Ihr Volk verraten!«

»Ja«, rufe ich und schaukele auf der Glühbirne, »und deine Mutter ist unter der Gartenveranda von einem Flughörnchen gevögelt worden!«

Gottverdammte Mißgeburten ekelhafter Bastarde, denen werde ich's zeigen – ich lasse die Glühbirne los und segle durch die Luft auf den Ausguß zu.

Schwamm hier, geeignet zur Überquerung des Wassers. Schnell, Doktor, paddle zu!

Mit Pfoten und Schwanz bringe ich den Schwamm in Fahrt, der eine breite Spur durch die Wogen zieht. Der Kater liegt da unten am Boden ausgestreckt, ausgeknipst wie ein Licht. Ich weiß, wie stark diese Spritze ist, er wird sich die ganze Nacht nicht mehr rühren.

Rebellenscheinwerfer suchen die Decke, den Fußboden ab. Sie haben mich aus den Augen verloren, diese leberlosen Tölpel. (vgl. *Gewicht der entnommenen Leber: »... nach der Tötung wurde der Glykogengehalt der Leber festgestellt. Dabei zeigte sich eine deutliche Abnahme des Glykogengehaltes, die wahrscheinlich auf die starken Emotionen zurückzuführen ist, die die Ratte während ihrer Enthauptung hatte.«*)

Ich liebe das, Sie nicht auch? Die starken Emotionen, die die Ratte während ihrer Enthauptung hatte.

Ich werde euch Revolutionären beibringen, was starke Emotionen sind.

Memo an den Kongreß:

Um unser Milliarden-Dollar-Grundlagenforschungsprogramm zu retten, ist es nötig, eine Reihe von Individuen in die Öfen zu schicken. Das braucht natürlich Zeit, aber ich verspreche Ihnen, wir lassen den Mikrowellenherd rund um die Uhr brennen.

Dr. Ratte

»Komm schon, Bemoostes Faultier! Du wirst noch die Konferenz verpassen. Alle Tiere werden dort sein!«

Keine Bange, kleiner Affe. Ich komme schon noch rechtzeitig hin. Ich muß mich nur ein bißchen ausruhen, bevor ich losgehe. Es hat doch keinen Zweck, so zu hetzen.

»Du schaffst es doch nie bis dahin, Bemoostes Faultier. Ich wandere ohne dich weiter.«

Die Wonne, bewegungslos in den Bäumen hier zu hängen, kann einem Affen halt nicht hinreichend klargemacht werden. Er verbringt seine halbe Zeit damit, vor Jaguaren auf der Hut zu sein, während ich hier einfache hänge und aussehe wie ein Ameisennest. Der Jaguar entdeckt mich nie.

So viele Tiere huschen über den Boden, alle in dieselbe Richtung. Ich höre sie da unten vorbeirasen. Immer haben's alle so eilig. Ist ihnen denn nicht klar, welchen Seelenfrieden man haben kann, wenn man im Licht, das durch die Blätter dringt, einfach so kopfüber dahängt?

Alle Geräusche verfließen ineinander. Man meint, in den ineinanderfließenden Geräuschen dahinzuschweben. Die Tiere reden von der tiefen Erfahrung, die sie auf der großen Konferenz machen werden. Ob sie wohl tiefer sein kann als die tiefe Entspannung eines Dreizehenfaultiers mit Moos auf seinem Rücken?

»Na komm, Moosy! Sonst kommst du noch als Letzter an.«

Mach dir um mich keine Sorgen, kleiner Affe.

Er geht schnatternd davon, und seine Stimme verfließt in all den anderen Stimmen. Ich sollte mich wohl ein Stückchen weiterbewegen, aber gerade im Moment kommt es mir so schade vor, sich zu bewegen, da alle Blätter und alle Lüftchen mir so lieblich zusingen.

Bemoostes Faultier, du bist das allerfaulste Stück, das ich je gesehen habe. Du bist das faulste Lebewesen, das es gibt.«

Es hat keinen Zweck, ihnen zu widersprechen. Sie können ja nichts wissen von dem alten Wesen in den Bergen, das Unübertreffliche Faulheit heißt. Keines von den anderen Tieren hat es je gesehen, denn es hat sein ganzes Leben auf ein und demselben Ast zugebracht und ist von Flechten völlig zugewachsen. Ein bemerkenswertes Beispiel. Keine Sekunde würde ich mich mit ihm vergleichen.

Es heißt, es sei so ungeheuer alt geworden, weil es seine Lebenskraft so sorgfältig eingeteilt hat. Mutter hat mir von ihm erzählt und gesagt, schon ihre Mutter hätte ihr davon erzählt. Seit Generationen ist es da oben und hängt reglos am Ast in den Bergen. Es hatte einen Onkel namens Bewundernswerte Faulheit, der von Jägern erschossen wurde. Bewundernswerte Faulheit rühre sich nicht, als die Kugel ihn traf, und er blieb da hängen, bis er völlig verfault war.

»Schüttelt doch dieses Faultier vom Baum!«

Es ist leichter, einen Berg zu versetzen, mein Freund. Ein Faultier kriegt man nicht von seinem Ast runter.

»Du entsetzliches Faultier! Weißt du denn nicht, wie wichtig diese Konferenz ist?«

Ich hänge hier und sehe mir die faszinierenden Muster der Blätter an. Man sieht so viele herrliche kleine Einzelheiten, wenn man einfach ganz ruhig und mit halbgeschlossenen Augen vor sich hinblickt. Alles wird so herrlich eins, die Stimmen um mich her fließen wieder in eine zusammen, und die funkelnden Blätter verschmelzen langsam zu einem warmen, wunderbaren Teich. Es gibt kein schöneres Gefühl, als so dazuhängen, an der Grenze zum Traum. Wir Faultiere haben die Technik bis zur Perfektion drauf. Andere Tiere schlafen schnell ein und versäumen so die köstlichen Ränder des Schlafs.

Aber ich rinne langsam auf ihn zu, wie Saft an einem Baumstumpf, langsam und allmählich, und koste den ganzen Zauber aus, der zwischen Wachen und Schlafen wohnt. So viele köstliche Regungen durchströmen dich, alle die zahllosen Zauber, die dieses Reich beherrschen. Kein Gestern, kein Heute, kein Morgen, nur dieser glückliche Augenblick ...

»Ai, ai, ai!«

Wessen Stimme ist das denn? Sie klingt wie die eines Faultiers, das von seiner Mutter getrennt wurde.

»Ai, ai, ai!«

Am liebsten würde ich den Kopf nicht drehen, ich tu das selten, aber ich glaube, ich muß es tun. Langsam also, nichts übereilend und darauf bedacht, alle Details währenddessen auszukosten, beginne ich ihn zu drehen. Die roten Beeren sind dick geworden, und eben schlüpft ein neuer Schmetterling aus seinem Kokon.

Ein Bündel aus altem Moos und Zweigen kullert den

Abhang hinunter. Ein dahineilender Jaguar muß es losgetreten haben.

»Ai, ai, ai!«

Sind das wirklich Lippen in dem Moos? Wie kann denn jemand atmen unter all den Schwammpilzen?

»Na los, mein Junge, hör auf, mit offenem Mund dazuhängen. Du siehst aus wie Onkel Bewundernswerte Faulheit, zwei Tage, nachdem er erschossen wurde.«

»Unvergleichliche Faulheit! Bist du's wirklich?«

»Rutsch von deinem Ast, junger Mann, und zwar 'n bißchen dalli. Wir haben einen weiten Weg vor uns.«

»Um-tum-tarum-vier! Um-tum-tarum-vier!«

Da kommt die Rebellenratten-Armee, die auf dem Laborfußboden herumexerziert. Ich ziehe meinen Schwanz am besten etwas außer Sichtweite.

»Sie schnitten uns die Schwänze mit Messern ab –«

»Das stimmt!«

»Sie saugten uns die Augen mit einer Röhre aus –«

»Das stimmt!«

»Und zählen:«

»Eins zwei!«

»Und zählen:«

»Drei vier!«

»Im Gleichschritt:«

»Eins zwei drei vier – eins zwei – drei vier!«

»Sie schneiden, bis nichts mehr übrig ist –«

»Das stimmt!«

»Sie schröpfen uns, bis nichts mehr übrig ist –«

»Das stimmt!«

»Und zählen:«

»Wanderrattenpisse auf euch Arschlöcher!« Ach, du liebe Güte, es hat mich einfach hingerissen, und nun muß ich rennen, mit der gesamten Rebellenarmee auf den Fersen. Der liebe Doktor flitzt rasch davon, während Chirurgennadeln ihn umschwirren, ein Hagel aus Rebellenspeeren.

Zwischen die Flaschen, zwischen den Reagenzgläsern durch, über die Schwämme weg und auf den schräggeneigten Operationstisch – seine glatte, schimmernde Fläche hinunter und an der Kante hops und weg, während die Rebellen hinter mir herrutschen.

Ich habe keine Wahl. Ich muß mich in der Todesbox verstecken.

Ich hebe die Blechklappe mit dem Schwanz an, schlüpfe rasch hinein und ziehe sie hinter mir zu. Das ist ein wundervolles wissenschaftliches Gerät: die Ratte, die hier reinkommt, ist definitiv hin, sei sie nun eine norwegische Widerstandsratte, eine französische Kellerratte, eine englische Schiffsratte oder einfach eine gewöhnliche alte polnische Kloakenratte. Ganz egal, sie ist hin.

Natürlich haben die Rebellenratten einen Heidenrespekt vor der Box und meiden ihre Nähe wie die Pest. Ja, sie ist eine Gaskammer. Der Leidtragende, äh, der Gefangene, Pardon, das *Wissenschaftsopfer* wird vom Hochgelehrten Professor zur Box gebracht, und er kann es durch ein kleines Glasfenster in der Box beobachten. Ich kann jetzt durch dieses Fenster nach draußen spähen, nur mit Nase und Augen, und den dämlichen Rebellentruppen dabei zusehen, wie sie herumhuschen und ihren Schwänzen hinterherjagen. Ich könnte mich durchaus ein bißchen hinlegen und ausruhen. Hier liegt ein hübscher Wattebausch als Kopfkissen. Natürlich ist er im Augenblick nicht mit Chloroform getränkt, sonst wäre ich schon hin. Manchmal benutzt der Hochgelehrte Professor auch Leuchtgas, das die Blutgefäße hellrot färbt. Wir erhalten auf diese Weise wundervolle Demonstrationsobjekte.

Und die Todesbox ermöglicht uns, einige der entzückenden neuen Kampfgase zu testen. Wir haben hier eine hervorragende Sammlung, mit Proben, die bis zu dem großartigen deutschen Produkt Zyklon B zurückreichen. In unserer stillen, patriotischen Art versuchen wir Hochgelehrten Amerikanischen Doktoren, die Wirksamkeit zu verbessern – und wir haben einen unerschöpflichen Vorrat an Nagetieren, an denen wir sie erproben können. Phantastisch, daß die Rodentia-Familie so groß ist. Wir können Eichhörnchen, Mäuse, Wühlmäuse, Meerschweinchen, Biber und gelegentlich sogar mal ein Stachelschwein bieten! Was für eine Ehre!

Ich bin unweigerlich jedesmal beeindruckt, wenn der Hochgelehrte Professor seine Wahl für die Todesbox trifft. Mit einem kaum wahrnehmbaren Zucken seines Bleistiftes deutet er auf die Ratten, die der Wissenschaft geopfert werden sollen. Solche Macht. Eine solche Finesse. Der Hochgelehrte Professor kann sich zahllose unverständliche Aufsätze als sein Verdienst anrechnen und ist natürlich mein Idol. Meiner Meinung nach ein veritabler Übermensch mit seinem Sonderkomitee zur Präparation und Aufstellung von Skeletten.

Ich lüpfe die Klappe der Todesbox und lasse nur meine Nasenspitze hervorschauen. Schnüffle in alle Richtungen.

Die Widerstandsrebellen sind in irgendeinem anderen Teil des Labors auf der Suche nach mir.

Unbemerkt schlüpfe ich heraus und schließe sacht die Klappe. Ich werde ein paar Genicke zerlegen, ehe die Nacht um ist, liebe Studenten. Folgt Dr. Ratte einfach den Fußboden entlang. Achtet auf jede kleine Veränderung des Luftdrucks an euren Schnurrhaaren. Wir bewegen uns unauffällig. Ist euer Skalpell geschliffen? Das wird ein heikles Stück Arbeit, gewidmet dem Andenken Claude Bernards. Möge ich seines Segens würdig sein in dieser Nacht der Nächte, der dunklen Nacht von Dr. Ratte.

»Hallo, Schätzchen ...«

»Was? Wer – wa –?« Ein reizendes *Norvegicus*-Weibchen steht am Eingang zu einer Baunachbildung.

»Komm rein und amüsiere dich ein bißchen.« Sie kriecht langsam an mich ran und kringelt verführerisch ihren Schwanz.

»Tut mir leid, so sehr ich auch den vermutlich gelungenen Bau deiner Höhle bewundere, ich –«

»Komm doch und beschnüffel sie ein bißchen.«

Sie wackelt mit den Hüften und wölbt mir ihren Rücken entgegen. Ich könnte ja mal reinschnuppern, um mich moralisch zu stärken.

»Oh ja, Schätzchen, so ist's genau richtig. Und jetzt rubbel mich ...«

Du liebe Güte, ich habe sie erregt. Ich wußte gar nicht, daß ich dazu fähig bin. Ich könnte sie ja einfach ein bißchen rubbeln, ihren Genitalbereich rubbeln, wie es beschrieben ist in Clarks und Bridges' Report über ... über ...

»Oh, Ratti, bist du ein *Schlingel.*«

»Bin ich das? Wirklich? Ich habe noch nie – ich habe gar nicht –«

»Oh Schätzchen, los ... komm schnell.«

Sie verschwindet in ihrem Bau! Und ich zittere am ganzen Leib, fühle den ... unwiderstehlichen Drang ... mich am Eingang zu ihrem Bau herumzuwälzen! Ja, ich wälze mich, wälze mich in ihrem Duft, den sie absichtlich verbreitet hat. Oh ... Oh ...

Komm ... *rein*!«

Sie wickelt mir ihren Schwanz um den Hals und zieht mich in den Bau. Ein sehr hübsches Tunnelsystem hat sie hier, das in den Erdwall gegraben ist, den der Hochgelehrte Professor hat ins Labor schaffen lassen. Tiefer und tiefer steigen wir, sie führt mich mit ihrem Schwanz, der um meine Nasenspitze gewickelt ist. *Eau de Rattus Norvegicus*, oh la la.

»Ich glaube, ich muß dir sagen – ich meine, du solltest wirklich wissen, daß ich keine – daß man mich –«

»Bitte, Liebling, nicht jetzt.« Sie zieht mich noch tiefer in das dunkle Röhrensystem. Kein Luftzug. Alle Steine rausgeschleppt. Was für ein hübsches Plätzchen. Ich sollte wirklich einen Aufsatz darüber schreiben und dem Soziologischen Institut schicken; die mögen sowas. Jetzt rollt sie mit der Nase eine Kugel aus Matsch und schließt damit den Eingang zu dem Bau.

»Jetzt kann uns niemand stören, Liebling.«

Große Wirkungsbreite der Bauversiegelung, Atkinson und Davis, *Transportsoziologische Untersuchungen*, 1956. Ich habe hier eine Goldmine zweckdienlicher Einzelheiten an der Hand, aber dieses Weibchen gibt mir keine Gelegenheit, irgendwelche Memos in dreifacher Ausfertigung niederzulegen, Statt dessen robbe ich an sie ran und stampfe mit meinen Pfoten auf den Boden.

Steifbeinig ... Rücken gewölbt ... stampfe ich ... rolle ihr jetzt einen kleinen »rock« rüber, den sie zurückrollt. Sie stampft, wir stampfen, wir rocken und rollen. Ein Hinterbein in der Luft, nun das andere, drehen wir uns immer rundherum.

»Schätzchen, du kannst aber gut tanzen.«

»Ach, das habe ich mir bloß so beigebracht.«

Alles hier im Bau ist von ihrem Duft durchtränkt. Er macht mich völlig wuschig. Wenn ich doch bloß ein bißchen ... wenn ich doch bloß ... wenn doch nur ...

»Komm, Schätzchen, beiß mich ein bißchen im Genick.«

Sie dreht sich um und drückt die Brust auf den Boden. Wie hübsch sie ist, wenn sie die Hinterbeine ausstreckt und den Rücken krumm macht. Den Kopf hält sie hoch, und ich kann nicht anders, ich muß mich einfach über sie beugen und sie ein bißchen am Nacken knabbern.

Unsere Körper berühren sich.

»Steck ihn rein, Schätzchen, *schnell*!«

Sie dreht ihren Hintern, hebt den Schwanz. Ich ... ich ... versuche ... versuche ...

»Schätzchen, gib's mir. Gib's mir *sofort*.«

Ich versuche, es ihr zu geben ... aber es will nicht ... es will nicht ... der Penis will sich nicht mit Blut füllen und der Stützknochen (os penis) stützt nicht (vgl. *Die kastrierte Ratte*, Bentley und Swen, 1956).

»Schätzchen, was ist denn los mit dir?« Plötzlich schlüft sie unter mir weg, was mich aus dem Gleichgewicht bringt, so wie's üblich ist. Aber im Gegensatz zum zeugungsfähigen

Männchen sitze ich nicht da und lecke mir glücklich den Penis. Ich kann mir lediglich ein paar fachliche Notizen machen, die mir eine dauerhaftere Befriedigung verschaffen werden, wenn ich sie in *Wissenschaft heute* gedruckt sehe.

Sie beäugt mich eingehend. »Schätzchen, hast du denn keine...«

»Ich bin dem Hochgelehrten Professor für seine Hilfe bei dem Entmannungsexperiment zu Dank verpflichtet, dem ich mich kurz nach meiner Geburt unterzog. Ohne seine Mitarbeit und die Unterstützung der Universität wäre dieser Aufsatz nie zustandegekommen.«

»Hör mal, ich bin scharf wie noch nie, Liebling, ich muß mir jetzt eine Soldatenratte holen, die es *mir besorgen kann.*«

»Eitle Freuden, die nur eine Sekunde währen.«

»Ja, Liebling, aber wir können es tausendmal pro Nacht machen, und das ist gar nicht so übel...«

Sie ist durch den Tunnel davon, und sehr bald wird es hier von Soldaten wimmeln. Ich kenne die Szene: Collins und Moffit haben sie in ihrer Monografie eingehend beschrieben. Ratten werden durch jeden Eingang hereinströmen, kämpfen, krakeelen, mit den Zähnen klappern. Ich muß hier raus, solange ich noch kann.

Ich wühle mich also durch die Erde, scharre mit den Pfoten und stoße Steine zur Seite. Aus wissenschaftlichen Gründen wünschte ich mir, ich hätte es ihr besorgen können, um die kleinen Feinheiten des Eindringens genauer zu empfinden.

»Wo wird die Konferenz denn gemacht, Mutter?«

»Dort, wo die Menschen den Bären etwas Raum gelassen haben.« Vielleicht ist *er* auch da: das starke schwarze Männchen, das mich bestieg und mein Herz erbeben ließ. Es war Frühling im Tal; ich hatte meinen Duft überall hinterlassen, wo er leicht zu finden war. Ich horchte, ob er durch den Kiefernwald käme, ich hörte ihn brummen und mit seinen Klauen hoch oben am Baum kratzen. Er kratzte so hoch an den Bäumen, wie ich es bisher noch bei keinem gesehen hatte.

»An der Müllhalde, Mutter? Wird sie dort gemacht?«

Aber ich blieb nicht, wo ich war, denn ich wollte, daß er mich nicht allzu schnell fand. Schnell genug, aber nicht zu schnell. Damit sein Verlangen noch größer würde, blieb ich in Bewegung. Ich schwamm durch den Fluß, hinterließ meinen Duft aber auf den Felsen. Er hielt sich nicht mit Fischen auf, obwohl die Lachse damals stromaufwärts schwammen. Er stürmte ins Wasser. Ich beobachtete ihn von hoch oben am Ufer. Die kleinen Bäume verbargen mich, die auf dem Ufer wachsen. Er konnte mich nicht sehen. Aber ich konnte ihn sehen – er stand aufrecht im Wasser und schnupperte in die Luft, weil er wußte, ich sei irgendwo in der Nähe. Da sah ich auch, wie groß er war, noch ehe ich seine Krallenspuren an den Bäumen gesehen hatte.

Ich dachte, wir würden uns oben auf dem Ufer paaren, weil dort das weiche Moos wuchs, aber etwas erfüllte mich plötzlich mit Angst, als ich ihn aus dem Fluß steigen und ans Ufer springen sah.

»Werden die anderen Bären auch alle da sein, Mutter?«

»Ja, ich glaube schon.« Ob er aber noch in diesem Wald ist? Es gibt noch andere Wälder, und ich weiß, daß er gern herumstreift. Vielleicht trifft er sich weit weg an einer anderen Müllhalde, viele andere Weibchen um sich her, die ihn beschnuppern. Ich fühle mich innerlich ganz sonderbar, wenn ich daran denke, ich weiß nicht, warum.

»Und werden die Waschbären auch da sein?«

Als ich ihn so sah, wie er ans Ufer stieg, rannte ich los, so schnell ich konnte. Ich hörte nur noch das Pochen meines Herzens und die knackenden Zweige um mich her. Sein Brummen hörte man im Tal, als er das Ufer heraufstieg. Ich wußte, er würde mich einholen. Ich wollte, daß er mich einholte, aber ich konnte nicht aufhören zu rennen.

»Schau mal, Mutter, die Hirsche! Hast du schon mal so viele Hirsche gesehen?«

Ich hörte ihn hinter mir, er war viel schneller als ich. Ich hörte seinen schweren Atem. Da blieb ich stehen, weil ich nicht ängstlich erscheinen wollte. Er kam zwischen den Bäumen heran, sein Brustkorb hob und senkte sich. Der Wind wehte über ihn hinweg und trug mir seinen Geruch zu. Ich fühlte mich wie ein ängstliches Junges. Sein Geruch war stark und fremd, und mein Duft mischte sich mit ihm. Seine Schritte waren langsam, als er auf mich zukam. Es war wie der Geschmack von Honigwaben, als er langsam auf mich zukam, süß und schmerzlich, köstlich und erschreckend, verboten, doch unwiderstehlich. Ich brummte, und er antwortete und begann mich zu umkreisen.

Wir tollten gemächlich im Dickicht herum, über die gestürzten Bäume hinweg. Sein Mund stand offen, und seine Zunge hing vom Laufen heraus. Aber er war nicht müde, überhaupt nicht. Ich zitterte innerlich; ich sah den merkwürdigen dunklen Fleck an seinem Hals. Da hat man mich angeschossen, sagte er, das ist die Stelle, wo sie mich getroffen haben. Und ich lief, sagte er, die Hunde hinter mir her, aber sie konnten mich nicht fassen. Ich nahm Prankenvoll Fichtennadeln und Harz, sagte er, und stopfte sie in die Wunde. Das mußt du auch tun, wenn du mal verletzt bist und blutest, denn das hindert das Blut am Fließen und bringt es zum Gerinnen. Ich machte die Hunde noch vor Abend müde und lief weiter durch die Nacht.

»Oh, Mutter, sieh mal da, die Waldmurmeltiere!«

Er umkreiste mich langsam, dann sprang er so schnell zu, er war wie ein verwischter Fleck. Er hielt mich mit seinen Beinen fest, die so dick und unnachgiebig waren wie große Bäume. Mein Leib raste, und ich brummte, als er in mich eindrang, aber dann war meine Wildheit plötzlich gewichen. Überall um uns herum standen Blumen. Ich war wieder wie ein Junges, als er mich genoß. Ich fühlte, wie sein ganzes Leben durch mich hindurchzog. Ich kannte mit einem Schlag alle seine geheimen Wege, wußte in einem einzigen Augenblick alles von ihm, oder meinte, es zu wissen, obwohl man das Herz eines alten Männchens vielleicht nie ganz erkennen kann. Ich wußte, er war stark und fürchtete nichts, weder Mensch noch Hund, noch die dunklen Schatten, die sich nachts im Walde rühren. Vielleicht fühlte er alles, was ich weiß, und trug es mit sich fort.

»Mutter, so viele Füchse! Schau doch nur, ihre schönen Schwänze! Hast du schon mal so viele Füchse gesehen? Das wird aber eine schöne Konferenz!«

Dann wanderten wir langsam nebeneinander her, und

unsere Körper berührten sich. Das bittersüße Gefühl erfüllte mich ganz, denn ich wußte, daß er mich verlassen würde. Aber er ließ mich das Gefühl vergessen auf der Wiese, er brachte mich dazu, mit ihm herumzurennen, zu rennen ohne einen Gedanken oder ein Gefühl, nur unsere Körper, die durch die Frühlingsblumen glitten.

»Ich sehe den Rauch der Müllhalde, Mutter! Viele Elche sind da! Sehen sie nicht herrlich aus, Mamma, so groß...«

Mitten auf der Wiese war ein alter Obstgarten. Wir legten uns zusammen unter die Apfelbäume. Die Blüten waren draußen, weiß und süß duftend. Wir lagen in der Sonne. Noch jetzt kann ich das Gewicht seines Körpers an meinem spüren. Die Schwalben aus der eingefallenen Scheune schossen über uns hinweg und neckten uns, denn sie sahen, wie glücklich wir waren. Einen Augenblick lang fühlte ich mich so leicht wie eine Schwalbe mit ihrer kleinen, schimmernden Brust. Er sah mich aufmerksam an, sprach mit seinen Augen, wie es nur ein altes Männchen vermag, und verriet mir die Größe seines Reviers wie auch die kleinen Dinge, an denen er seine Freude hatte, etwa am Geräusch des Maulwurfs, der im Frühling so schnell seine Gänge gräbt. Ich mag das, sagte er. Ich höre es gern, wie der Maulwurf im Frühling seine Gänge so schnell gräbt. Er gräbt dann schneller als zu jeder anderen Zeit. Die Erde fliegt hinter ihm nur so heraus, weil er sich den Gang zu einem Weibchen gräbt!

»Mamma, wenn wir zu der Müllhalde kommen, darf ich mich da in den Blechbüchsen sielen?«

Wir verließen die Wiese und gingen über den weichen, nassen Boden, wo ich ihm den Teich mit dem sprudelnden Wasser zeigte. Die Fische darin waren sehr klein und schossen davon, als sie uns sahen. Dort tranken wir. Das Wasser stieg durch den weichen Modder herauf und machte leise Geräusche. Ich nahm ein paar Schlucke; als ich aufsah, war er weg. Die alten Männchen bewegen sich so leise. Sie verlassen einen so still, wenn sie gehen. Hoch oben im Wind segelte die Waldschnepfe und zog ihre Kreise. Lange saß ich da, lauschte dem hohen Sirren ihrer Flügel und starrte in das sprudelnde Wasser. Ich saß so still, daß die kleinen Fische wiederkamen und nicht bemerkten, daß ich da war, und ich ließ sie ungestört.

»Mutter, sieh mal, die Stinktiere! So eine lange Reihe. Wir gehen aber nicht nahe ran und lassen uns was in die Augen spritzen!«

Doch später folgte ich seiner Spur, nicht weil ich hoffte, ihn zu finden, denn ich wußte, daß er weg war. Ich fand seine Krallenspuren hoch oben an einem Baum und konnte sie nicht erreichen.

Ich grabe mich aus diesem Bau heraus, breche durch die letzten Erdschichten und stecke meine Nase wieder in die Luft – ganz in der Nähe der Rebellenredner. Tolle Könner. Mit ’ner Menge verblasener Ideen. Aber reichen sie ihre Ansichten in dreifacher Ausfertigung ein? Haben sie irgendwelche bedeutsamen, unverständlichen Aufsätze publiziert? Es gibt nicht einen unter diesen Rebellen, der sich um Fußnoten, Bibliografie und Register schert.

Aber sehen Sie mal dort, auf dem Schreibtisch des Hochgelehrten Professors. Das fast abgeschlossene Manuskript seines Buches über Queenie, die Schimpansin – wunderbar detailliert –, in dem er schlüssig nachweist, daß eine Beschädigung ihres Bewegungskortex zur Lähmung ihres Arms geführt hat. Und wichtiger noch: als sie aufwacht und feststellt, daß ihr Arm nicht funktioniert, *ist sie erstaunt.*

Dieser Punkt ist besonders bedeutsam und wird in aller Breite, mit ausführlichen Querverweisen und Anmerkungen, abgehandelt. Und das mit vollem Recht, denn Queenie war *dermaßen* erstaunt, als sie aufwachte und feststellte, daß sie ihren Arm nicht gebrauchen konnte, daß sie sich die Fingerkuppen abkaute und alle Muskeln vom Handgelenk bis zum Ellenbogen freilegte.

Du Sohn eines glatzköpfigen alten *Rattus Norvegicus!* Die Rebellen versuchen, unseren Versuchsaffen von seinem Zwangsstuhl loszumachen; sie beißen ihm die Arm- und Beinriemen durch!

»Halt, ihr Arschficker!« (Siehe *Die Sodomie bei Rhesusaffen*, Harris und Logan, Publikationsreihe des Nord-Colleges: *»... wurde das schwächste Männchen namens Susi von seinen Gefährten sodomisiert;«* siehe auch mein März-Mitteilungsblatt.)

Sie haben ihn befreit! Hier kommt er, mit einem besonders wichtigen Virus infiziert, das wir gegen die Kommunistische Bedrohung entwickelt haben. Seine Augen sind glasig, und er stammelt wie im Fieberwahn vor den versammelten Ratten. Sein Kopf leuchtet hell. Ein breiter Lichtkreis umgibt ihn wie ein Regenbogen, und an jedem Farbstreifen können wir eine Rebellensendung sehen. An dem Regenbogen um seinen Kopf blitzen zahllose Rebellensignale auf – rennende Antilopen, sich durch den Dschungel schwingende Gorillas, aus ihren Sümpfen steigende Nilpferde! Alle sind sie auf dem Weg, jedes Tier der Welt zieht zu der Rebellenkonferenz.

Analog dem Kirby-Hunt'schen Emotionalen Reaktionsfaktor habe ich angesichts dieses Affentheaters scheißen müssen. Wie Sie wissen, verbringen unsere mit Bundesmitteln subventionierten jungen Wissenschaftler ein Großteil ihrer Zeit damit, Rattenköttel zu zählen, weil die Darmentleerung ein sicheres Anzeichen für das Ausmaß der emotionalen Reaktionen in Streßsituationen ist. Nun, Professor Kirby persönlich, der große Professor Kirby, wird mit all seiner Sachkenntnis hinzugezogen werden müssen, um die große Menge meiner Kackeklümpchen zu zählen, die ich bei meinen Versuchen, die Ordnung wiederherzustellen, in diesem Labor hinterlassen habe.

Langsam krieche ich über die große Ebene. Ich muß aufpassen, daß kein Elefant auf mich tritt und mir den Panzer spaltet. Ich habe noch nie so viele Elefanten gesehen; ich schlurfe nun schon seit Stunden dahin, und immer noch nicht habe ich das Ende ihrer Herde erreicht. Natürlich, eine Schildkröte ist langsam, aber trotzdem – so eine lange, lange Reihe von Riesen.

Ich wandere dahin und sehe mir das alles genau an, schaue in jede Familie hinein und mache meine Aufwartung. So eine herrliche Konferenz. Vielleicht löse ich endlich das Rätsel meines Panzers, dessen bedeutsame Zeichen zu sehen für mich fast unmöglich ist. Mein Schicksal steht da geschrieben, ganz gewiß, aber das eigene Schicksal ist immer am schwersten zu erkennen. Es ist mir gelungen, gerade nur den Rand davon zu sehen, als er sich im Wasser eines Dschungelteiches spiegelte. Doch manchmal meine ich, das ganze Muster zu fühlen, wie es sich durch meinen Panzer hindurchbrennt und sich meiner nackten Haut einprägt.

So viel weiß ich: das Zentrum des Musters ist mein Herz. Der winzige Bruchteil des Musters, den ich in dem Dschungelteich erblickte, hatte die Form eines Vogels, der hoch über den Wolken, hoch über der Erde schwebt. Und hier bin ich und schleppe meinen Panzer, mein Rätsel, über die Erde. Werde ich fliegen wie der Vogel?

Es ist nicht sehr wahrscheinlich. Aber wer weiß? Diese große Versammlung ist anders als alles, wovon ich je geträumt habe. Und dennoch ist auch sie irgendwo auf meinem Panzer eingeschrieben.

Claude Bernard, geben Sie mir Ihren Segen! Geben Sie dem armen alten Dr. Ratte die Kraft weiterzumachen. Die Wellen klatschen an die Kante des langen Laborausgusses, und die Wasseroberfläche funkelt im Mondlicht, das durch die Südfenster fällt. Runter, Ratte, geh in Dekkung!

Ein Schwamm mit einer Rebellenpatrouille kommt auf dem Wasser daher, drei Rebellenmatrosen, die mit Zungenspateln paddeln. Sie lachen und reißen Witze und achten nicht darauf, was an der Küste vor sich geht. Rasch husche ich zum Rand der Abtropffläche und weiter, an ihr vorbei.

Jetzt durch diesen Gang voller Vorratsdosen. Das ist ein

verwaister Teil der Kolonie, die Straßen sind leer. Nur das Klatschen des Wassers und das ferne Lachen der Matrosen ...

Einige der Dosen sind von den Rebellen umgekippt worden, ihr Inhalt liegt verschüttet auf der Straße. Altbackene Kekse, Essensreste – einfach in den Rinnstein gekippt. Ein sehr unerquicklicher Stadtteil. Ich muß dem Hausmeisterkollegium einen Bericht zukommen lassen.

Was höre ich denn da?

Musik! Blechern und billig. Ich wußte gar nicht, daß unser Hochgelehrter Professor so banale Musik in seinem Plattenschrank hat. Zweifellos zu wissenschaftlichen Zwecken. Aber ich höre am besten mal genauer hin. Sie scheint aus dem großen abgedunkelten Käfig da drüben zu kommen.

Sägemehl am Eingang, ein paar zerbrochene Stufen; ich steige vorsichtig hinauf und spähe hinein.

»Guten Abend.«

»Äh, ja ... ja, gewiß. Guten Abend.« Du lieber Himmel, die Ratte gleich hinter dem Eingang trägt die rosa Erkennungsmarke *(Homosexualität bei Ratten,* Rutledge und Hall; siehe auch *Gesellschaftlich geächtete reine Männchengruppen,* Randall und Bailey).

Ich schiebe mich sehr vorsichtig näher, denn ich möchte nicht neugierig erscheinen. Die Musik ist jetzt lauter, der Fußboden ist mit leeren Erdnußschalen bedeckt. Um diese Ecke hier ...

Ach, du meine Güte!

Überall Ratten mit der rosa Marke, sie schwatzen am Wasserhahn miteinander, fläzen sich um den tönernen Futterspender. Einige haben kahlrasierte Köpfe, einer hat eine Augenklappe, ein anderer trägt eine schwarze Mauselederjacke.

Und Rattenmännchen – die miteinander tanzen, Wange an Wange, Schnurrhaar an Schnurrhaar!

»Verrückt nach dem Jungen,
Bin schlicht verrückt nach ihm ...«

Der gute Doktor ist in einer Lasterhöhle gelandet, in einer ... einer ... da kommt ein sehr gut aussehendes Männchen auf mich zu. Ich gucke weg, tue so, als sähe ich es nicht, aber mein Herz klopft heftig.

»Bist du allein?«

»Warum – äh, ja.«

»Gestatte, daß ich dir einen ausgebe.«

Sie sind in des Hochgelehrten Professors persönliche Bestände an medizinischem Whiskey eingebrochen! »Tut mir leid, ich –«

»Nimm's nur. Es sind schwierige Zeiten.«

»Naja –«

»Eine echte Beziehung ist so schwer zu finden.«

»Ich –«

»Wir müssen die Liebe nehmen, wo wir sie kriegen können.« Er sieht mich durchdringend an. Seine Figur ist fabelhaft, er muß auf eine hochprozentige Proteindiät gesetzt sein. Und die Tänzer schaukeln vorbei und wackeln mit den Hüften. Oh nein! Zwei Soldatenratten kommen durch die Tür. Ich muß mich verstecken.

»Ganz ruhig. Hier tut dir niemand was.«

Die Soldatenratten sehen mich nicht mal an. Sie gehen

geradewegs zur Tanzfläche und fangen an, Boogie zu tanzen, die Fingerhuthelme flott in die Stirn geschoben.

»Bei mir findest du eine tiefe Beziehung. Ich merke, du bist unheimlich sensibel.«

»Sensorische Reize, Glockenläuten, Druckluft, Morgan und Bennings.«

»Du hast ja 'ne Menge mitgemacht. Du bist sehr nervös.«

»Neurotische Verhaltensmuster, Preßluftattacken, siehe meine Notizen.« Er schiebt mich in eine Ecke. Ich fühle, wie mir die Knie weich werden.

»Komm mit hier die Treppe rauf, da können wir uns offen unterhalten.«

Ich versuche, die Notbremse zu ziehen, abzublocken. »Sicher weißt du, daß der Apostel Paulus gegen die Homosexualität war. Sie ist nicht christlich.«

Sein Schwanz kringelt sich um meinen.

»Ich kann dir die Bibelstellen zeigen!«

»Nur keine Angst. Ich bin christlicher Geistlicher.«

»Wirklich?«

»Ja.« Er schiebt mich weiter zur Treppe. Andere Pfoten grapschen von hinten nach mir.

»Soll das hier vielleicht ein Gespräch sein? Ich kann dir aus meinem Aufsatz zitieren, daß –«

»Meine Freunde und ich haben da oben ein Zimmer ganz für uns. Komm ...«

Seine Freunde sind – zwei Matrosen! Über und über tätowiert. Ich werde von ihnen die Treppe hinaufgeschoben.

Eine Kerze und ein bißchen Stroh in ihrem Zimmer. Die Kerzenflamme flackert und wirft seltsame Schatten an die Wand, an der modernistische, mit dem Schwanz gemalte

Bilder hängen. Ich muß hier weg – aber etwas in mir – möchte bleiben. Durch die Fußbodenbretter dringt schwach die Musik, lästig und doch auch wieder anregend:

»... schlicht verrückt nach dem Jungen ...«

Die beiden Matrosen tanzen dicht aneinandergeschmiegt. Mein Gastgeber kommt und nimmt mich in die Arme. Wir tanzen.

»Ich habe noch nie –«

»Einmal ist's immer das erste Mal«, flüstert er mir sanft ins Ohr.

»Aber wir haben Krieg!«

»Er hat uns zusammengebracht. Widersetz dich ihm nicht.« Ich fühle seine starken Pfoten auf mir, seine Augen sind voll kühler Überlegenheit. Ich glaube, ich sollte doch noch eine kleine Weile mit ihm zubringen, um wichtige Feldbeobachtungen zum Thema *Die Homosexualität bei Ratten – Intime eigene Erfahrungen* zu machen. Die könnte ich beim Gesundheitsministerium unter der Rubrik Geburtenkontrolle veröffentlichen.

»Da rüber«, sagt er und wirbelt mich plötzlich mit aller Kraft in eine Ecke, in der ihm ein paar Lumpen als Lager dienen.

»Das scheint mir aber nicht den wissenschaftlichen Erfordernissen gemäß steril zu sein. Ich –«

»Lege nur deinen Schwanz ein bißchen zur Seite, Ja, so ist es besser.«

»Alle möglichen Geschlechtskrankheiten – *oh, mein Gott!*«

»Ganz ruhig ...«

»ICH WERDE IN DEN ARSCH GEFICKT! (Siehe: Dr. Ratte, *Die Sodomie bei männlichen Ratten,* in Vorbereitung).«

»... eine tiefe ... Beziehung ...«

Das ist ja absolut grauenhaft, der gute Dr. Ratte wird in einer dreckigen Dachstube anal gevögelt. Doch trägt das auch bedeutsam zu einer stabilen Bevölkerungszahl bei. Und die Musik dringt schwach an mein Ohr, zusammen mit dem Lärm von Männerstimmen, ihrem Lachen und Singen.

»Du bist 'ne Wucht im Bett.«

»Ich mach das nur aus soziologischem Interesse.«

»Nicht – *bewegen* ... Oh! Oh!«

»... als Forschungsbeitrag des öffentlichen Gesundheitsdienstes ...«

»Oh ja!«

»... unter besonderer Berücksichtigung der Bevölkerungsökologie ...«

»Ja, ja, ja, ja, ja, ja, ja, ja, ja, ja, ja, ja ...«

»...siebzig Kopulationsversuche in vierzehn Minuten. Der Autor ist den verschiedenen Regierungsstellen zu Dank verpflichtet, die ihm bei seiner Untersuchung ...«

»... ja ja ja ja ja ja ja ja ja ja und nochmals ja.«

»... der Analkopulation behiflich waren. Mein Dank gilt auch dem Dekan der Naturwissenschaftlichen Fakultät, ohne den ich nicht den Mut besessen hätte, diese Untersuchungen fortzusetzen. Zwar stellen sie nur eine erste Sondierung des Problems dar ...«

»Komm mit, Honigdachs, ich zeige dir den Weg.«

»Ja, kleiner Vogel, ich komme schon. Gehen wir zu einem großen Bienenschwarm?«

»Dem allergrößten!«

Was ist er doch für ein guter Vogel. Es gibt nicht viele wie ihn im Dschungel, die bereit wären, einen Dachs zu dem zu führen, was er am liebsten mag – das saftige und süße Innere eines Bienenkorbs.

»Aber Honigdachs, wenn wir heute einen Elefanten sehen, darfst du ihn nicht necken oder in den Rüssel beißen.«

»Manchmal kann ich einfach nicht anders. Ich sehe einen Elefanten, und schon muß ich ihn beißen.«

»Bitte, Honey, wir wissen, wie mutig du bist. Wir wissen, daß du vor nichts Angst hast, nicht mal vor einem Elefanten, aber versprich mir, daß du heute ...«

»Ich will mich bemühen. Aber was ist, wenn ich eine große Antilope sehe, die mit ihren riesengroßen Hörnern so eingebildet herumspaziert? Darf ich ihr eine Lektion erteilen?«

»Oh, Honigdachs ...«

»So bin ich nun mal, kleiner Vogel. Es macht mir Spaß, die großen, eingebildeten Tiere Bescheidenheit zu lehren. Mein Vater war so, und mein Großvater und alle Dachse. Wenn ich einen Elefanten sehe, der eingebildet tut, muß ich ihn einfach in den Rüssel beißen.«

»Vielleicht könntest du heute ein bißchen nachsichtiger sein.«

»Was ist das denn für ein lautes Gepolter vor uns? Der Boden zittert ja unter meinen Füßen!«

»Los, Honigdachs, wir sehen mal nach! Lauf, rasch!«

Ich renne durch das Dickicht, durch den Bambus ... Der Lärm ist gewaltig ... was kann das nur sein ...

»Dort, Honigdachs, sieh doch nur das Gedränge!«

Der Bambus teilt sich, und ich renne hindurch.

»Siehst du, Honigdachs, siehst du?«

»Ja, ich sehe es!«

»Und nun beiße bitte niemanden.«

Was für eine Versammlung! Noch nie habe ich die große Ebene so voller verschiedener Tiere gesehen. Alle Gattungen sind hier. Dort, die Bäume sind schwarz von allen möglichen Affenarten. Und da schreiten die Löwen hin und her, genau zwischen den Antilopen! »Wie sonderbar, kleiner Vogel.«

»Ja, Honigdachs. Alle Gemüter sind besänftigt. Man sieht keine aufgerichteten Schwänze, kein nervöses Zucken.«

»Sieh mal da, den herrlichen Antilopenleitbock mit den riesigen gedrehten Hörnern!«

»Bitte, Honigdachs ...«

»Ich beiße ihn schon nicht. Nein, es ist nicht nötig. Sieh nur, wie ruhig er dasteht. Sein Blick ist nicht hochmütig. Er drückt nur Staunen aus.«

»Komm hier lang, Honigdachs, wir gehen das weiße Nashorn besuchen!«

»Nein, ich will mal bei den Elefanten vorbeischauen.«

»Elefanten kannst du jederzeit sehen, Honigdachs. Es wäre doch viel besser, wir sähen uns was Seltenes an. Schau mal, dort sind die Berggorillas, die sich den weiten Weg bis hier runter zur großen Ebene gemacht haben. Los, Honigdachs, wir sehen sie uns mal an. Du wirst doch deine Zeit nicht mit Elefanten verplempern.«

»Ich glaube, ich möchte sie trotzdem besuchen. Sonst wundern sie sich noch, wo ich abgeblieben bin.«

»Nein, sie wundern sich schon nicht, Honigdachs. Los, komm mit, hier entlang...«

Er ist ein netter kleiner Vogel, und so hilfsbereit, aber er hat keine Ahnung, welchen Dienst ich den Elefanten erweise. In einer so großen Versammlung wie dieser gibt es zwangsweise auch ein paar wichtigtuerische alte Bullen. Ein rascher herzhafter Biß von so einem Winzling wie mir in den empfindlichen Teil des Rüssels gibt ihnen Anlaß zum Nachdenken. Na, hier wären wir ja schon, genau am Rand der Herde. Und die riesigen Kerle ziehen eilig die Füße zurück, als ich vorbeigehe. Keine Probleme dort ... und auch hier scheint alles in Ordnung zu sein, die Bullen stehen ganz ruhig da. Eine merkwürdige Atmosphäre liegt über dieser Herde, ganz anders als man sie sonst bei diesen Riesen findet. Ja, alle sind sie ... ganz sanft. Keine Wutausbrüche, kein Gelabere. Elefanten können einem schrecklich auf die Nerven gehen, wenn sie ins Philosophieren kommen. Wenn sie anfangen, von der unerreichbaren Frucht und dem tiefen, unwandelbaren Tosen der Schöpfung zu schwafeln, beiße ich sie rasch in den Schwanz und verschwinde, ehe sie wissen, wo's herkam.

Aber heute gibt's kein Salbadern. Die Gedankenströme der Elefanten bleiben nüchtern und friedlich. Ich sehe keinen einzigen Moralprediger im ganzen Rudel. Wie seltsam! Wer sind die beiden, die dort auf die Herde zukommen ... ein alter Bulle mit Wasserpflanzen in den Ohren ... sein Gefährte lahmt ... und nicht ein Wort von beiden.

Tja, ich muß sagen, das ist ein ungewöhnlicher Tag: Es gibt nichts zu tun für den Honigdachs.

Die Rebellenmiliz donnert an mir vorüber, und immer noch öffnen sie Käfige und befreien die Insassen. Da verschwinden gerade die Kaninchen, die morgen lebend gekocht werden sollten. Das wird die von der Regierung in Auftrag gegebene Hitzschlag-Untersuchung furchtbar zurückwerfen. Wir müssen aber damit *fortfahren*, Fakten zu verifizieren, die schon vor hundert Jahren bewiesen wurden. Das ist für die nationale Verteidigung von grundlegender Bedeutung. Wir haben einer langen und glorreichen Geschichte verbrühter, verbrannter und gekochter Kaninchen ins Auge zu sehen. Neue Methoden des Verbrühens, Verbrennens und Kochens müssen gefunden werden. Wie sollten wir sonst dem Kongreß Fortschritte melden?

Diese Revolution gibt mir die günstige Gelegenheit, einen kleinen Artikel über die Mechanismen von Massenversammlungen zu schreiben. Der Präsident der Universität hat bereits seine Besorgnis über die Versammlungen militanter Studentengruppen in der Cafeteria geäußert. Eine schwerverständliche Feldbeobachtung zu diesem Thema mit Empfehlungen, die Streithähne in die End-Lösung zu werfen, würde er sicherlich begrüßen.

Wir können natürlich erst das ganze weiche Zellgewebe wegschneiden, um das Durchtränken zu beschleunigen. Ein paar am Cafeteria-Eingang aufgestellte Skelette könnten das Studentenverhalten von Grund auf ändern. (Ich habe einen schnell trocknenden Klebstoff und Draht, um die Knochen zusammenzufügen.)

Lieber Herr Präsident!

Unser kleines Verwaltungsproblem an der Universität lösen wir ganz einfach damit, daß wir die Gehirnmasse aus den Studentenschädeln saugen. Benutzen Sie Nadeln zum Spreizen der Zehenknochen. Diese Skelette werden auch ohne Stützen vollkommen aufrecht stehen. Alle überzähligen Schädel können vom Cafeteria-Personal zum Servieren von Götterspeise benutzt werden.

Ihr sehr ergebener
Dr. Ratte

Durchschlag an:
Dekan der Naturwissenschaftlichen Fakultät
Pächter der Cafeteria

Bananenmäuse, könnt ihr mich hören?«

»Wer spricht denn da unten?«

»Ich bin's, die Bandgrasmaus. Ich bin in der ganzen Versammlung herumgelaufen und habe das Allerneueste gehört. Es kommt eben ein sehr kluges Tier an, das sie Große Stille nennen.«

Wir verstecken uns in den Bananenblättern am Rande der Ebene. Unsere Nasen sind mit so vielen verschiedenen Gerüchen angefüllt. Unter uns wiegen sich unzählige Hörner. Und Felle in allen Mustern, gefleckte und gestreifte, lange und kurze, und zahllose Schwänze, so weit das Auge reicht. Löwen, Leoparden und die kleinen Wüstenkatzen; das Buschschwein und das Warzenschwein; das Zebra und die Hyäne. »Aber was ist das für ein Tier, das Große Stille heißt?«

»Das ist die älteste und erfahrenste Giraffe der Ebene. Ihr Kopf ragt hoch, sehr nahe an die unerreichbare Frucht heran. Und sie kommt eben an. Klettert nach oben, wo ihr sie sehen könnt, ihr kleinen Bananenmäuse!«

Wir huschen schnell durch die Blätter und klettern bis in die höchsten Baumspitzen. Am entgegengesetzten Ende der Ebene treten die Herden zurück und machen Platz ... da kommt ihr Geleitzug! Hunderte von Straußen mit hoch erhobenen Köpfen und schwarzem, glänzendem Gefieder. Kleinere Vögel umfliegen sie auf allen Seiten und singen viele Lieder. Und dann kommen die Blauböcke, sie bewegen sich in geräuschlosen Wogen vor der Großen Stille her.

Es stimmt – ihr Kopf scheint die unerreichbare Frucht zu berühren. Ihr Gefolge turmhoch überragend schreitet sie langsam zur Mitte der Ebene. Die Strauße und Blauböcke bilden einen Kreis um sie. Sie blinzelt, wendet langsam ihren Kopf und blickt über alle hin, die sich versammelt haben. Sie senkt den Kopf, dann hebt sie ihn wieder und sucht die Ränder der Ebene ab. Unruhe und Sorge liegen in ihrem Blick.

Wir wissen, warum; wir kennen das Problem. Eines von den Tieren ist nicht gekommen.

Die Große Stille blinzelt noch einmal, und aus ihrem langen Hals, aus ihrem dunklen Mund dringt eine dünne Stimme.

»Wo ist der Mensch?«

dieses Tiergeschwätz über ihre Konferenz. Was für ein Quatsch. Wenn am Morgen das Labor wieder geöffnet wird, machen sich der Hochgelehrte Professor und sein Stab hier an die *Arbeit*! Wir haben keine Zeit, an irgendwelchen Scheiß Tierkonferenzen teilzunehmen. Die Regierung zahlt eine Menge Geld für unser Dreijahres-Forschungsprogramm – *Elektronische Ejakulationssteuerung bei übermäßiger Belastung des Penis und des Rektums von Primaten.*

Ja, der Prof und seine Jungs werden zeitig hier sein und schwer damit zu tun haben, einen Schimpansen zu wichsen. Und vergessen Sie nicht – wir müssen einem Orang-Utan auch noch unseren Vibrator in den Arsch stecken.

Glauben Sie, das ginge alles von allein? Zwanzig elektrische Arbeitsgänge sind erforderlich, um von Jimmy dem Schimpansen 'ne ordentliche Ladung Glibber zu bekommen. Zwei unserer besten Assistenten haben den halben Tag damit zu tun, Jimmys Pimmel zu bearbeiten.

Das bedarf einer langen, intensiven Forschungsarbeit, aber es handelt sich natürlich um hochqualifizierte Wissenschaftler, von denen ich rede. Sie wissen, wie man dem alten Jimmy einen runterholt!

Und Jimmy wird *wirklich* langsam ein bißchen alt. Darum werden wir ihm gegen Ende des Monats im Rahmen eines Sondergutachtens über Gehirngewebe den Kopf abschneiden. Hier bleibt nichts ungenutzt.

Ich sage Ihnen, es ist wunderbar zu sehen, mit welcher Hingabe diese jungen Wissenschaftler unseren Orang-Utan auf den Bauch rollen, den Vibrator einfetten und ihn ihm reinschieben – verehrte Kongreßmitglieder, versichern Sie bitte Ihren Wählern, daß ihre Steuergelder gut angelegt werden: ein bißchen Vaseline, ein paar Batterien, fünfzigtausend für Gehälter – und wir recyceln den Orang-Utan. Er ist biologisch voll abbaubar.

Selbstverständlich brauchen wir als Ersatz für ihn andere Grundmodelle – aber sehen Sie sich all die Grundmodelle an, die zu dieser Rebellenkonferenz strömen. In allen Erdteilen sind die Tiere auf dem Marsch. Auf jeder Ebene, in jedem Wald bilden sich große Herden. Sie marschieren langsam auf die Zivilisation zu – sie fordern, der Mensch solle an der Konferenz teilnehmen, und das ist einfach absurd, wie Sie wissen – aber was für eine Gelegenheit für uns, meine Herren! Was für eine Gelegenheit, viele Grundmodelle gleichzeitig aufzuschneiden und hinter das Krebsprogramm mal wirklich Dampf zu machen.

Ich weiß, es gibt fanatische Humaniaks, die behaupten, die Krebsforschung könne *ohne* Tiere durchgeführt werden. Ich habe ihren Schwachsinn, Computer seien die Lösung, vernommen. Sie versuchen, Dr. Ratte durch Automatisierung auszutricksen! Diese Lumpen! Wie kann eine computerisierte Lösung denn den Anblick einer Ratte ersetzen, deren Lippen einer Spontan-Amputation unterwerfen werden? Wie können eine simple Maschine und ein bißchen menschliches Gewebe es jemals mit einer lebenden Ratte aufnehmen, die von Krebswucherungen birst?

Die dusseligen Humaniaks sagen, nie habe ein Tier Menschenkrebs gehabt oder könne ihn bekommen. Ich sage, Maul gehalten, gerade jetzt soll man sich die Tiere einfach durch die Nase gehen lassen?

Sehen Sie sich sie an – überall in der Welt trampeln sie dahin und ziehen zu der Konferenz. Millionen von Grundmodellen, die einfach darauf warten, benutzt zu werden. Wir dürfen uns dieses Experimentiermaterial doch nicht entgehen lassen.

Aber wie bekommen wir alle diese herumwandernden Wildtiere in den Griff? Uns stehen einfach nicht genügend hochqualifizierte Sezierer zur Verfügung, die alle diese Leiber aufschneiden und die Daten vergleichen könnten. Selbst wenn wir aufhören würden, Beagles zu vergasen und Kaninchen zu kochen, bekämen wir nicht genügend gute Leute frei, um all die Fleischmassen zu zerfasern. Ich meine, das korrekte Sezieren einer einzigen Ratte nimmt eine Dreiviertelstunde in Anspruch. Und nun überlegen Sie mal, wie lange es dauern würde, diese Scheiß Giraffe aufzuhacken!

Natürlich gibt es Millionen von Gymnasiasten auf der ganzen Welt, die eben ihre erste Lektion im Sezieren erhalten. Sie haben einige der Gewebeschnitte am lebenden Frosch gelernt. Ja, und sie haben vielleicht einer Ratte den Hodensack entfernt, diese gesunde Grundlage haben sie. Warum sie also nicht dazu anheuern, diesen Aufstand unter Kontrolle zu bringen? Wir haben ihnen bereits beigebracht, wie Ratten, Meerschweinchen und Frösche zu beurteilen sind. Sie kennen die Wahrheit, daß diese Tiere dazu da sind, die Neugier der Menschheit zu befriedigen. Also ran, Jungs und Mädchen! Folgt Dr. Ratte! Greift zu euren Skalpellen und taucht den gehäuteten Kadaver ins Wasser! Beobachtet, wie das Fleisch wegfault, aha! Trennt den Kopf von der Wirbelsäule, hurra! Hebt eure alten Zahnbürsten auf, um das Fleisch von den Knochen eurer Grundmodelle zu schrubben! Das Skelett baut auf, wo's alle sehen! So werdet ihr der Freiheit entgegengehen! (Ich glaube, ich habe schon wieder einen Schlagerhit aus all dem zusammen, aber mir fehlt jetzt die Zeit, um an den Versen noch etwas zu feilen.) Vorwärts, sezierende Soldaten!

Dr. Rattes Jugendprogramm. Es kann nicht schiefgehen. Schulen Sie Ihr Kind von klein auf. Geben Sie Ihrem Kind eine verwesende Maus in einer Flasche und beobachten Sie, wie die Kinderaugen vor Interesse zu leuchten beginnen, wenn sich das Mäusefleisch nach und nach vom Skelett löst.

Du große geschwefelte Pottasche, was für eine Idee!

Kommt, Kinder, nun wollen wir ein Loch durch die Augenhöhle bohren! Oh heidideldill, die Katze sitzt im Grill, ein Hitzschlag macht ihr den Garaus. Das Hündchen starb ganz schlicht unter furchtbar heißem Licht, dann löffelten wir ihm die Augen aus!

Und nun, Kinder, zieht euch eure Gummihandschuhe an und kocht ein paar Knochen.

Das ist meine schönste Stunde. Jetzt ist mir das klar – ich muß in der ganzen Welt Sezierclubs für Kinder gründen. Wir treffen uns jeden Dienstag nach der Schule und ziehen mit Mamis Hilfe einem Nager das Fell über die Ohren. Und wenn Papi heimkommt, siedet das Wasser schon, und er kann zusehen, wie wir den Kadaver hineintun.

Wird das nicht lustig, Jungs und Mädels?! Für eure Jacken bekommt ihr alle das Rattenschädelzeichen mit gekreuzten Knochen. Und eine Totenkopfnadel für eure Mützen.

Die Kinderlein marschieren im Zimmer immer rundherum, und eins wird jedesmal seziert zum allgemeinen Gaudium.

Ich muß dieses Programm sofort in die Wege leiten: Briefe

an die verschiedenen Schulleiter und an den Kongreß. Ich muß in meine Ablage unverständlicher Statistiken tauchen und den entsprechend verschwommenen Antrag auf Subventionen formulieren. Das ist recht einfach: Ökologie, Soziologie, Beziehungen untereinander, im Vergleich zu, im Lichte neuster Untersuchungen, Struktur, Orientierung, bla bla bla. Ich habe es schon oft gemacht.

Aber die Zeit, Ratte, die Zeit ist das Problem. Die Tiere sind bereits auf dem Marsch.

Mein großer humanistischer Traum muß vorläufig zurückgestellt werden. Aber wir hingebungsvollen Forscher verstehen uns ja aufs Warten. Die Kinder für dieses Programm zu engagieren, ist entschieden ein richtungsweisender Durchbruch. Ich staune, daß meine hochgelehrten Kollegen sich bisher noch nicht darüber ausgelassen haben. Sicher, sie haben in den Hirnen von Oberschülern die richtigen Reiz-Reaktions-Strukturen hergestellt, aber welch fruchtbaren Boden finden wir in Grundschulkindern vor! Sie sind von Natur aus neugierig; sie wissen genau, wie man einer Fliege die Flügel ausreißt. Wir steigern einfach ihre natürlichen Anlagen und zeigen ihnen, wie man einem Hund die Eier abschneidet.

Das ist ein Programm, das mich auf einen hohen Regierungsposten katapultieren kann. Ich muß nur meine Trümpfe richtig ausspielen. Aber ich weiß, den Kindern wird das Sezieren gefallen. Oh, wir können so viel Spaß miteinander haben. Wir werden uns einen Schimpansen besorgen und ihm den Kopf abschneiden. Gut. Dann werden wir den Kopf *ausstopfen.* Und dann bringen wir einen anderen Schimpansen in die Klasse und zeigen ihm den ausgestopften Kopf.

Warum? Ich bin Professor Austin für die Erklärung dieses Phänomens dankbar, das er seinen Studenten viele Male demonstriert hat. Der Schimpanse bepißt sich fast vor Angst vor dem ausgestopften Kopf, weil der nur *wenige* der üblichen Merkmale eines Schimpasen besitzt – nämlich Augen, Nase, Mund und Ohren.

Lebender Schimpanse besieht sich ausgestopften Kopf. Scheißt sich in die Hose. Nun, liebe Schüler, beobachtet bitte, was Professor Austin so fachmännisch dargelegt hat: Der verängstigte Schimpanse leidet an *Neophobie.* Er hat noch nie einen Kopf, der so ist wie sein eigener, auf einem Pult liegen sehen. Das ist eine neue Erfahrung – und so rennt er wie besessen in der Klasse herum und schreit.

Er schreit nicht, weil er denkt, nun wird ihm als nächstem der Kopf abgeschnitten. Nein, nein, nein, liebe Schüler, Gott bewahre. Doch nicht so was Grausames. Es handelt sich nur um einen kleinen Neophobie-Anfall.

Es ist für jüngere Schüler wichtig, so subtile Unterscheidungen zu machen, und ich kann ihnen dazu verhelfen, und zwar auf lustige Art und Weise. (Ein Grundschul-Programm muß auf lustige Art belehren, wie das Spiel mit dem kopflosen Schimpansen.)

Damit werde ich auf diesem ganzen Felde führend sein: die Türen des Weißen Hauses werden sich für Dr. Ratte öffnen. Ein Wissenschafter erkennt gelegentlich seine Bestimmung, und ich sehe meine klar vor mir. Die Arbeit mit den Kindern. Das ist ein erhebender Augenblick der Geschichte, und mir, der ich geschult bin, die allerfeinsten Auslösereize wahrzunehmen, teilt er ein irrsinniges Glücksgefühl mit. Dr. Ratte wird mit dem Präsidenten der Vereinigten Staaten speisen!

Mir werden die Subventionen noch aus den Ohren rauskommen.

In der Zwischenzeit, während diese wertvolle wissenschaftliche Idee in meinen zerebralen Hemisphären reift, muß ich einen konterrevolutionären Empfänger installieren und herausfinden, was der Mensch tut, um diese Revolution niederzuschlagen. Da drüben, hinter den eingelegten Fötussen, steht eine kleine, verlassene Lauftrommel, die vollauf genügen wird. Mit kleineren Geräten bekommt man sowieso schärfere Bilder.

Also gut, ich klettere durch das Türchen und setze meine Pfoten auf den Drahtboden. Nun lauf, Doktor, lauf!

Bring das verfluchte Ding dazu, sich schnell genug zu drehen ... ich bin so gut in Form wie eh und je ... meine Experimentalpsychose hat meiner ganzen Bewegungsapparatur eine gewisse Tatkraft verliehen. Ich kann ganz schön Fersengeld geben, wenn's sein muß, meine Herren. Der Albino-Blitz! Mann, das Rad singt ja richtig ... sollte einem guten Empfang förderlich sein ... nun abspringen und das Bild ansehen, das langsam hereinkommt ...

Okay, ich habe hier einen fabelhaften Platz, und da kommt auch schon das höchst geheime konterrevolutionäre Signal. Gut, hervorragend, eine Sonderkonferenz der Militärberater. Solche Shows liebe ich! Kein Wischiwaschi bei der ganzen Sache! Direkte und rasche Beschlußfassung auf höchster Ebene. Das sind die richtigen Leute, wenn Not am Mann ist. In Zeiten wie diesen will man keine Umweltschützer in der Gegend herumlaufen sehen. Sie sind in Ordnung, dort wo sie hingehören, wohlgemerkt, etwa bei der Verschönerung der Straßenränder, aber wenn's hart auf hart kommt und man rasch handeln muß, um *sofort* Ergebnisse zu erzielen, sind die Jungs fehl am Platze.

Und ich sehe mit Freuden, daß die afrikanischen Führer das erkannt haben.

Herr Präsident, wie Sie wissen, ist das Forschungsprogramm zur Gewinnung eines selektiven Quer-Schnitts durch alle Tierarten recht schnell erstellt worden. Aber die Tiere haben sich bereits in so riesiger Zahl versammelt, daß wir uns kein Zögern leisten konnten.«

»Ich bin mir über die Notwendigkeit raschen Handelns im klaren, Herr Staatssekretär.«

»Ja, Sir. Ich habe ein paar sehr gute Leute an das Programm gesetzt, und sie haben die Gebiete überflogen, in denen sich die Tiere versammelt haben. Die Zahlen sind geschätzt worden, und daraus hat sich der Schluß ergeben, daß der vorgesehene Quer-Schnitt ohne nennenswerten Schaden für die jeweiligen Arten vorgenommen werden kann.«

»Haben Sie schon mit dem Minister für Natur- und Bodenschätze gesprochen?«

»Der Minister ist der Meinung, daß eine beträchtliche Beschneidung der Elefanten- und Nilpferdherden absolut notwendig ist. Seine Beobachtungstrupps haben festgestellt, daß sich speziell diese Gruppen zu stark vermehrt haben und unbedingt ausgedünnt werden müssen. Auf lange Sicht kommt so eine selektive Beschneidung den Herden selbst zugute. Ja, wir hoffen, ein dauerhaftes dynamisches Gleichgewicht der Tierzahl erreichen zu können. Diese Versammlung der Tiere macht die Durchführung dieses Programmpunktes sehr viel leichter. Eine bessere Ökologie, Sir, wird letztlich das Endergebnis sein.«

»Es freut mich, das zu hören, Herr Staatssekretär. In Ihrem Memorandum erwähnen Sie gewisse ökonomische Vorteile...«

»Das Forschungsprogramm wird sich glänzend bezahlt machen, Sir, und zwar gleich mehrmals.«

»Wie genau funktioniert das, Herr Staatssekretär?«

»Sir, sobald wir bemerkten, daß die Herden sich in so großer Zahl versammelten, baten wir alle größeren amerikanischen und europäischen Tierfutterhersteller um Kostenvoranschläge. Diese Kostenvoranschläge haben wir inzwischen erhalten.«

»Darf ich sie mal sehen, Herr Staatssekretär?«

»Ja, Sir, hier sind sie. Wie Sie sehen –«

»Die Zahlen sind stattlich.«

»Sehr stattlich, Herr Präsident.«

»Und wie wird der selektive Quer-Schnitt vorgenommen?«

»Ich habe bereits mit Luftmarschall Mobogo konferiert. Er ist sehr begeistert von einer selektiven Beschneidung dieses Umfangs, da sie seiner Luftwaffe die Gelegenheit zu einem wirklichkeitsnahen militärischen Manöver gibt, bei dem wir unsere neuen Phantom-Jäger erproben können.«

»Haben Sie mit Shudite gesprochen?«

»General Shudite ist ebenfalls sehr daran interessiert, seine neuen Geräte unter Schlachtfeld-Bedingungen zu testen. Die versammelten Elefanten zum Beispiel sind in ihrem Umfang einem Panzerbataillon ganz ähnlich. Der General ist sicher, daß sich wertvolle Manöversituationen daraus ergeben werden.«

Wir sitzen da, suchen uns gegenseitig die Flöhe ab und sehen den vielen Tieren beim Einzug in die Ebene zu. Der Lärm ist ungeheuer, und dennoch scheint eine sanfte Ruhe die Massen zu erfüllen. Wir Gorillas haben immer einsam auf den Dschungelhöhen gelebt und können hier inmitten eines solchen Getriebes nur staunend dasitzen.

Der Leopard blinzelt mich schläfrig an und leckt sich die Tatzen. Niemand macht Anstalten, uns anzugreifen. Der gewaltige schwarze Kaffernbüffel kaut Gras. Ein kleines Nashorn hat sich unter die Elefanten gemischt und stupst sie mutwillig mit seinem Horn. Und die Leopardenjungen spielen mit den Hyänen!

Ich habe das Gefühl, ich müßte aufstehen und auf meinen Brustkorb trommeln. Aber das ist gar nicht nötig. Die Luft ist erfüllt von Zufriedenheit und einer wunderbaren Erwartung. Ich kratze mich am Kopf.

Das Laufrad wird langsamer, das Bild verblaßt. Ich muß wieder aufs Rad zurück und noch ein bißchen intuitive Kilokraft erzeugen.

Feindliche Patrouille kommt hier lang! Schnell, Ratte, verstelle dich...

Ich nehme meinen Schwanz in den Mund und beginne, ihn

immer im Kreis herum zu jagen, wobei ich die ganze Behendigkeit einer Ratte an den Tag lege, die an Zwangssyndromen leidet. Es gibt viele solcher Ratten im Labor, die alle vom Hochgelehrten Professor in diese Schwanzjagd-Psychose getrieben wurden. Ich sehe genau aus wie eine von ihnen und drehe mich schneller und schneller.

Die feindliche Patrouille verlangsamt den Schritt, kommt näher.

»Hallo, du da drin! Können wir dir helfen?«

Ich kreise wie wahnsinnig weiter, die Augen geschlossen, und wirbele im Kreis herum.

»Bei dem ist's schon zu spät ... ein hoffnungsloser Fall...«

Eine meisterhafte Maskerade. Die Rebellen marschieren davon. Und dieses Im-Kreis-Gedrehe erzeugt ein sehr starkes Intuitionsfeld. Ja, jetzt kommt ein starkes Signal an, direkt aus Washington. Hurra, Jungs! Wir wollen mit diesen Revolutionären auf die einzig sichere Art und Weise umspringen, die einen gerechten und dauerhaften Frieden herbeiführt!

Sie habe keine Möglichkeit, so viele Tiere zu betäuben, sagt die Tierschutzbehörde. Wenn sie alle Tiere an Punkt B ausgeknockt hätten, wachten die zuvor an Punkt A Betäubten bereits wieder auf, bevor auch nur ein einziges Tier abtransportiert werden konnte. Und es seien solche Unmengen von kleineren Tieren da, daß die Waldaufseher schon überhaupt nichts ausrichten könnten.«

»Können sie nicht ein wahnsinniges Getöse oder sowas

veranstalten und damit alle wieder in den Wald zurückjagen? Hochfreuqenzpfeifen vielleicht, um die Tiere zu verscheuchen?«

»Alle Staaten machen geltend, es seien ganze *Rudel* Hochwild dabei, sowie umfangreiche Herden anderer Großtiere, wie Bären. Wenn man versuchte, sie auf diese Weise zu verjagen, würden sie sich allesamt auf die Autobahnen ergießen. Es gäbe ein Verkehrschaos, wie es noch niemand erlebt hat. Es würde das ganze Land lähmen.«

»Irgendein Umweltpapst behauptet, es liege am DDT in der Nahrungskette.«

»... Verhaltensforscher, die von der Psychose eines Massenexodus sprechen ...«

»Meine Herren, den Präsidenten interessiert im Augenblick nicht, warum das passiert ist. Er wünscht einen Aktionsplan mit seinen persönlichen Entscheidungen zur Herbeiführung einer Lösung, und zwar rasch.«

»Wir können einfach nicht die Tierschutzbüros aller Kleinstädte des Landes koordinieren. Die sind sowieso schon in Panik. Ich habe heute mit genügend Idioten geredet, um zu wissen, daß wir keine Chance haben, das Problem auf lokaler Ebene zu lösen.«

»Haben wir uns schon mit dem Pentagon in Verbindung gesetzt? Die Armee hat doch möglicherweise irgendein Gas, mit dem man ganze Herden betäuben kann ...«

Alle feindlichen Patrouillen sind vorbeigezogen, Ratte. Jetzt kommt dein großer Augenblick. Leise wie eine winzigkleine Eurasische Zwergmaus schleiche ich weiter, darauf erpicht, einen reichen Ertrag an revolutionären Köpfen zu ernten. (Sezieren von Luftröhre und Hauptblutgefäßen. Ich könnte auch ein paar Nieren rausschneiden. Und mit einer spitzen Nadel die Schilddrüse durchstechen. Und ihnen die Nebennierendrüsen in die Leistengegend verpflanzen. Haha!)

Aber zunächst muß ich mir eine Gasmaske basteln, wenn ich einen erfolgreichen Ausfall zum Chemikalienschrank unternehmen will. Hier, zwischen den Reinigungsutensilien, nage ich ein Stück Schwamm weg, das groß genug ist, um meinen Kopf völlig zu verdecken. Schnell, Ratte, höhle es aus, mache Löcher für Augen und Ohren. Nase und Mund müssen bedeckt bleiben. Es ist eine primitive Vorrichtung, aber ich habe keine Zeit, in dreifacher Ausfertigung einen Antrag auf eine richtige Gasmaske zu stellen.

Jetzt diesen letzten Gang runter, schnell. Husch, husch, ducken.

Im Schatten des Tischbeins blicke ich mich um, nach rechts und nach links. Los, Doktor, lauf!

»Halt, stehengeblieben!«

Eine Wachstumshormon-Muskeltype springt mir vor die Füße. Der Scheißkerl ist größer als eine Gambische Beutelratte. Aber ich mache den Rücken krumm und beginne, mit den Zähnen zu klappern (vgl. »Rattenwut«, Broom und Poole, *Psych. Post*, 1967).

Sein Rücken wölbt sich, seine Haare sträuben sich. Er

schnappt nach mir, verfehlt mich, und ich grabe meine Zähne in seinen Schwanz. »Zurück, du räudige Riesenmaus (vgl. *Revierverteidigung*, Sloan und Wilson, 1960)!«

Er beißt wieder zu, aber ich falle ihn mit gesenktem Kopf an, ramme ihn in seine Kuddeln und werfe ihn um. Dr. Ratte ist behende, schnell und mit hysterischer Energie gesegnet, mein Freund. Du kriegst ihn nicht kampflos!

Ein Skalpell liegt hier am Boden. Ich schnappe es mir, fuchtele heftig damit herum und verjage den Rowdie.

Aber andere Käjpfer sammeln sich, die mit Nadeln, Meißeln und Bohreinsätzen bewaffnet sind. »Geht augenblicklich auseinander, ihr Proleten!«

Ich habe keine Angst vor ihnen, ich, ein Hochgelehrter Irrer Doktor mit den besten Noten in Konkurrenzverhalten. »Na los, Mitratten. Es wird mir eine Freude sein, euch in die Mysterien meines Wahlspruchs einzuführen. Tod ... heißt Freiheit!«

Ich wehre sie ab, Geklirr hier, Gekloppe da, ich bewege mich rückwärts zum Kleiderständer, kämpfe an der Kante seines geschnitzten Klauenfußes. Na schön, wenn ich hier sterben muß, werde ich's tun, aber dann nehme ich ein paar von diesen Scheißkerlen mit ... Schlag ... Parade ... Stoß ...

Ach, ihr süßen leidenden Packratten (Gattung *Neotoma*)! Jetzt rücken die Halsmanschetten-Weibchen gegen mich an. Oje, die sind schrecklich bösartig. Durch die Befestigung eines Ringes um ihren Hals waren wir in der Lage, sie davon abzuhalten, sich zu putzen, womit wir eine Experimentalpsychose hervorriefen. Als sie ihre Babies bekamen, weigerten sie sich, sie zu putzen, statt dessen fraßen sie sie.

Und jetzt versuchen sie, mich zu fressen! Teufel nochmal!

»Zurück ... zurück, ihr Huren!«

Sind zu viele. Aber ich weigere mich, einen so schmählichen Tod zu sterben und mich lebendigen Leibes von diesen Irren fressen zu lassen. Ich drehe mich um, bin mit einem Satz den Kleiderständer hoch und klettere zu dem weißen Kittel hinüber, der dort hängt.

Schnell, in die Tasche!

Hier unten im Dunkeln – nur eine vorübergehende Atempause. Sie rütteln am Kleiderständer. Sie wollen ihn umwerfen. Was ist das denn für ein Kuvert hier, ein Regierungsstipendium vielleicht?

Hmmmmm, ein merkwürdiges weißes Pulver ist darin. Ich werfe mal schnell einen Blick auf das Papier und sehe, was da steht ...

Kokain! Allerreinstes Regierungs-Forschungslabor-Kokain! Ich habe noch nie welches genommen, aber ich kenne die Literatur darüber und weiß, was zu tun ist!

Schnupf schnupf

Schnupf schnupf

BONG BONG BONG BONG BONG BONG BONG BONG BONG BONG BONG

Und nun auf sie! Ich reiße sie in Stücke, wo sind sie – ich krabble aus der Tasche heraus und springe ...

DR. SUPERRATTE!

Lande inmitten der Feinde, schlage sie rechts und links nieder. Räder beginnen, in meinem Gehirn zu kreisen. Dr. Ratte ist in Fahrt!

Gewalt, rohe, leidenschaftliche peruanische Gewalt. Ich stürze auf den Chemikalienschrank zu und gehe in den

Ausfall. Die Rebellenwache wird gerade abgelöst und salutiert mit den Schwänzen, *Soziales Verhalten* etc., und ich greife sie an.

Fauche, beiße, trete, da, das ist für dich, du ... Jahre der Enttäuschung ... Strafe ... Reizung ...

»Haltet ihn auf, überwältigt ihn!«

»Du scheinheiliges Rattenarschloch, ich werde ...« Ansporn für korrekte Reaktion, hau zu, kneif ihn ... Modifikationstritt in die Eier ... Turner und Murdock ... vergrößerte Nebennieren ... stoße die Mistkerle beiseite und kämpfe mich in die Tiefen des Chemikalienschrankes vor.

»Holt Verstärkung! Es ist Dr. Ratte!«

Motivierende Faktoren, Schlag aufs Auge ... Belohnung ... Blumfields und Coltz' Diffusionsplatten bersten ... niemand fickt mit Dr. Ratte ... beiß dir den Schwanz ab ... Sagittalabschnitt des oberen Schneidezahns ... wahnsinnige Wut ... mehrfache Linke und Rechte, rasche Kombinationen, hau sie um ... Großer Gott, da kommen die Kapuzenratten, und die Jungs sind wirklich frustriert, *Fünf Kapuzenratten in der Scharfsinn-Box*, Drake und Atkins.

Beiß ihn in den Bauch ... hab ich dich, du Kapuzenmonstrum ... innergattungsmäßiger Konflikt, pack zu und beiße, vgl., paß auf, da drüben, Spring- und Beißpausen, *Boxende Ratten*, Geoffrey und Doyle ... mische Aggression mit Koitusversuchen, das jagt ihnen wirklich Angst ein, von einem Irren Doktor gevögelt, kommt her, ihr Hurensöhne, Dr. Ratte hat was für euch ... Haar gesträubt, pissend und scheißend, die ganze Chose, husche um sie herum, Rücken maximal gekrümmt, wehre sie ab und rücke auf das Schrankfach vor.

»Packt ihn! Laßt ihn nicht da rauf!«

Dresche wild mit den Vorderbeinen, kratze mit den Hinterpfoten, Schmerzreiz, der unter meinen Feinden zur Flucht führt, jetzt!

Ich hab's bis zum ersten Fach geschafft. Schnell jetzt, ganz nach oben, zu den hochgeheimen chemischen Kampfstoff-Flaschen. Dank all dieser hervorragenden Forschungsarbeiten sind in der Provinz Rattankirir nahe der vietnamesischen Grenze sechsundsiebzig feindliche Kinder gestorben. Haha! Ich schlinge meinen Schwanz ums Dinitrophenol und lasse es fliegen!

Verreckt, ihr verfluchten Schlitzaugen! Sterbt im Namen Claude Bernards und Uncle Sams!

Er kommt! Seht nur, Bananenmäuse, der Mensch kommt zwischen den Bäumen heran!«

Wie plötzlich er erschienen ist. Warum trägt er die Büsche des Dschungels auf dem Kopf? Nun kommt er auf uns zu wie ein Baum, der wandelt.

Aber die Konferenz ist komplett! Wir werden mit dem Menschen gemeinsam das Hochgefühl erleben. Wir werden den wundervollen Augenblick erfahren, da alle Herzen wie eines schlagen!

Seht, da oben! Der Mensch hat uns zur Begrüßung seine großen leblosen Vögel geschickt! Wie laut sie sind! Wie sie heulen, diese leblosen Vögel. Aber lauft nicht weg, Tiere. Bleibt stehen. Jetzt kann unsere Konferenz wirklich beginnen.

Die Gorillas bewegen sich vorwärts, die Hände zur Grußgebärde erhoben.

Das Dinitrophenol zerbirst prachtvoll auf dem Boden, sein Geist steigt in die Luft, der Geist des Labors, und verteidigt mich. Wie zornig er aussieht mit seinem gelben Talar und den langen, bösartig funkelnden Zähnen. Wild fegt er über die Rebellen weg, und sie fallen um, von Brandwunden bedeckt, geblendet, kotzend. Was für ein grauenhafter Gestank, schlimmer als der Furz eines verhungerten Affen.

Noch ein paar Flaschenbomben gehen über Bord – Dinitrokresol, Dichloräthylsulfid, Arsensäureanhydrid, Kalziumzyanid. Alle trächtigen Ratten im Labor haben auf der Stelle Fehlgeburten. Weniger Rebellennachwuchs für die Truppe! Jetzt habe ich euch, ihr schlitzäugigen Huren! (Vgl. *Die Frauen der Provinz Lam Dong*, Ärztliches Tagebuch von Dr. Nguyen, Russell-Tribunal über Kriegsverbrechen.)

Jetzt entlaube ich ihre Reihen, dünne sie mit noch ein paar Bomben aus, Chlorphenyldimethylurea und Dichlorphenyldimethylurea, los, Jungs, auf geht's! Hinunter segeln sie kopfüber und zerbersten. Und sie senden die Todeswolke aus (vgl. *Die 18000 Bewohner von Da Nang, Morbus Natus, 1000 Tote*, Bericht des Japanischen Wissenschaftsrats, 1967). Toll! Das ist aber echt Spitze! Dr. Ratte hat die Situation gerettet!

Ich frage mich, welches Spezialbetäubungsgas die Armee bei *ihrem* gewaltigen Manöver einsetzt.

»Bäcker Anton Eins an Rotfuchs Zwei. Hören Sie mich, Rotfuchs Zwei?«

»Ich höre Sie, Bäcker Anton.«

»Hier spricht General Denver. Bestreichen Sie die Hügelkette da drüben mit Maschinengewehrfeuer...«

Lauf Kindchen, lauf!

»Mamma ... Mamma...«

Es ist hingefallen, es kann nicht laufen. Überall um uns herum explodiert der Boden. Die schrecklichen Insekten des Menschen sirren durch die Luft. Steh auf, Kindchen, steh auf!

»... hilf mir ... hilf mir, Mamma...«

Die Insekten haben es gestochen. Blut fließt ihm aus der Seite. Ich werde dich tragen, mein Kleines, mit meinen Zähnen. Du bist nicht schwer.

Viele sind hingefallen. Die Hirsche, die Elche, die Füchse – alle tot, gestochen von den lauten, glühenden Insekten des Todes. Ich habe dich nun zwischen meinen Zähnen, Kleines. Wie leicht du bist...

Das Geschrei, solches Geschrei, und ein großer Elch greift mit gesenkten Schaufeln die Menschen an. Ich muß die Bäume erreichen. Was ist der Stich einer Biene – nichts, nichts, verglichen damit. Der Boden krümmt sich von gestochenen Kaninchen und Waschbären. Die Rotluchse kriechen über die Erde und kreischen. So ein Durcheinander, wallende Wolken, wo entlang ... ich weiß nicht mehr, wo der

Wald ist! Die Wolke teilt sich, ein riesiger Schatten tritt vor mich hin.

»Hier entlang...«

Ich tauche durch die Wolke, folge ihm. So treffen wir uns wieder. Wo sind die Frühlingsblumen? Überall Menschen mit ihren stechenden Lichtern, die Todesbienen, die tief stechen. Ein stolzer Hirsch stürzt, wälzt sich in der Asche dieser Müllhalde, und wir setzen über seine zuckenden Beine weg.

Ich folge der gewaltigen dunklen Gestalt meines Gatten, und wir rennen, Angst und Tod schreien an unserer Seite. Der große Schatten meines Gefährten dreht sich zu mir um.

»Dein Kleines ist tot. Laß es los.«

Wie schwer sein Kopf herunterhängt. Seine Augen starren in meine, aber es ist nicht mehr in ihnen.

»Komm!« Er gräbt mir seine Zähne in die Schulter und zieht mich von dem Kleinen weg.

Wir rennen gemeinsam, unsere Körper berühren sich, als liefen wir über die Wiese. Die Stachelschweine quieken, wälzen sich mit aufgerissenen Bäuchen in der Asche. Wir rennen durch sie hindurch; warum sind wir hierhergekommen? Ich weiß es nicht mehr. Alles ist weg. Die entsetzlichen Stiche haben unseren Verstand durchbohrt; wir haben den Verstand verloren und bluten. Schnell, Gatte, ich bin neben dir. Wir werden den Wald wiederfinden, tief hineingehen und uns niemals wieder hierher wagen.

Flammen vor uns! Wir wirbeln herum, springen hier entlang...

Er brummt, stellt sich auf seine Hinterbeine und dreht sich in einem gewaltigen, überwältigenden Tanz. Rote Worte fließen ihm von der Zunge, und auch ich bin gestochen worden. Aber renne mit mir, renne!

Unsere Tatzen begegnen einander in der Luft. Seine Augen blicken in meine. Wir sind wieder auf der Frühlingswiese, mein Liebster, und tanzen im warmen Licht. Hörst du die Schwalben lieblich singen? Und riechst du nicht die Honigwaben?

■■■ für die CBS berichtet Ed Hanson aus dem Viehhof. Das gesamte Gebiet ist in Kampfzonen unterteilt, und die Hunde und Stiere werden in Sackgassen und auf Mauern zu getrieben. Der Polizei stehen Schützenpanzerwagen zur Seite. Ein Panzerwagen dort links ... man sieht ihn eben aus einer Gasse hervorgucken. Sechs flüchtende Stiere versuchen, auf die Hauptstraße zu gelangen! Das Geschützfeuer aus dem Panzerwagen erreicht sie, und die Stiere stürzen zu Boden! Hunde umringen uns von allen Seiten, sie knurren und greifen alles an, was sie sehen. Die Straße trieft von Blut ... ich glaube, wir können jetzt umschalten ... können wir mal rübergeben zu John Cooke ... John, übernehmen Sie von dort ...«

»... aus dem südöstlichen der vier Sektoren, in denen von der Polizei das massive Einkreisungsmanöver unternommen wird. Ich habe Hauptmann Arthur Briscomb neben mir, den verantwortlichen Einsatzleiter. Mr. Briscomb, wie sieht die Lage im Augenblick aus?«

»Wir evakuieren alle Gebäude in diesem Bezirk. Ein paar Stiere befinden sich in den Häusern. Sie sind durch Türen und Fenster eingedrungen. Wir wenden schweres Geschützfeuer an, auch Gaspatronen kommen zum Einsatz. Wir fordern alle Einwohner auf, das Gebiet und jeden Kontakt mit Hunden zu meiden.«

»Hat die Polizei Opfer zu beklagen, Hauptmann?«

»Wir haben überall hier in der Gegend Krankenwagen und medizinisches Personal.«

»Die Zahl der toten Tiere...«

»Schön ist der Job hier nicht.«

»Danke, Mr. Briscomb. Sie hörten John Cooke von der...«

Dr. Ratte siegt! Ja, Humaniaks, schnüffelt ein bißchen daran! Und abwärts sausen die Spezial-Armeemischungen, die Kampfstoffe Agent Blau, Agent Orange und Agent Weiß. Abwärts, abwärts, abwärts schweben die geheimen chemischen Kampfstoffe und zerplatzen. Haha, sehen Sie nur, wie die Rebellen vor dem Regenbogen des Todes zurückweichen! Es gibt kein Entrinnen. Was für Horrorgestalten habe ich da eine nach der anderen freigesetzt, krankhaft und schäumend, Stahlfäuste, die die Rebellen zusammenschlagen. Agent Blau dringt überall hin mit seiner geheimen Kommandotruppe, deren Giftzähne tropfen und deren scharfe Klauen leuchten. Für das, was ich heute geleistet habe, kriege ich bestimmt die Verdienstmedaille! Memo an das Verteidigungs-Nachschubbüro:

Sehr geehrte Herren!

Dank unserer Lieferanten – Dow, Diamond, Alkali, Uniroyal,

Thompson Medical, Monsanto, Ansul und Thompson Hayward – war ich in der Lage, meinen Teil zu unserem dauerhaften Frieden beizutragen.

Tote Rebellen überall, Männchen, Weibchen, Jungratten. Sehen Sie nur, wie sie sich hinschleppen und würgen. Es gibt kein Entrinnen, ihr Kommunisten! Eure Kolonie ist ausradiert, und eure Käfige sind auf Jahre hinaus verseucht. Das habt ihr von euren rebellischen Machenschaften, vom Sympathisieren mit diesen Dreckskötern in der Tretmühle. Von eurem Vorschub und Beistand für den Feind. Da, das kriegt ihr dafür!

Und abwärts sausen die Flaschenbomben, wie wunderschön sie aussehen, wenn sie zerplatzen und sich in der Gegend verteilen. Gott ist mit uns, und das ist der Beweis.

Diese Tunten an der Harvard Universität und am MIT, die gegen chemische Kampfstoffe protestiert haben, sollten mal sehen, was passiert, wenn man sich eine Revolution über den Kopf wachsen läßt. Das hier ist Big Business, meine Herren; hier geht's um Forschungsaufträge im Wert von fünfhundert Millionen Dollar. Daß ein paar Zivilisten ins Gras gebissen haben, tut mir leid. So mußten ein paar Kaninchen und einige Katzen dran glauben. Was soll ich Ihnen dazu sagen? Diese Penner sind doch alle gleich, wenn Sie mich fragen.

»Von den Gängen des Mus Musculus
zu den Gestaden von Labyrinth D...«

Singend kämpfe ich weiter. Auf der Festungsmauer hocke ich, eine Ratte ganz allein auf sich gestellt. Ich streite für die

Völkerverständigung und eine bessere Welt und werfe so viele Entlaubungsmittel ab, daß sie dem unverschämtesten Affen die Haare vom Sack sengen, wobei ich mir mit Bedacht die Gebiete vorknöpfe, in denen den Guerillas der größte Schaden und den Zivilisten der kleinste zugefügt wird. Und ziele auf alles, was mir vor die Augen kommt.

Mein Panzer ist zerquetscht. Ein riesiges rumpelndes Ding ist über mich weggefahren, und ich liege zerbrochen im Staub. Nun ist das Rätsel in Scherben, die Linien von Schicksal und Glück sind zerstört, entstellt, und der Sinn meines Lebens liegt in Trümmern. Ich bin ein Panzer voll Blut.

Der Lärm von Menschenstimmen erfüllt die Luft. Sie sind über mich hinweggerollt.

Ich krieche kraftlos dahin, ein zerstörtes Orakel in diesem Tierfriedhof. Es gibt keine Zukunft für uns. Die zerbrochenen Linien meines Panzers deuten auf Vernichtung; ich sah es, als er zersplitterte. Ich fühle das zertrümmerte Netzwerk unseres Reiches. Die verstümmelten Löwen stöhnen ihre geheimen Namen, sie brüllen heraus, was sie lange verschwiegen. Nun wollen sich meine Beine nicht mehr rühren. Mein Blut sickert aus der lebendigen Schale und färbt den Sand.

Der Mensch kam zu der Konferenz. Er nahm in großen Massen daran teil.

Ich muß Schatten suchen, aber es ist unmöglich, mich in meinen Panzer zurückzuziehen. Die Wölbung ist geborsten und nimmt mich nicht mehr auf. Was war es für ein schönes Haus; welch friedlichen Träumen und Betrachtungen hing ich da drinnen nach, sicher verwahrt, geschützt. Das schönste aller Häuser ist nun zerstört.

Menschenstimmen nähern sich, und ihr Schatten fällt auf meinen zerschmetterten Rückenschild. Ich werde hochgehoben, in einen dunklen Sack gesteckt. Der Sack baumelt hin und her.

Jetzt habe ich den Schatten, den ich wollte, aber mit ihm vermischt sich das Zeichen des Menschen.

Der Sack schwingt vor und zurück, vor und zurück. In der Ferne schreien die Affen ihre Flüche; aber der Mensch antwortet mit seinem mächtigeren Fluch, dem ohrenbetäubenden Heulen und Rattern. Und die Affen sind still.

Das Brüllen der Nilpferde setzt die Totengesänge fort – ihr tiefes *ba-ho-ho-ho-ho*, das wir an friedlichen Abenden hörten. Jetzt hören wir es am flammenden Tag, und der Mensch antwortet, und wir hören es nicht mehr. Die Stimme des Menschen bringt alles zum Schweigen.

Der Sack wird geöffnet, ich falle auf die Erde. Ich kann mich nicht in den Panzer verkriechen. Die lachenden Stimmen der Menschen. Ich höre das Prasseln von Feuer. Nun halten sie mich fest.

Sie hämmern mit Steinen auf mich ein. Genau durch mein Dach. Sie brechen es ganz auf. Mein Körper ist nackt. Sie zerren mich aus meinem Panzer. Sie halten mich in die Höhe und lachen über meine jämmerliche Nacktheit. Es kümmert mich nicht, denn meine einzige Sorge ist, mich umzudrehen, mich krumm zu machen, um endlich den Panzer zu sehen, sein Äußeres zu sehen.

Sie werfen mich durch die Luft, durch Dampf – glühendes Wasser! Nackt, kochend, zappele ich ... salziges Feuer ... versuche, aufzustehen ... die Schale ... ich trinke das Feuer ...

John Cooke berichtet aus Chicago für die CBS-Nachrichten. Wir sind hier in den Außenbezirken der Stadt, wohin die Gesundheitsbehörde nun die Kadaver eines weiteren Schlachttags schaffen läßt. Ein riesiger Verbrennungsofen spuckt den Rauch von Tausenden brennender Leiber aus. Der Himmel hat sich von dem Qualm verdunkelt ... jetzt kommt ein Lastwagen heran ... die Kadaver sind sämtlich zerstückelt und zerquetscht ... Riesige Greifer und Schaufeln schippen bergeweise von Kugeln durchlöcherte Hunde und Rinder heraus.

Fleisch und Knochen, schlammige Eingeweideknäuel, Köpfe mit Hörnern und ineinander verflochtete Schwänze liegen darauf. Hufe und steife Beine ragen zwischen den gewaltigen Eisenzähnen der Maschine hervor. Der riesige Greifer kommt heran – der Kopf eines toten Beagles wird genau auf die Spitze eines der Zähne gespießt.

Und der Verbrennungsofen speit weiter Flammen, während die Kadaver in ihn hineingekippt werden – hier in der Stadt, in der der Aufstand der Tiere wohl seinen Anfang nahm. Der Massenexodus, wie das die Biologen nennen, hat sich mittlerweile überallhin ausgeweitet. Szenen wie diese spielen sich im Augenblick auf der ganzen Welt ab, und das hysterisch aufbegehrende Tierreich erleidet seine schrecklichste Stunde.

Das war John Cooke aus Chicago für die CBS-Nachrichten ...«

Holla! Die Rebellen formieren sich neu und rücken wieder an. Sehen Sie nur, da kommen sie mit ihren Hunden und Affen. Heimlich schleichen sie heran, und ich muß hier alleine stehen und das Vaterland verteidigen! Na schön, wenn's nicht anders ist, tu ich's eben. Dr. Ratte ist kein Schlappschwanz. Er bekämpft die Guerillaverbände mit allem, was ihm zur Verfügung steht. Telegramm an das Edgewood Arsenal in Dover, New Jersey: *Nachschub nicht einschlafen lassen, patriotische Mitbürger!*

Ich sehe, daß noch härtere Maßnahmen ergriffen werden müssen. Also rüber zur verheerendsten Flaschensammlung, die der Mensch kennt, hier rüber, zum Ende des Faches, zu Forschungsauftrag AD-13-045-AML-164 des Verteidigungsministeriums. 350 Millionen Dollar kassieren wir allein dafür, liebe Freunde, wir und weitere fünfzig amerikanische Universitäten – siehe *Vietnam-Report*, 1969. Es ist allerbester Stoff, feinste Auslese, die gute alte Beulenpest!

Los, Beuli, abwärts.

Hinunter saust sie und zerscherbt auf dem Fußboden, ein meisterlich gezüchteter Stamm, der gegen sämtliche Antibiotika resistent ist! Wir haben jahrelang daran gearbeitet. Sehen Sie nur, wie sie sich ausbreitet. Hurra, hurra (vgl. zweiundzwanzig von neunundzwanzig Provinzen nördlich von Saigon von der Pest betroffen)!

Ach, ist das ein fabelhaftes Zeug. Diese Bazillen sind zähe

kleine Teufel. Der Hochgelehrte Professor und ich haben sie in nun zehnjähriger Arbeit – los, los – zu höchst pathogenen Bastarden herangezüchtet.

Dank der Mitwirkung von Cornell haben wir ausfindig gemacht, wie diese Kampfstoffe am effektivsten einzusetzen sind (siehe *Naturw. Zeitschr.*, 23. Febr. 1967).

»Und *B* und *E* und *U* und *L* und *E* und *N* und *P* und *E* und *S* und *T! Beulenpest, Beulenpest, Beulenpest,* auf geht's!« Sehen Sie bloß, wie sie sich durch die Linien kämpft, von Cornell-Verteidigern sicher umringt, und über die Rebellen hinwegtrampelt. Toor!

Meine alten Stoßzähne habe ich gesenkt, ich spüre den mächtigen, erschauernden Trieb in mir. Ich fühle mich wieder jung. Ich erschauere inmitten der anderen Bullen. Wir lassen ein gewaltiges Angriffssignal erschallen. Vorwärts, ihr Bullen, wir müssen durch sie hindurch uns zum Dschungel durchschlagen. Ich kenne einen Fluß, zu dem können wir alle ziehen.

Hütet euch vor den Feuer-Stoßzähnen der Menschen. Seine Stoßzähne reden Feuer und Donner. Unser Anführer treibt uns vorwärts, und wir wenden uns, wohin er sich wendet. Du größtes Tier der Ebene, großer Bulle, führe uns zum Dschungel. Wie in alten Tagen, in den großen Tagen meiner Jugend, bin ich neben dir.

Wir sehen und riechen den fernen Wald, und dort werden wir heute abend essen. Wir werden in der Dämmerung unter den Bäumen stehen und die grünen Bläutter kauen. Stell dich unserem Abendessen nicht in den Weg, du winziger Pygmäe, oder wir trampeln dich nieder. Wir sind die große Parade!

Kannst du so laut donnern! Kannst du die Ebenen erbeben lassen, du Pygmäe, wie wir! Wir lassen die Ebenen erzittern, und du bist so winzig wie eine Mücke. Ihr seid uns alle gleichgültig, ihr kleinen Bestien, und wir werden euch niedertrampeln!

Der Leitbulle stürmt los, die Ohren aufgespannt, und wir rücken auf sie los in all der Ungeheuerlichkeit unseres Anblicks, unsere Ohren weit aufgeklappt. Wir sind der riesigste Elefant der Welt.

Erhebe dich, Donner, und laßt die Erde erbeben. Rolle über die Wüste hin. Wir sind der vorwärtsstürmende Elefant mit weit aufgespannten Ohren, der die Feuer-Stoßzähne des Menschen überwindet.

Ich taumele ... die Herde donnert an mir vorüber. Ich schleppe mich über den Sand, und sie donnern an mir vorüber. Etwas hat mir einen Schlag gegen den Bauch versetzt. Zu alt für die große Parade ... zu alt ...

■■■ meldet sich unser CBS-Sonderstudio aus Anlaß der Tierkrise. Die neuesten Berichte bestätigen unablässig das weltweite Ausmaß der Krise. In einer Regung, die Biologen mittlerweile als eine noch nie dagewesene Ausweitung des instinktiven Drangs zur Massenwanderung bezeichnen, haben sich die Tiere in allen Kontinenten in riesenhaften Rudeln versammelt. Viele dieser Sammelplätze sind weit abgelegen, aber andere befinden sich in nächster

Nähe zu Großstädten. Aus Kinshasa berichtet Jim Winthrop:«

»Vom Stanley Hill aus sieht man Kinshasa unter sich liegen – Landungsstege, Wolkenkratzer, Baukräne – eine moderne, dynamische Stadt. Und durch die Straßen jagen in wilder Flucht Antilopenherden. Auf den Stufen der römisch-katholischen Kathedrale liegt ein toter Wasserbüffel, den gewaltigen Kopf gegen das Portal gestemmt. Auf dem großen Platz in der Mitte der Stadt hat die Armée Nationale alle Hände voll zu tun, gegen Wildschweine und fauchende Katzen vorzugehen. In jeder Straße sieht man verlassene Autos, und die normalerweise gedrängt vollen Straßencafés sind leer – bis auf die Tiere, die ziellos und ängstlich zwischen den umgestürzten Tischen und Stühlen herumlaufen.

Die Kaffee-, Palmen- und Kautschukplantagen am Ufer des Kongo haben durch die großen flüchtenden Herden und die sie verfolgenden Armeeverbände mit ihrem schweren Gerät erhebliche Schäden erlitten.

In allen Landesteilen, auf allen Autobahnen und Nebenstraßen sind die Tiere aufgetaucht – der allgemeinen Raserei verfallen, von unergründlichen Instinkten getrieben, die den Kongo von neuem in einen Krieg gestürzt haben, den bei weitem seltsamsten und schrecklichsten, den das Land je erlebt hat. Jim Winthrop berichtete für die CBS-Nachrichten aus Kinshasa ...«

Ich liege auf der großen Ebene, den Tod in mir, den Tod tief drinnen in mir. Mein Rüssel ist alles, was mir noch geblieben ist: ich strecke ihn aus, aber er füllt sich mit Staub. Ich bin umgefallen. Meine Stoßzähne haben sich in den Sand gebohrt. Ich hatte vor, am Fluß zu sterben, aber es sollte nicht sein.

Ich höre das Schreien der Löwinnen, im Wind ist das Seufzen des Nilpferds. Es öffnet seinen Mund zum Himmel, um ihn zu schlucken, um einen Augenblick länger zu leben. Aus meinen Augenwinkeln sehe ich es auf dem Rücken liegen, die dicken Beine in der Luft. Es war zu fett, als daß ihm dieses Ebene guttun konnte. Aber es wollte unbedingt kommen. Alle wollten sie unbedingt hier sein. Und es hat sich gelohnt, hier gewesen zu sein, allein wegen des kurzen Augenblicks unseres gemeinsamen Hochgefühls. Da spürte ich, daß wir alle eins waren. Da erkannte ich den Sinn der Welt. Könnte ich das schon wieder vergessen haben?

Ja, ich habe es vergessen. Ich bin alt und schwer verwundet. Und wollte ich von dem Wenigen dieses erhebenden Augenblicks sprechen, an das ich mich erinnere, würde der grimmige Dachs mich beißen. Der Rauch zieht über uns weg. Wir liegen in einem großen Haufen da, das zuckende Volk der Elefanten. Die mächtigsten Bullen sind neben mir hingefallen, ihre Zungen hängen heraus, ihre Augen starren in den Sand. Wir haben diesen einen Augenblick mit unserem Blut erkauft. Das scheint mir ein hoher Preis, aber unerschütterlich standen wir da, wissend.

Ich spüre keine scharfen Zähne. Die Dachse sind alle tot. Aber auch so kann ich mich über den erhebenden Augenblick nicht länger auslassen. Unsere Rüssel berührten sich, wir waren eins. Ich sehne mich nach dem Flußufer. Es ist nicht leicht zu sterben. Alle meine gründlichen Vorkehrungen – es ist nicht leicht. Mein Atem verläßt mich. Mein Atem geht fort. Es tut mir leid um die Jungen, um die neugeborenen Kälber. Sie haben die süßen Blätter kaum gekostet.

Mein Atem geht weiter fort ... ich kann ihn nicht zurückrufen. Der Pfad ist dunkel. Das ist die große Angst. Die Pflaumen, die Pflaumen ...

Sie machen Schuhe aus mir, wenn sie mich fangen. Dann tragen sie den alten Schimpansen an ihren Füßen. Ich ging bis in die Mitte der großen Ebene, ich alter Narr. Ging dahin und in die Falle.

Der Wunsch, das Große Eine Tier auszuprobieren, führte uns hierher. Der Wunsch, das Große Eine Tier zu sein, die Macht seines Reiches zu fühlen.

Nun fühle ich es beben, fühle es um uns herum beben vom Donner des Krieges. Ihnen gefällt es, sie haben ihren Spaß an uns. Entsetztes, zitterndes Tierreich, Donner auf den Ebenen, in meinem Körper dröhnt der furchterregende Trommelschlag. Ihre Trommeln sind viel lauter als unsere. Welcher Schimpanse kann schon so laut trommeln wie du, oh Mensch! Wir haben deinem mächtigen *Trr-umm trr-um* nichts entgegenzusetzen. Unsere Baumstumpftrommeln sind zu klein. Sie können nicht klingen wie deine.

Da lang, schnell durch den gelben Sand, über die gestürzten Leiber der anderen. Muß es zur Dschungelfestung schaffen. Muß wieder die Baumwipfel erreichen.

Wir wollten das Eine Tier erleben, und der Mensch mußte auch da sein. Für den einen Augenblick der Vollständigkeit gaben wir unser Leben hin. Wir erkauften ihn mit unserem Leben, aber wir haben ihn erlebt, ihr Meister. Wir hatten unsere Erleuchtung. Wir standen alle zusammen mit euch auf der großen Ebene. Wir wurden uns unserer wunderbaren Einheit mit euch zusammen bewußt.

Wir haben diesen einen Augenblick erlebt.

Runter, beuge deinen Kopf tief hinunter, Schimpanse. Krieche durch die haarigen Leiber. Fell überall um mich herum, Zittern, triefendes Blut. Der Mensch, dies Tier mit seinen feurigen Hörnern.

Des Menschen Feuerhörner.

Rührt seine Trommeln der Macht.

Dröhn, dröhn!

Der alte Schimpanse hier schafft es schon noch in den Schutz des Dschungels. Sie haben mich noch nicht gesehen. Ich komme davon. Komme zurück zu dem kleinen plappernden Bach und träume an ihm den ganzen Tag. Gehe niemals von ihm weg, verlasse ihn nie. Lausche ihm Tag und Nacht. Ich will dir zuhören, kleiner Bach, führe mich zu dir zurück. Du hast magische Kräfte, das weiß ich. Hilf jetzt dem alten Schimpansen, verleih ihm deinen Schutz, leite ihn mit deiner Zauberkraft.

Schimpansenbaby im Sand. Hebe es auf, nehme es in meine Arme. »Halt dich an mir fest. Schlinge deine Arme um meinen Hals.« Welchen Weg gehe ich? Des Menschen Feuerhörner überall. Seine Zauberkraft ist groß.

Das Herz des Schimpansenbabys pocht gegen meinen Rücken. Es weint. Ich renne. Plappernder kleiner Bach, hilf uns, daß wir zu dir gelangen. Hilf uns durch die Feuerhörner hindurch. Wenn ich es bis zu dir schaffe und in dich eintauche, kleiner Bach, sind wir gerettet. Niemand wird in unserer Nähe sein, denn du bist weit weg im Wald, wo der Mensch noch nie gewesen ist.

Sprich zu dem kleinen plappernden Bach, während wir rennen, Kindchen. Bete zu ihm um Führung. Suche seinen Geist mit deiner Stimme. Er ist unsere einzige Hoffnung, denn wir sind auf der offenen Ebene.

Ein Rauchschwaden, Schatten dringen durch ihn vor. Der Gorilla wirbelt herum, von einem feurigen Stein getroffen. Wie kann der Mensch Steine nur so weit werfen?

Muß den grünen Wall erreichen, in den Dschungel eintauchen. Aus den Blumenkelchen trinken. Mir das Wasser der Blumen auf den Kopf gießen. In dem kleinen Bach planschen. Blaue Blumen voll kühlem Wasser. Führt mich, kleine Blumen, führt mich durch das Feuer. Ich habe den kleinen Schimpansen bei mir. Wir versuchen, zu euch zu gelangen. Die große Ebene ist riesig, sie bietet so vielen Platz. Riesen donnern überall um uns herum. Aber durch den Rauch kann ich jetzt den Dschungel sehen. Nicht mehr weit jetzt, kleiner Schimpanse, halte dich gut fest.

Die letzten paar Schritte – hinein ins Grün! Greif nach der Ranke und los! Los, alter Schimpanse, renne schneller als du jemals gerannt bist. Laß das Kleine nicht fallen. Wir haben den Dschungel erreicht, kleiner Schimpanse, der Bach führt uns jetzt. Die Kraft des Baches wird uns weiterführen.

Überall das weiche Grün um uns. Im Gras versteckt sieht uns niemand mehr. Gerettet vom Grün. Nur noch das Grün. Folge ihm in die Sicherheit. Die offene Ebene ist nichts für uns. Wir sind die Bewohner der Baumwipfel. Schwingen uns durch die Baumwipfel. Der alte Schimpanse hier kann klettern. Ich bringe dich weit weg, Kindchen. Dieser Bach, an den ich denke, dieser Bach, zu dem wir beten, ist voller heller Gesichter. Da wirst du sehen, wie deine Ohren abstehen. Halt dich gut an mir fest, denn ich renne ohne anzuhalten.

Was könnten wir mehr vom Leben verlangen, kleiner Bach, als zu sehen, wie du im Licht rieselst und spielst? Du bist weiser als tausend Elefanten. Du ergießt deine Weisheit auf unsere Köpfe und führst mich.

Sergeant, was bewegt sich dort auf dem Baum?«

»In Ordnung, Captain, kümmere mich sofort darum.«

Ich senke mein Horn. Die großen, leblosen Nashörner des Menschen kommen knirschend auf mich zu, ihre langen geraden Hörner schnauben Feuer. Sie schnauben einmal, und die Löwen sind zerfetzt. Wir müssen lernen, Feuer aus unseren Hörnern kommen zu lassen.

Die Schimpansen sind alle tot, und die großen Anführer der Gorillas haben umsonst auf ihre Brust getrommelt. Die leblosen Tiere des Menschen rollen über sie weg. Selbst die Elefanten unterliegen, jeder Angriff, den sie unternehmen, endet in einem zuckenden Stürzen. Aber diese schnaubenden, rasselnden Tiere des Menschen werden mich nicht so leicht töten. Ein Nashorn werden sie nicht so leicht umbringen. Ich werde dem Ungeheuer des Menschen mein Horn ins Herz stoßen.

Man sollte mich nicht in Zorn versetzen. Mein Zorn ist etwas Schreckliches. Du wirst meinen Zorn zu spüren bekommen, Ungeheuer.

Aber viele sterbende Tiere versperren mir den Weg. Macht mir Platz, Tiere! Ich will mein Horn gebrauchen!

Ich marschiere vorwärts, schiebe mich durch die sterbenden Herden. Unsere große Konferenz hat man uns kaputtgemacht. Einen Augenblick lang erhoben wir unsere Köpfe und wurden ein einziges Tier. Nun trotte ich blind durch den Staub. Ich bin ein altes Tier und habe die Löwen in der Morgendämmerung ihre Beute schlagen hören, aber noch nie habe ich ein Sterben wie heute gesehen.

Schnaubendes Ungeheuer, ich höre dich. Ich höre die Schreie der niedergestreckten Tiere. Ich suche dich mit meinem Horn.

»Tritt nicht auf Große Stille, mächtiges Nashorn.«

»Nein, Strauß, ich bin kurzsichtig, aber sie sehe ich. Ich würde nicht auf sie treten.«

Ich sehe das Ungeheuer vor mir. Ich sehe es dorthin rennen, wo es die Löwin anschnaubt und mit seinem flammenden Rüssel in die Luft bläst. Jetzt gehört es mir, jetzt bringe ich es um.

Donnere, großes Nashorn. Das ist der entscheidende Augenblick. Leg dein ganzes Gewicht in deine Schultern und dein Horn. Lege nun deine vielen Tage hinein, lege alles hinein, die Felder und die Bäume und die Himmel, die du gesehen hast. Lege alles in diesen Sturmlauf.

Am besten werfe ich auch noch etwas Typhus hinterher. Hier, meine Lieben, der gute Dr. Ratte wird euch jetzt ein bißchen frische Luft bescheren. Was für eine hübsche Wolke, die da über das Labor wegzieht. Die Rebellen kippen auf der Stelle um, wenn sie sie einatmen. Ja, sie ist eine niederträchtige Lady, breitet sich rasch in der ganzen Kolonie aus und schlägt alles tot!

Sie haben keine Chance. Ich könnte trotzdem noch etwas Ruhr, ein klein wenig Rotz und ein bißchen Milzbrand untermischen, indem ich sie aus dem Schrankfach stoße. Der liebe Doktor mixt für euch ein leckeres Gebräu zusammen, hier in dem geheimen Speicher. Da haben wir's schon, und wieder mal ein Hauptgewinn. Ah, sie segeln dahin, *krach* gehen sie zu Bruch, *zisch* schweben sie davon.

Bezillen, wild und zitternd vor Wut. Die Geister dieses Chemikalienschranks sind wunderbar. Ich liebe sie. Pilot an Bombenschütze: Bomben ab!

Und abwärts geht der Spezialbehälter mit Spinnen, die die gute alte Blutsturz-Milzbrand-Meningitis übertragen. Pelzige krabbelnde schwarze Spinnen kommen aus der Flaschenbombe und gehen auf den Feind los (vgl. *Der K'uan-Tien-Zwischenfall,* 12. März 1952, Bericht der Internationalen Naturwissenschaftlichen Kommission).

Pilot an Bombenschütze: Schenken wir ihnen noch eine. Hier haben wir eine Flasche mit Flöhen, die eine ganz phantastische Spielart der *pasteurella pestis* übertragen. Es wäre ein Jammer, sie nicht zu verwenden. Hinunter segelt sie durch die dunkle Nacht, von dem Rebellen-Suchscheinwerfer erfaßt. Aber sie können sie nicht aufhalten. Gegen biologische Kriegsführung ist kein Kraut gewachsen. Die Flasche zerschellt und streut die Flöhe in die Gegend. Und sie hopsen davon, auf der Suche nach ihren Opfern.

Da, die Wachstumshormon-Ratten greifen mich wieder an! Sie bringen den Bunsenbrenner mit! Die Dreckskerle zünden den Chemikalienschrank an!

Flammen lodern empor. Ich schleudere eine Cholera-Kapsel auf sie, die zu ihren Füßen zerbricht, aber der Schaden ist nicht mehr gutzumachen. Die Schrankfächer knacken und schwanken, Rauch steigt überall um mich hoch.

Ich husche an den Streben hinunter. Oh, das ist ja schrecklich, alles brennt, das Labor wird durch Feuer verwüstet. Feindliche Verbände kommen durch die Rauchschwaden heran, aber ich schlüpfe in den grauen Vorhang und verstecke mich in den wirbelnden Wolken.

»Da ist er! Packt ihn!«

Kapuzenratten rücken gegen mich vor. Wenn ich bloß an Feder und Papier kommen könnte, um meine letzte offizielle Erklärung für das Mitteilungsblatt zu formulieren. Die Geschichte wird sie zur Kenntnis nehmen, und die Geschichte wird mich richten. Ich muß an den Schreibtisch da drüben ...

... der Fußboden stürzt ein, und ich finde mich unter dem Labor wieder, zwischen den Balken und Trägern. Das also ist mein letzter Bunker. Ich wollte mein Volk seiner Bestimmung auf dem Operationstisch entgegenführen, und es hat mich im Stich gelassen. Mein Reich ist zerstört. Mir zittern die Pfoten.

Gräßliche Alliierte Schatten bewegen sich über mir – die Hunde, die Frösche.

Dein Einhorn hat an dem Fest teilgenommen. Mein weißes Fleisch fasziniert dich, und mein gedrehtes Horn. Ich tanze hier inmitten der Gefallenen, aber du kannst mich nicht sehen, nein. Ich kam von der Hochebene her, von jenseits deiner Erkenntniskraft. Aber du nahmst teil, du sorgtest dafür, daß ich teilnahm. Wir hatten die eine Konferenz, deren Zweck du nie ergründen wirst. Du dientest einem Zweck, du kamst heute. Das Eine Tier brauchte dich, bereitete dich vor, holte dich heute her. Den Grund dafür wirst du nie erfahren. Das Eine Tier ist mehr als wir alle. Ich bin nur ein Schleier vor seinem Traum. Diese Stunde ist nur ein Sich-Umdrehen in seinem Schlaf. Und doch ...

Wir brauchten dich, Mensch, für den Traum des Einen Tieres.

als Präsident der Toshido-Fischerei fühle ich mich durch Ihre Teilnahme an der Aktionärsversammlung sehr geehrt. Zehntausendfach hallt das Echo unseres unerhörten Glücks durch die gesamte Walfang-Industrie. Die für die Jahreszeit ungewöhnliche und noch nie dagewesene Wanderung so riesiger Walherden in die seichten Küstengewässer hat uns Millionen an Arbeitskosten, Lagerung und Verschiffung der Produkte gespart ...«

Ich kroch auf den Gipfel, um die Adler zu sehen, und rutschte wieder hinunter, um an der großen Konferenz teilzunehmen.

Man hat mich gefangen und an einen Baum genagelt.

Der Nagel geht durch meinen Hals. Da hänge ich und peitsche mit meinem Leib. Die Menschen gehen von Baum zu Baum, an denen andere Schlangen hängen. Sie nahmen alle hellen. An jedem Baum hängt eine hellhäutige Schlange mit einem Nagel durch den Hals.

Wir hängen auf der Wiese. Die Adler wurden von den leblosen Vögeln der Menschen getötet. Jedesmal, wenn ich mich bewege, bohrt der Nagel in meinen Nerven. Wir hängen wie Schmuck an den Bäumen.

Die Adlerherzen schlagen nicht mehr die Trommel. Die Trommeln sind verstummt. Wir hängen in der Hitze des Tages. Jetzt kommen sie mit ihren scharfen Werkzeugen.

Er stößt es durch meinen Hals und schlitzt meinen Leib auf. Und geht weiter. Ich bin ein aufgeschlitzter Todeskampf. Jetzt kommt ein anderer: er steckt mir seine Finger in den Hals. Er zieht die Haut von meinem Körper! Ich sehe meine Haut in seiner Hand! Ich hänge da, blutig, ausgestellt und geschunden. Ich hänge blutend an dem Baum. Die anderen hängen neben mir, und man reißt ihnen die Häute ab – da – weggefetzt – dort, wieder eine. Wir peitschen und schlagen unser gepeinigtes Fleisch gegen die Rinde.

Alle hellen Häute sind fort.

Die Fliegen lassen sich auf unseren blutigen, tropfenden Leibern nieder.

für CBS in England übermittelt uns Malcolm Pendennings den folgenden Bericht:«

»... Sie sehen den soeben fertiggestellten Film über die Erbeutung des sagenhaften Tiers. Zwei Soldaten, Lieutenant Patterson und Corporal Davis, tragen das Tier, das zwischen ihnen an einer Stange hängt, herbei, das legendäre Einhorn, das auf dem Schlachtfeld getötet wurde. Lieutenant Patterson ist jetzt hier bei uns im Studio. Sie haben also den Schuß abgegeben, der das Einhorn tötete?«

»Ja, Sir, zwei Schuß aus 250 Yards Entfernung.«

Ich, die Hyäne, krieche zu meinem Wassernapf. Unser Anführer, der Kaiseradler, ist tot. Wir fühlten ihn sterben; wir waren mit ihm auf den Bergeshöhen; wir stürzten mit ihm zur Erde und zerschellten zu einem blutigen Haufen.

Meine Beine sind schwach; ich krieche in die Ecke meines Käfigs zurück wie ein gefleckter Schatten. Für mich gibt es nun nichts mehr. In seinem Glaskäfig sitzt der Gorilla, starrt ins Nichts und beschmiert sich mit seinem Kot. Der Elefant liegt hingestreckt im Stroh, er hat keinen Hunger mehr, er hat kein Interesse mehr aufzustehen.

Die Vögel haben ihr Gezwitscher aufgegeben, sie haben aufgehört, sich über Zweige und Nistplätze zu streiten. Selbst der irre Pelikan, der seinen Felsen stets mit entsetzlichem Geschrei verteidigte, hat den Kopf unter den Flügel gesteckt. Der Fels, der ihm Halt und ein Fünkchen Vernunft gab, liegt verlassen da.

Ich weiß jetzt, daß ich sterbe: das ganze Gefängnis ist in der Gewalt des Todes. Wir wanken kraftlos herum. Unsere Seele zieht sich in ihre tiefste Höhle zurück: es liegt ihr nichts mehr am Leben.

Ein Vogel ist auf den Rasen gefallen; er war kein gefangener Vogel, sondern ein freies Wesen. Er ist herabgefallen, und er ist nicht der erste, der aus dem weiten Himmel fiel.

Ich rieche den Tag, die nassen Blätter, das Gras. All die Jahre bestand meine einzige Freude in diesen Gerüchen, und selbst in meiner Schwäche noch genieße ich sie. Ihr geheimes Wesen ist mir nun klarer denn je. Jeder Geruch ist ein Tänzer in der Luft, er umtanzt mich und berauscht mich. Ich versuche aufzustehen, meine Beine wollen mich nicht tragen.

Unübertreffliche Faulheit, warum schlurfst du nicht mehr weiter? Wir sind noch nicht am Versammlungsort.«

»Schnell, mein Junge, halte dich an einem Ast fest!«

»Aber du hast doch gesagt, wir hielten erst an, wenn wir bei der Konferenz wären!«

»Die Konferenz ist zu Ende. Hast du nicht eben gespürt, wie sie kapituliert hat?«

»Kapituliert?«

»Klammere dich fest, junges Faultier, wenn dir dein Leben lieb ist.«

Der alte Mooshaufen legt eine erstaunliche Geschwindigkeit an den Tag, als er auf einen Baum zustrebt und am

Stamm zu den Hauptästen hinaufklettert, wo er Halt sucht und im selben Augenblick zu einem Teil des Laubwerks wird.

Das hängende grüne Nest teilt sich und das obere Stück dreht sich mir langsam und vorsichtig zu. Ein dunkles Loch erscheint zwischen den Zweigen, dem Moos. »Steh nicht mit offenem Munde da, du Idiot. Greif dir einen Ast!«

Ich gehe zu dem Stamm des Baumes und klettere langsam hinauf. Suche mir einen Ast neben Unübertreffliche Faulheit, hangle mich, Hand über Hand, an ihm entlang und nehme meine Position ein.

»Was ist denn los, Meister Unübertreffliche Faulheit?«

»Hänge still, du wirst es bald genug erfahren.«

»Bitte, Meister, ich reagiere nicht so leicht auf die verborgenen Winde wie du. Was geht denn vor?«

Das alte Moosknäuel gibt keine Antwort. Mir bleibt keine andere Wahl, als neben ihm zu hängen und zu warten. Aus den Augenwinkeln kann ich einen winzigen Regentropfen erkennen, der in dem hängenden Mooshaufen versteckt ist. Das ist das Auge des Meisters; die Zweige schieben sich sacht wieder an die alte Stelle, und der Regentropfen ist verschwunden, von einem grünen Vorhang verdeckt.

Na, ich weiß, wie man eine Ruhezeit richtig genießt. Ich mache meine Augen zu und bereite mich auf das lange, langsame Gleiten in den Schlaf vor. Aber ein sanftes Flüstern unterbricht mich:

»Nicht schlafen, junges Faultier. Halte dich gut fest und bleibe wach.«

»Ich bin sehr müde, Meister.«

»Sie kommt jetzt näher. Sie kommt wie ein Sturmwind. Du mußt sie mit offenen Augen begrüßen.«

»Was denn?«

»Die Seele der Tiere. Ungeheuer viele Tiere sind heute überall auf der Erde gestorben. Sie hat den Faden gelockert, der uns an unsere Körper bindet.«

Eine plötzliche Traurigkeit überfällt mich. Ich spüre sie nun, wie sie sich ihren Weg durch den Dschungel sucht. Der Vogel hört mitten im Lied auf zu singen.

»Sie wird versuchen, dich mitzunehmen, junges Faultier.«

»Ich halte mich fest.«

»Jetzt ... jetzt weht sie über uns weg ...«

Der Sturm hat mich gepackt. Ich höre Jammern und Stöhnen. Ich werde nach oben gezerrt! An meinem Stückchen Tierseele wird heftig gerissen. Nein! Ich will nicht weg!

Sie zieht an mir, und ich halte fest, und das Schreien hallt durch meinen Körper. Ein Faultier läßt sich nicht von seinem Ast wegreißen. Sie eilt weiter und läßt mich zurück.

»Das war ihr erster Angriff, kleines Faultier. Sie kommt wieder.«

»Ich will nicht sterben, Vater. Warum muß ich das denn?«

»Unsere große Abschiedszeit ist wohl gekommen. Alle Zeichen deuten darauf hin, aber dennoch ist es unsere Pflicht, uns dagegen zu wehren. Klammere dich fest, da kommt sie noch einmal. Sie ist jetzt stärker. Sie hat die Jaguare in sich aufgenommen. Sie haben sich ergeben. Die großen Katzen haben sich alle gefügt. Nun springt sie uns an ... jetzt ...«

Meine Glieder schlottern. Ich fühle mich schwach, ausgezehrt, ängstlich. Sie schlägt zu, springt auf mich wie eine Katze, und fährt durch meinen Körper nach oben, mein kleines Stückchen Seele zwischen ihren großen Zähnen.

Mein wunderschöner Dschungel! Ich will nicht fort. Oh schöne Erde, laß mich bitte bleiben!

Ich klammere mich fest, und sie springt davon. Mein Blut braust, mein Herz poltert laut in meiner Brust. »Oh, Meister, ich spürte sie alle, spürte die ganze Seele in mir aufsteigen. Die ganze Seele – was wird geschehen, wenn sie mich mitnimmt?«

»Du wirst nicht mehr kopfüber dahängen.«

»Aber werde ich irgendwo weiterleben?«

»Wer weiß?« Das Moos teilt sich, und ich sehe wieder den Regentropfen. Er ist größer geworden, und die Blattstückchen um ihn herum sind naß.

Ich höre die Seele durch die Dschungelgänge ziehen, durch die Stollen und Tunnel unserer Heimstatt. Sie überrollt mich von neuem und kreist in allen Teilen meines Körpers. Ich werde in die Tiefen der Seele hineingezogen, in ihren gewaltigen Traum. Ich hänge hier schon zahllose Jahreszeiten. Ich hänge hier schon seit Äonen. Ich werde hier hängenbleiben. Das ist mein Ast.

Aber alles hat sich gelockert. Alles löst sich auf. So viele Fäden wurden heute zerschnitten. Unsere Bindung an die Erde ist zerbrochen. Dschungel der Glückseligkeit! Erde! Du entgleitest meinen Pfoten. Meine milliardenfachen Krallen sind schwach und zittern. Der Schwanz des Hundes hängt leblos herab; meine Hörner sind zersplittert, mein Rüssel wurde mir abgeschnitten.

Ach, Wald, meine Lieblingslichtung! Tiefe, stille Höhle, du wirst mir fehlen. Und wie soll ich dich wiederfinden? Dieser Pfad meiner Natur brauchte so lange, um sich zu formen, und jetzt – jetzt ist er zerstört, um nie wiedergefunden oder von neuem geform zu werden.

Furchtbar, furchtbar ist diese Seele, mit so vielen Geheimnissen, die noch zu enthüllen sind, aber – das Enthüllen ist vorüber. Wir haben aufs Dasein gesetzt und verloren.

Ich verlasse das Kissen in der Ecke, auf das ich mich legte, um mir die Pfoten zu lecken; verlasse die Sandkiste unter dem Fenster, wo ich meinen Kot vergrub. Verlasse die Straße, wo ich deine Zeichen roch. Drehe mich um und zittere auf dem Boden, hebe und senke meine Brust. Springe aus dem Fenster, erschauere auf dem Rasen – im Dschungel, in den Städten, auf den Berggipfeln stöhne ich.

Und ich muß meinen Ast loslassen.

Ich krieche unter all dem Schutt und den rauchenden Trümmern hervor. Die Saubande hat das Labor niedergebrannt. Ich kann von Glück sagen, daß ich mit dem Leben davongekommen bin. Aber Dr. Ratte ist aus hartem Holz gemacht, meine Freunde. Einen Moment lang fühlte ich ein schreckliches Reißen an meinem Schwanz und dachte, es wäre hoffnungslos um mich geschehen, aber ich krallte mich an einem Band alter Mitteilungsblätter fest.

Ich schiebe den Schutt beiseite und krieche über einen Haufen kaputter Ziegelsteine. Wir müssen schnellstens irgendwelche öffentlichen Gelder anfordern und hier alles wieder aufbauen.

Okay, Ratte, schlüpfe einfach unter diesem schwelenden Balken durch und ...

... in die feuchte Nachtluft hinaus. Auf den welligen Campus-Rasen. Es ist ungeheuer leise hier draußen. Es kommt mir so still vor. Ein ziemlich unheimliches Gefühl. Ich muß mir das für meinen Aufsatz über das Ortswechsel-Verhalten notieren.

Dort in den Trümmern steht die Zentrale Lauftrommel. Dreht sich noch immer. Keine Ratten drin; sie klickt nur langsam immer rundherum und läuft nach und nach aus. Trotzdem immer noch ein paar Signale von der Intuitionsfrequenz. Ich schalte mich am besten mal ein und sehe, was aus der Revolution geworden ist.

Großer Gott!

Tot? Alle? Das kann doch nicht sein. Ich schalte mal schnell auf einen anderen Kanal. Mache irgendwo einen streunenden Hund ausfindig und bringe ihn hierher zur Hitzschlag-Untersuchung.

Schwenk über den gesamten Globus, von einem Ort zum anderen. Haufenweise tote Tiere. Grundmodelle in ungeheuren Stapeln, die bereits zu verwesen beginnen. Nun machen Sie sich mal ans Einwecken, meine Herren.

Das ist bemerkenswert. Nirgendwo kann ich einen einzigen Köter finden. Zoomen wir halt mal dieses chinesische Gäßchen runter, vielleicht finden wir hinter dem Restaurant da ein, zwei Katzen, die wir ins Chow mein geben können...

Leer. Nirgendwo eine Miezekatze.

Wechsle wieder den Kanal ... schalte nach Indien, dort gibt's doch haufenweise Affen ... nach Delhi, mal die Tierfangunternehmen kontrollieren ... Tierfänger raufen sich die Haare, ringen die Hände, streuen sich Asche in die Augen ... tote Affen überall ... kein Schwanz rührt sich.

Versuchen wir's mal beim Telekolleg – Hochgelehrte Professoren blicken sprachlos in die Gegend ... wissenschaftliche Assistenten registrieren Schock ... stumpfe Blicke. Alle Ratten, alle Katzen, alle Hunde, alle Kaninchen, alle Mäuse, alle Maulwürfe, alle Schimpansen, alle Meerschweinchen tot!

»WAS WIRD NUN AUS UNSERER HITZSCHLAG-UNTERSUCHUNG?!«

Keine Antwort. Die Leitung ist tot.

Die Lauftrommel bleibt stehen, die Bewegung erlahmt. Das Signal schwindet. Nur noch ein schwaches kleines Pünktchen in der Mitte des Bildschirms, das kleiner und kleiner wird, wie ein Satellit, der in den Weltraum entschwindet.

Irgendwo muß es doch ein Fünkchen Leben geben. Ich setze die Trommel einfach nochmal in Bewegung und sehe, was ich finde ...

Leer. Alles verödet. Kein einziges Tier mehr irgendwo auf der Erde. Nur der alte Dr. Ratte ist noch übrig.

Ich krieche über die Steine ins Dunkel. Die Stille wirkt ziemlich zermürbend (vgl. Musgrave und Hamilton, *Die ausgestorbenen Arten*). Aus. Kaputt.

Ich höre Menschen auf dem Unigelände sprechen; sie hören sich ungewöhnlich leise an. Die Menschheit funktioniert noch. Aber keine huschenden Füßchen mehr im Grase. Keine geschmeidig gleitenden Katzenschatten. Kein einziges Miau, kein Zwitschern, kein einsames Bellen in der gesamten Schöpfung. Man fühlt die Leere da draußen: die End-Lösung macht einen irgendwie einsam.

Und ich weiß nicht, wo ich bleiben soll. Vielleicht finde ich irgendwo ein altes Taschenrattenloch.

Ich schleiche auf dem Gehsteig entlang und ziehe den Schwanz nach.

Jack Kerouac

Tristessa
(725)

Unterwegs – On the Road
(1035)

Engel, Kif und neue Länder
(1391)

Gammler, Zen und Hohe Berge
(1417)

Die Verblendung des Duluoz
Eine abenteuerliche Erziehung. 1935-46
(1839)

Be-Bop, Bars und weißes Pulver
(4415)

Maggie Cassidy
(4561)

Lonesome Traveller
(4809)

The Town and the City
Roman (4971)

ro
ro
ro

C 702/8

Claire Bretécher

Die Frustrierten 1-5
je 64 Seiten Comics. Kartoniert

Die eilige Heilige
52 Seiten Comics. Kartoniert

Die Mütter
62 Seiten Comics. Kartoniert

Rowohlt Nachttischbändchen:

Frühlingserwachen
Zwei Bildgeschichten für frustrierte Eltern
118 Seiten. Gebunden

Monika, das Wunschkind
72 Seiten Comics. Kartoniert

Deutsche Texte von Rita Lutrand und
Wolfgang Mönninghoff

C 993/7

Humor

Eine Auswahl

Heinz Erhardt
Unvergeßlicher Heinz Erhardt
Heiteres und Besinnliches (4245)

Ursula Haucke
Ich hab dir hundermal gesagt . . .
Heitere Erziehungstips zum Ernstnehmen (4953)

Elke Heidenreich
Darf's ein bißchen mehr sein?
Else Stratmann wiegt ab (tomate) (5462)

Humor seit Homer
Eine Sammlung der ältesten Witze (625)

Hans-Ulrich Indermaur
Aber Pappa!
Geschichten vom pfiffigen Dorle (5395)

Siegfried Munz
Sie hören die Morgenandacht
Geschichten aus der Bibel, respektlos nacherzählt von Pastor Siegfried Munz, illustriert von Hans Traxler (5123)

Fred Rauch
Mit dem Glockenschlag ist es 6 Mark 30!
Versprecher, Hörerwünsche, Stilblüten (4972)

Heinrich Spoerl
Man kann ruhig darüber sprechen
Heitere Geschichten und Plaudereien (401)

Hans Conrad Zander
Napoleon in der Badewanne
Amüsantes aus dem Müllhaufen der Geschichte (4390)

rororo

C 2145/1

Humor

Eine Auswahl

Manfred Bacher
Immer bin ich's gewesen (1375)
Lehrer sein dagegen sehr (1529)

Willy Breinholst
Handbuch für Väter
Ein heiterer Ratgeber. Zeichnungen von Lon van Roy (1854)
Küsse deine Frau (5052)

Fritz B. Busch
Wer einmal unterm Blechdach saß
Das fahrende Volk im Rückspiegel betrachtet (1574)

Hans Gruhl
Liebe auf krummen Beinen (1674)
Ehe auf krummen Beinen (1697)

Giovanni Guareschi
Don Camillo und Peppone (215)
Don Camillo und seine Herde (231)

René Goscinny
Prima, Prima, Oberprima!
Tips für Schüler, Lehrer und leidgeprüfte Eltern (1256)

Hugo Hartung
Deutschland deine Schlesier
Rübezahls unruhige Kinder (1624)

Alfons Hayduk (Hg.)
Hausbuch des schlesischen Humors
(4130)

rororo

C 2143/1

Humor

Eine Auswahl

Michael Green
Sex: mangelhaft! (5193)

Hans Nicklisch
Ohne Mutter geht es nicht (1672)
Ein Haus in Italien - müßte man haben (1782)
Zärtlich ist der Marabu (4584)

Alexander Wolf
Zur Hölle mit den Paukern (874)

rororo

C 2143/1a